하곡 지교옥 편

인생(人生)의 길잡이 선현(先賢)의 가르침

국립중앙도서관 출판예정도서목록(CIP)

인생(人生)의 길잡이 선현(先賢)의 가르침 / 지은이 : 지교옥. -- 서울 : 한누리미디어, 2016
p. ; cm

권말부록 : 나(하곡)의 등대 ; 나의 수상(隨想) ; 눈물과 땀과 격동의 세월
ISBN 978-89-7969-719-3 03810 : ₩15000

수기(글)[手記]
글 모음집[--集]

818-KDC6
895.785-DDC23 CIP2016016565

인생(人生)의 길잡이
선현(先賢)의 가르침

하곡 지교옥 편

한누리미디어

머리말

이 책의 내용은 대체로 교양 · 상식 · 개인윤리 · 가정윤리 · 사회윤리 · 국가윤리에 관련되는 것이다.

윤리라는 것은 개인과 가정에서 마땅히 지켜져야 할 도리가 출발점이 되어 사회로 국가로 세계로 확대되는 규범(規範)이라고 할 수 있다.

오늘날의 후기산업사회는 소사회(小社會)에서 대사회(大社會)로 확대되어 지구촌(地球村)이라는 거대한 인류사회를 형성하고 있으며 새롭고 창조적인 윤리가 절실히 요구되고 있다.

그러나 아무리 새롭고 창조적인 윤리라고 하더라도 선현(先賢)의 가르침을 통하여 그 연원을 찾을 수 있고 나아가 새로운 윤리를 창조할 수 있는 지혜를 얻을 수 있는 것이다.

나는 오래 전부터 동양의 고전에 관심을 가지고 서적과 신문 · 잡지에 소개되는, 존경하는 교수님들과 저명인사들의 소중한 글귀를 두서없이 수시로 적어 놓았다.

이렇게 모아진 자료들은 아무런 체계도 없고 더군다나 출처도 분명하지 않은, 문자 그대로 '잡기록'(雜記錄)에 지나지 않는 것이었다.

그러나 쓰레기로 버리기에는 너무 아깝다고 여기던 중에 자녀들과 아우가 출판을 권고하기도 하여 미비하고 초라한 모습이나마 책으로 엮게 되었다.

사람이 사람다운 인격을 갖추기 위하여는 모름지기 선현의 가르침을 읽고 지혜를 얻어야 한다. 선현은 우리에게 법고창신(法古創新)의 지혜를 열어준다.

공자는 '옛것을 심역하여 새것을 알면 스승이 될 수 있다' 고 하였다. 옛것을 본받고 심역하여 새것을 깨닫는 자세로 이 책을 출판하게 되었다. 독자 여러분의 너그러운 이해와 질정(叱正)을 바라마지 않는다.

2016년 4월 일

편저자 지교옥 씀

차례 Contents

제 1 편

교양과 상식

제1편 교양과 상식

선비와 선비정신

선비란 고품격(高品格)의 인성(人性)과 지성(知性)을 겸비한 지식인을 말한다. 이들이 지향하는 수기치인(修己治人)의 실현은 어린 시절부터 철저한 인성교육(人性教育)을 받고 학문을 연마하는 수기(修己)의 단계를 거쳐 완성한 인격체에 이르러서야 남을 다스리는 치인(治人)의 단계로 나아가는 것이었다.

여기서 말하는 치인(治人)이란 봉사(奉仕) 개념이 강하다. 수기의 단계에선 사(士)이고, 치인의 단계로 나아가면 대부(大夫)이므로 사대부(士大夫)라 했다. 그들은 문학 · 역사 · 철학(文史哲)을 필수 교양으로 하고 시서화(詩書畵)를 통해 감성훈련을 하였다. 감성훈련은 인정(人情)의 구현으로 나타나고 의리와 인정은 마땅히 갖추어야 할 덕이며 선비는 이것들을 조화시킬 수 있는 인간형을 말한다.

선비는 서릿발 같은 기개와 깨끗한 지조로 모델이 되는가 하면 어려운 사람이나 고통 받는 이를 위하여는 따뜻한 인정을 베푸는 사람이었다. 합리적이면서도 인간적인 전인적(全人的) 이상형을 설정하고 그에 도달하기 위하여 끊임없이 노력하는 사람이었다.

지식인으로서 사회적 역할에 선공후사(先公後私)와 공평무사(公平無私)를 생활신조로 하고 극기복례(克己復禮)를 실천하고자 하였다. 이기적(利己的)인 욕망을 이겨내고 타인과의 바람직한 관계를 확립하는 것이었다.

⁑퍼온 글

우리 조상(祖上)님들이 본 동물

우리 조상들은 새나 벌레들도 지각(知覺)이 있고 윤리 도덕을 지킨다고 보았다.

벌레는 군신지의(君臣之義), 늑대는 부자지의(父子之義), 원앙새는 부부지별(夫婦之別), 기러기는 장유유서(長幼有序), 쥐는 붕우유신(朋友有信), 조개는 더불어 죽는 추사지절(趨死之節), 승냥이는 조상지숭(祖上之崇)이 있다고 알았다.

강남(江南)을 오가는 제비가 주인집을 잊지 않고 찾아와 처마 밑에 집을 짓고 그 안에 조그마한 돌을 남기는데 이 돌을 난산하는 산모의 손에 쥐어주면 순산하고, 또한 죽은 사람에게 쥐어주면 떠난 영혼이 돌아온다 하여 반혼석(返魂石)이라 하였다. 즉 처마 밑에 살게 해 준 보은지례(報恩之禮)를 갖춘 제비로 〈흥부전〉에도 전한다.

까마귀는 어미를 먹이는, 이른바 반포지효(反哺之孝)를 실천하는 새이다.

⁑퍼온 글

노고초(老姑草 : 할미꽃)

가난하고 무력하고 늙었다 하여 소외당하고 밤낮으로 고개 숙이고 살다가도 그 고개를 들어 붉은 화심을 하늘에 들이대기도 한다. 할미꽃은 고개를 들어 가뭄의 조짐을 알렸던 것이다.

겉은 백발의 할아버지 같은 백발옹(白髮翁)이요, 할머니 같은 노고초(老姑草)라 속은 붉다 못해 검붉어져 있어 일편단심의 기개가 시퍼런 한사화(寒士花)로 선비들이 흠모하는 꽃이기도 했다. 신라 설총의 〈화왕계(花王戒)〉에서 장미(미녀)에 혹하여 국사를 어지럽히고 있는 화왕(花王 ; 모란) 앞에 백발에 베옷을 입고 지팡이를 짚고 나타난 것이 할미꽃이다.

영월 청령포 단종이 유배된 집 실경에 쓰인 글 한 토막

천수의 원한을 가슴 깊이 품은 채/ 적막한 영월땅 황량한 산 속에서/ 만고의 외로운 혼이 홀로 헤매는/ 푸른 솔은 옛 동산에 우거졌구나./ 고개 위에 소나무는 삼계에 늙었고/ 냇물은 돌에 부딪쳐 소란도 하다./ 산이 깊어 맹수들이 득실거리니/ 저물기 전에 사립문을 닫는다.

흉중불학 유수중무전야(胸中不學 猶手中無錢也) : 흉중에 학식이 없으면 마치 수중에 금전이 없는 것 같다.

⁑ 중국속담(中國俗談)

의금자찰지고 부지래자시지왕(疑今者察知古 不知來者視之往) : 오늘의 의혹이 있으면 옛날을 살펴보고 미래를 모르겠으면 지난 일을 살펴보라.

⁑ 〈관자〉(管子)

선유선보악유악보 불시불보시진미도(善有善報惡有惡報 不是不報時辰未到) : 선함이 있으면 선한 보답이 있고 악함이 있으면 악한 보답이 있다. 이에 보답이 없으면 때가 안 됐기 때문이다.

⁑ 〈명심보감〉(明心寶鑑)

유비무환 망전필위(有備無患 忘戰必危) : 준비가 있으면 후환이 없고 전쟁을 잊으면 위험하게 된다.

⁑ 사마연(司馬衍)

무진자추전 이불고후(務進者趨前 而不顧後) : 나아가기에 힘쓰는 사람은 앞으로만 향할 뿐 뒤를 돌아보지 않는다. ⁑퍼온 글

보주옥자 양필급신(寶珠玉者 殃必及身) : 주옥을 보배로 여기는 자는 꼭 재앙이 따른다. ⁑퍼온 글

범인지소이귀어금수자 이례야(凡人之所以貴於禽獸者 以禮也) : 무릇 사람으로서 짐승보다 고귀한 것은 예의가 있기 때문이다. ⁑퍼온 글

성상근야 습상원야(性相近也 習相遠也) : 사람의 천성은 서로 비슷하지만 습관으로 인하여 서로 멀어진다. ⁑〈논어〉(論語)

복수강녕 고인지소동욕 사망질병 역인소불능무(福壽康寧 固人之所同欲 死亡疾病 亦人所不能無) : 홍복 장수 평안과 건강은 사람이라면 누구나 바라는 바이다. 그러나 죽음과 질병 그것으로부터 자유로울 수는 없다. ⁑퍼온 글

동일지양 하양지음 불소이민자래(冬日之陽 夏陽之陰 不召而民自來) : 겨울날의 양지와 여름날의 그늘에는 부르지 않아도 사람들이 스스로 찾아온다. ⁑〈일주서〉(逸周書)

사사미봉 촉처파탄자 시무재지소인야(事事彌縫 觸處破綻者 是無才之小人也) 지파농신지지인 고무시월지교(只簸弄新知之人 故無時月之交) : 하는 일마다 미봉책을 써서 부딪치는 곳마다 파탄을 일으키는 자는 재주 없는 소인이다. 단지 서로 알게 된 사람을 농락하게 하려는 까닭에 몇 날 가는 벗이 없다. (정면 돌파하지 않고 그때 그때마다 땜질로 넘기

다가 나중에는 여기 저기서 한꺼번에 문제가 터져 한 순간에 침몰하는 소인들이다.)

⁑ 퍼온 글

중구삭금 삼인성호(衆口鑠金 三人成虎) : 뭇 사람의 입은 쇠까지 녹일 수 있으며 세 사람이 입을 모으면 장터에 범이 나타난다고 해도 곧이듣는다.

도리불언 하자성혜(桃李不言 下自成蹊) : 복숭아나 오얏나무는 말이 없지만 그 나무 밑에는 저절로 길이 생긴다. (도리(桃李)는 미인이나 어진 사람을 비유한 말이다. 덕행이 있으면 사람이 저절로 따른다.)

⁑ 〈등석자〉(鄧析子)

천지지어 만물야 사부득전기미 고각자거치 익즉양기족 명화무실 채운이산 지어인역연 비지이기재무예 즉혁공명 이불여이즉연의(天地之於 萬物也 使不得專其美 故角者去齒 翼則兩其足 名花無實 彩雲易散 至於人亦然 畀之以奇才茂藝 則革功名 而不與理則然矣) : 천지 만물들은 그 아름다움만을 오로지 가질 수는 없게 하였다. 뿔이 있는 놈은 이빨이 없고, 날개 있는 놈은 두 다리뿐이다. 아름다운 꽃은 그 열매가 없고 채색 구름은 쉬 흩어진다. 사람에 있어서도 그러하다. 기특한 재주와 화려한 기예로 뛰어나게 되면 공명이 떠나가 함께 하지 않는 것은 그 이치가 그러하다.(뿔이 있는 소는 윗니가 없다. 날카로운 이빨을 가진 범은 뿔이 없다. 예쁜 꽃은 열매가 변변치 않다. 열매가 귀한 것은 꽃이 변변치 않다. 날개 달린 새 짐승은 다리가 두 개뿐이다. 좋은 것만 골라서 다 갖는 이치는 없다. 좋은 것이 있으면 나쁜 것이 있고 장점이 곧 단점이기도 하다. 친구와 적은 언제나 동시에 존재한다. 모든 사람이 모두 찬사만 받을 수 없고 받으려 하여도 안 된다.)

⁑ 이인로(李仁老) 파한집(破閑集)

부 천하무정위 비고무정명(夫 天下無定位 卑高無定名) 유하즉 필유상 무비즉 안유고(有下則 必有上 無卑則 安有高) : 무릇 천하는 정해진 위치가 없고 낮고 높음도 일정한 이름이 없다. 아래가 있으면 반드시 위가 있다. 낮은 것이 없고 보면 어찌 높은 것이 있으랴. 가장 높았던 사람이 저편에 서면 가장 낮은 사람이다. 동네에서 뽐내는 사람이 큰 물에서는 망신당한다. 스스로 높다고 재는 것처럼 위태로운 것은 없다. 내가 힘겹고 어려우면 밑바닥부터 다시 시작하는 마음으로 다잡아야 한다. 내가 넉넉하고 힘이 생겨도 저 밑바닥 시절을 잊어서는 안 된다. 높아지면 낮아지고 낮아지면 높아진다.)

⁑퍼온 글

불위불가성 불구불가득(不爲不可成 不求不可得) : 행하지 않으면 이루지 못하고 구하지 않으면 얻지 못한다.

⁑〈관자〉(管子)

고인금불가시의 연즉기성도지고하심 술지사정당어하견(古人今不可視矣 然則其性度之高下心 術之邪正當於何見) 견어문장 문장자 성도심술지화야(見於文章 文章者 性度心術之畵也) : 옛 사람은 지금 볼 수 없다. 그 성품의 높고 낮음과 마음가짐이 그르고 바름을 어떻게 볼 수 있을까? 그것은 문장을 통해 볼 수 있다. 문장은 그 성품과 마음가짐의 그림이다. (없으면서 있는 것같이 보이려다 때가 묻은 글도 있다. 반대로 소박하면서도 진실한 글이 있고, 그 속을 알 수 없는 심연과도 같아 담백하면서도 읽는 사람을 압도하는 글도 있다.)

⁑퍼온 글

목귀명 이귀총 심귀공(目貴明 耳貴聰 心貴公) : 눈은 밝게 보는 것이 중요하고 귀는 똑똑히 듣는 것이 중요하고 마음은 사사로움을 버리는 것이 중요하다.

⁑퍼온 글

일수허착 전국치패(一手虛著 全局致敗) : 한 수를 잘못 두면 한 판을 질 수 있다.

⁑ 퍼온 글

와성계독 필장어계정지제(蛙生溪瀆 必藏於階庭之際) 군계자색 득편치명 옹왈 하임재림수지간 첩래근인가 이화앙지 불면재(群鷄恣索 得便致命 翁曰 何任在林藪之間 輒來近人家 以禍殃之 不免哉) 의자 근인즉토옥 토옥즉충번 와소이추충지야(意者 近人則土沃 土沃則蟲繁 蛙所以追蟲至也) 유리즉 해수 어차가험(有利則 害隨 於此可驗) : 개구리는 시내나 도랑에서 나는데 꼭 계단이나 뜰 사이에서 숨어 산다. 닭들이 마구 뒤져서 잡히기만 하면 죽는다. 나는 말한다. 왜 수풀 사이에 가만있지 아니하고 인가에 가까이 와서 재앙을 면치 못하는가. 생각컨대 사람 가까운 곳은 땅이 기름지고 땅이 기름지면 벌레가 많으니 개구리는 벌레를 좇아온 것이다. 이로움이 있으면 해가 뒤따른다는 것을 이에 있어서 징험(徵驗)할 수 있겠다.(저 있어야 할 곳에 안 있고 다른 곳을 기웃거리다 목숨을 재촉한다.)

⁑ 〈관물편〉(觀物篇) 성호(星湖) 이익(李瀷)

노중지언 필유설루(怒中之言 必有泄漏) : 홧김에 하는 말은 꼭 실수가 있기 마련이다.

⁑ 퍼온 글

유능제강 약능제강(柔能制剛 弱能制强) : 부드러움이 단단함을 제압할 수 있으며 약함이 강함을 제압할 수 있다.

⁑ 〈삼략〉(三略)

등산하이난험이지 필진호준령의(登山何以難險而止 必臻乎峻嶺矣) : 산을 오르는데 어찌 어렵고 험하다고 그치리오. 중도에 그치지 아니 하면 정상을 밟을 수 있다.

⁑ 퍼온 글

난대복이위추 견대소이위사 성대교이위선(卵待覆而爲雛 繭待繅而爲絲 性待敎而爲善) : 알은 품어진 다음에야 병아리가 되고 누에고치는 켠 다음에 실이 되며 사람의 품성은 가르침을 받은 다음에 착하게 된다.

⁑ 동중서(董仲舒)

인지단부본정 위물욕골란(人之丹府本靜 爲物欲滑亂) : 사람의 마음은 본래 고요한 것인데 물욕 때문에 미끄러져 흔들리게 되는 것이다.

⁑ 〈해동소학〉(海東小學)

심부재언 시이불견 식이부지기미(心不在焉 視而不見 食而不知其味) : 마음을 딴 곳에 팔면 보아도 보이지 않고 먹어도 맛을 모른다.

⁑ 〈대학〉(大學)

삼십육계 주위상계(三十六計 走爲上計) : 서른 여섯 가지 계책 중에서 달아나는 것이 제일이다.

⁑ 〈남제서〉(南齊書)

지우지 내명무구(止于止 內明無咎) : 그칠 곳에 그치니 속이 밝아 허물이 없다. (그칠 데 그치고 멈출 데 멈춘다. 사람의 일은 모두 그침을 알지 못하는 데서 생긴다.)

⁑ 퍼온 글

어질 인자(仁字)

어질 인(仁)자는 사람이 둘임을 보여주며 사람이 둘이서 연합한 형태이다. 그것은 너와 내가 아니라 우리이다. 우리라는 것은 같은 뿌리에 연결된 한 몸이다. 네가 좋은 것 내가 좋고 네가 슬플 때 나도 슬프다. 너 나의 화합은 따뜻하고 활기차고 신바람 나는 삶이다. 너와 내가 갈등하면 찬바람, 불화, 불행으로 이어진다.

공숭유지 업광유근(功崇惟志 業廣惟勤) : 큰 공을 세우자면 오로지 굳은 뜻이 있어야 하고 사업을 넓히자면 오로지 부지런해야 한다.

⁑ 〈서경〉(書經)

원이존광자식야 근이유명자학야(遠而存光者飾也 近而逾明者學也) : 멀리 해도 빛이 나는 것은 꾸밈이지만 가까이 할수록 밝아지는 것은 배움이다.

⁑ 퍼온 글

옥불탁 부성기(玉不琢 不成器) : 옥이라 해도 다듬지 아니 하면 귀중한 기물이 되지 못한다.

⁑ 〈예기〉(禮記)

양약고구 이어병(良藥苦口 利於病) : 좋은 약은 입에 쓰지만 병에는 이롭다.

⁑ 〈사기〉(史記)

석학불로 수류불격(石壑不老 水流不腐) : 돌구렁은 늙지 않고 흐르는 물은 썩지 않는다.

⁑ 퍼온 글

억만천백십 개기어일(億萬千百十 皆起於一) : 억 만 천 백 십은 하나로부터 시작한다.

⁑ 퍼온 글

학시자 선견여신 학청자 선문당종(學視者 先見輿薪 學聽者 先聞撞鍾) : 보는 것을 배우고자 하는 자는 먼저 나무수레부터 보고, 듣는 재간을 배우고자 하는 자는 종소리부터 듣는다.

⁑ 퍼온 글

소선부족이엄중악 소자부족이방대미(小善不足以掩衆惡 小疵不足以妨大美) : 자그마한 선으로는 여러 가지 악행을 가릴 수 없고, 자그마한

흠집은 큰 미행(美行)의 걸림돌이 되지 않는다. ⁑퍼온 글

무위기소불위 무욕기소불욕(無爲其所不爲 無欲其所不欲) : 해서는 안 될 일을 하지 말고, 욕심내지 말아야 할 일은 마음도 먹지 말라.

⁑〈맹자〉(孟子)

호명즉다사은 구방즉법무견(好名則多私恩 懼謗則法務堅) : 명성을 탐하면 사사로운 정에 얽매이게 되고 비방을 두려워하면 법을 엄하게 집행하지 못한다. ⁑퍼온 글

유세막사진 세진원상봉(有勢莫使盡 勢盡寃相逢) : 세도가 있더라도 다하지 말라. 세도가 없어지면 원수가 나타난다. ⁑〈명심보감〉(明心寶鑑)

십위지본 시생여얼(十圍之本 始生如蘗) : 열 아름이나 되는 큰 나무도 처음 싹이 틀 때에는 산나물과 다름없다. ⁑〈한서〉(漢書)

일죽일반 당사래처불이(一粥一飯 當思來處不易) : 밥 한 그릇 죽 한 그릇이라도 마땅히 농사의 어려움을 생각해야 한다. 쌀 한 톨도 거저 얻어지지 않는다. ⁑〈주자가훈〉(朱子家訓)

사람은 사랑으로 산다

톨스토이가 쓴 《사람은 무엇으로 사는가》란 작품에서 신은 천사 미하일에게 가난한 여인의 생명을 거둬 오라고 명한다. 며칠 전 남편을 잃은 여인은 막 쌍둥이 딸을 낳았다. 그는 아이들을 거두어 줄 사람이 없다고 아이들은 부모 없이 살아갈 수 없다며 살려 줄 것을 간청하자 미하일은 빈손으로 하늘에 돌아갔다. 그러나 신은 미하일에게 '사람은 무엇으로

사는가 알아오라' 며 지상으로 추방했다.

7년이 지난 후 그 쌍둥이는 여인의 사랑 속에 잘 자라고 있는 것을 보고 미하일은 '사람은 사랑으로 산다' 는 것을 깨달았다. ⁑퍼온 글

오동(梧桐)나무 보고 춤춘다. : 오동나무로 거문고를 만들기 때문이다. 징조를 보고 그 결과를 본 듯 기뻐함의 비유이다. 봉황새는 자신의 품격을 지켰다고 한다. 오동나무가 아니면 깃들지 않고(非梧桐不止, 비오동불지) 죽실이 아니면 먹지 않으며(非竹實不食, 비죽실불식) 단샘이 아니면 목을 축이지 않는다(非醴泉不飮, 비예천불음). ⁑퍼온 글

신외무물(身外無物) : 몸 밖에 물질이 없다. 몸이 가장 귀하다.

⁑〈노자〉(老子)

불탐호혈 안득호자(不探虎穴 安得虎子) : 호랑이 굴에 들어가지 않고 어떻게 호랑이 새끼를 잡을 수 있으랴. ⁑〈삼국지〉(三國志)

대붕역풍비 생어역수영(大鵬逆風飛 生魚逆水泳) : 큰 새는 바람을 거슬러 날고 살아 있는 물고기는 물결을 거슬러 헤엄친다. ⁑〈장자〉(莊子)

인아산붕처 무위도자고(人我山崩處 無爲道自高) 범유하심자 만복자귀의(凡有下心者 萬福自歸依) : 나와 남의 차별이 무너진다면 공부 안 해도 도는 절로 높아진다네. 자기를 능히 낮출 수 있는 자에게 모든 복이 저절로 굴러오네. ⁑야운각우 선사의 《초발심자경문》

노요지마력(路遙知馬力) 일구견인심(日久見人心) : 길이 멀어야 말의

힘을 알고 날이 오래 되어야 사람의 마음을 안다. ⁑ 〈명심보감〉(明心寶鑑)

태상왕(太上王)과 무학대사의 대화

태상왕(太上王) : "대사는 흡사 늙은 여우같이 보이는구려."

무학대사 : "태상왕께서는 부처님같이 보이십니다."

태상왕 : "어찌 부처님같이 보이십니까."

무학대사 : "사람의 마음이 부처님 같으면 모든 사람이 부처님같이 보이고 짐승 같은 마음을 가지면 모든 사람이 짐승같이 보이는 법입니다."

태상왕은 눈을 흘기며 돌아서면서 "허, 참" 하며 수염을 다듬는다.

⁑ 역사드라마 〈용의 눈물〉에서

춘향의 시

거세하시군별첩(去歲何時君別妾) 작이동절우동추(昨已冬節又動秋)
광풍반야우여설(狂風半夜雨如雪) 하위남원옥중수(何爲南原獄中囚)

지난해 어느 때에 님을 이별하였던가/ 엊그제 겨울이더니 이제 또 가을이 깊었네/ 거친 바람 깊은 밤에 찬비는 내리는데/ 어찌하여 남원 옥중의 죄수가 되었는가. ⁑ 〈군별첩〉(君別妾, 춘향의 시)

소년이로학난성(少年易老學難成) 일촌광음불가경(一寸光陰不可輕)
미각지당춘초몽(未覺池塘春草夢) 계전오엽이추성(階前梧葉已秋聲)

소년이 늙기는 쉬워도 배우기는 어려우니/ 하찮은 작은 시간도 가벼이 할 수 없다/ 연못가 봄기운을 미처 느끼지 못하였는데/ 뜰 앞 오동잎은 가을을 알린다. ⁑ 주희(朱熹) 〈권학시〉(勸學詩)

성년부중래(盛年不重來) 일일불재신(一日不再晨) 급시당면려 세월부대인(及時當勉勵 歲月不待人) : 젊은 시절은 한 번 가면 다시 오지 않고 하루날의 새벽도 지나가면 다시 오지 않는다. 무슨 일을 당하든지 열심히 하라. 세월은 기다려 주지 않는다. ⁑ 주희(朱熹) 〈권학문〉(勸學文)

부적규보 무이지천리(不積跬步 無以至千里) 부적소류 무이성강하(不積小流 無以成江河) : 한 발자국이 쌓이지 않으면 천리길에 이르지 못하고 작은 물이 쌓이지 않으면 큰 강물을 이루지 못한다. ⁑ 〈순자〉(荀子)

주식형제천유개(酒食兄弟千有個) 급난지붕일개무(急難之朋一個無) : 술 친구는 수없이 많으나 나의 급난을 도울 친구는 한 명도 없구나.

⁑ 〈명심보감〉(明心寶鑑)

구설자화환지문(口舌者禍患之門) 멸신지부(滅身之斧) : 입의 혀는 화근과 근심의 문이요, 몸을 찍는 도끼이다. ⁑ 〈명심보감〉(明心寶鑑)

해고종견저(海枯終見底) 인사부지심(人死不知心) : 바닷물이 마르면 바닥이 드러나지만 사람은 죽어도 그 마음은 알 수 없다. ⁑ 퍼온 글

부귀앙천종고사(富貴昂天從古死) 빈한도골 지금생(貧寒到骨 至今生) 억천년거 산유벽(億千年去 山猶碧) 십오야래 월복원(十五夜來 月復圓) : 부귀가 하늘을 찌를지라도 늙어서 죽음에 이르고, 빈곤이 뼈에 사무쳐도 지금까지 살아 있고, 억천 년이 지났어도 산은 오히려 푸르고 보름밤에 이르면 달은 둥글게 차오르네. ⁑ 대원군(大院君)의 시(詩)

익선관(翼蟬冠)

매미 날개가 붙은 관으로 옛날 임금이나 신하들이 정무를 보실 때 쓰

던 관을 이른다. 매미의 입이 곧게 뻗은 것이 선비의 갓끈이 늘어진 것을 연상하게 하여 매미에게는 학문이 있고, 이슬을 먹으니 맑음이 있고, 사람이 가꾸어 놓은 곡식을 먹지 않으니 염치(廉恥)가 있고, 다른 곤충과 달리 집이 없으니 검소(儉素)가 있고, 가을에 때맞추어 죽으니 신의가 있다는 것이 익선관의 뜻이다. ※매미의 오덕(五德)은 문(文) 청(淸) 렴(廉) 검(儉) 신(信)이다.

⁑ 퍼온 글

춘수만사택(春水滿四澤) : 봄비는 흡족히 내려 사방의 연못에 가득하고
하운다기봉(夏雲多奇峰) : 여름 뭉게구름은 봉우리를 이룬다
추월양명휘(秋月揚明輝) : 가을달은 휘영청 밝고
동령수고송(冬嶺秀孤松) : 겨울산 고개에는 외로운 소나무가 우뚝하다

⁑ 도연명(陶淵明)의 시(詩)

숙석청운지 차타백년발(宿昔靑雲志 蹉跎百年髮) 수지명경리 형영자상련(誰知明鏡裏 形影自相憐) : 옛날에 청운의 꿈을 품고 있었는데 어느새 백발의 나이가 되었구나.

누가 거울 속이 밝게 살피고 있는 것을 알기나 했으랴. 나와 내 그림자가 서로 불쌍히 여기게 될 줄을.

⁑ 《조경견백발》(照鏡見白髮) 장구령 작(張九齡 作)

인간도처 여하사(人間到處 如何似) : 인간 오가는 것 무엇 같을까.
응사비홍 답설니(應似飛鴻 踏雪泥) : 나는 기러기 눈 진흙 밟는 것 같으니
니상우연 유지조(泥上偶然 留指爪) : 진흙 위 우연히 남긴 발자국 얼마가랴.
홍비나복계동서(鴻飛那復計東西) : 기러기 날고 보면 그 동서를 누가 알리.

⁑ 소식(蘇軾)의 시(詩)

산하조작반(山霞朝作飯) : 아침은 노을이나 마시고
나월야위등(蘿月夜爲燈) : 저녁은 달이나 보고
독숙고암하(獨宿孤庵下) : 외로운 암자에 홀로 자는 밤
유존탑일층(惟存塔一層) : 말없이 다가서는 탑일층

⁑ 왕좌(王座)를 아우 세종(世宗)에게 물려주기 위해 미친 체했던 양녕대군의 시(詩)이다. 시제(詩題)는 '승축(僧軸)' 이다.

연초여벽사(燕草如碧絲) : 연나라 풀은 실처럼 푸릇푸릇 돋아나는데
진상저록지(秦桑低綠枝) : 진나라 뽕은 녹색 가지가 무성히 얽혔는데
당군회귀일(當君懷歸日) : 임이 돌아오고 싶은 날이
시첩단장시(是妾斷腸時) : 나의 기다리는 마음 창자를 도려내는 때라
춘풍불상식(春風不相識) : 봄바람은 나와 알지도 못하거늘
하사입라귀(何事入羅歸) : 어찌하여 나의 옷소매로 스며드는가

⁑ 이백(李白)

회자정리 생자필멸(會者定離 生者必滅) : 만나면 헤어지는 것이 정한 이치이며 산 자는 반드시 죽을 때가 있고

제행무상 인생무상(諸行無常 人生無常) : 세상의 모든 것은 항상 변화하며 인생 또한 그러하다.

⁑ 〈대반열반경〉(大般涅槃經)

부귀동정 구월상(富貴仝庭 九月霜) : 부귀는 구월의 서리 같으며
영화본시 삼경몽(榮華本是 三更夢) : 영화는 삼경의 꿈같은 것이다.

⁑ 퍼온 글

하나님과 인생

인생은 고행인가, 눈물인가, 참음인가, 사랑인가. 고통과 아픔에서 하

나님의 사랑을 발견한다. 인생은 이를 통하여 자신의 존재를 사색한다. 육신의 생각은 영의 사망이요, 자신을 자탄하는 시간은 하나님을 발견하는 시간이다. 나의 자랑은 교만과 자기 우상이며, 나의 마음은 하나님이 주재하신다. 오늘의 충실과 책임 있는 생활이 믿음이다.

어리석음은 경망이고 재앙이 따르게 마련이다. 사물을 판단하는 능력은 지혜와 총명이며 하나님은 인간에게 자유의지를 주셨다. 나만이 할 수 있다는 자기 과시와 자랑은 잘못이다. 인간이 인간을 떠나서는 살 수 없다. 사람은 만남으로 서로를 발견케 하고 도움을 준다. 또 서로를 보충하며 연마하여 빛을 내게 한다.

기도

하나님 앞에서 인간의 부족함과 한계를 발견한다. 인간 능력의 한계를 자책하고 성서 이외의 다양한 독서와 지식을 얻어야 한다.

기도는 인간 그대로를 드러내는 것이 필요하다. 하나님을 만나고 싶고 응답 받고 싶어도 뜻대로 되지 않는 것이 인간의 부족함이다. 하나님을 향한 간절한 소망의 기도이다.

소외(疏外 ; alination)

소외는 죄이다. 하나님에게 소외되면 죄가 되고 부모에게 소외되면 불효가 된다. 없어서 짐이 되는 자의 소외, 융합하지 못하는 자의 소외, 자신의 위치를 지키지 못하는 자의 소외가 그것이다.

과욕(過慾)

자본주의에서는 욕망이 발전을 가져온다는 이론이 성립될 수 있다. 그러나 욕망이 지나치면 선과 악이 혼동된다. 감성과 이성의 조화가 있어야 한다. 끝없는 욕망으로 자기와 남을 파멸하는 일은 어리석은 일이다.

하나님이 주신 분복

인생이 수고함으로써 낙을 누리는 것이 하나님이 주신 분복이다. 받는 자보다 주는 자가 복이 있도다. 인생은 헌신하는 가운데 아름다움과 영예가 나타나고 수고하는 가운데 풍성한 결실이 있고 은혜로운 가운데 감사가 있으며 기도하는 가운데 새로워진다.

하늘은 자조(自助)하는 자를 돕는다

그대가 나태(懶怠) 사치(奢侈) 낭비(浪費)에 젖고 수고(手苦)하지 않고 머리를 굴리지 않고 지혜(智慧)롭지 않고 미련(愚鈍)하여 평생(平生)을 수고로 쌓아 놓은 재산을 하루아침에 허물어뜨린다면 하나님도 어찌할 수 없는 것이다. ※〈천조자조〉(天助自助)라는 말이 있다.

영원한 삶

사람과 대화로 풀리지 않을 때는 하나님께 물어야 한다. 또 사람과는 대화하지 않고 오로지 하나님과 많은 대화를 하여도 미궁에 빠질 수 있다. 인생이 태어날 때가 있고 죽을 때가 있으니 인생이 짐승과 다름이 없는 줄을 깨닫게 함이다. 하나님은 사람에게 영원을 사모하는 마음을 주셨으니 영원한 삶은 믿음과 소망과 사랑 가운데 사는 생활이다.

세상에 묻혀 있는 인재(人才)

옥이 흙에 묻혀 길가에 버려져 있으니 오는 이 가는 이 흙이라 하는구나. 두어라 알 리 없으니 흙인 듯 있거라.

인생(人生)의 한계(限界)

사람의 능력(能力)에는 한계가 있으니 공의(公義)를 행하는 가운데 악(惡)이 있고 될 듯하다가도 안 되는 것이 인생(人生)이다. 더 할 수도 없고 덜 할 수도 없고 내 마음대로 할 수 없지만 완전(完全)하려고 노력하는 것이 인생이다. 이는 하나님을 알고 겸허하게 하려 하심이다. 육신(肉身)의 소욕(所欲)에 따라 살면 짐승의 생활과 다름이 없음이니라.

인생(人生)과 돈

인생은 돈에 의하여 무가치하게 되고, 돈에 가치를 두기 때문에 인간의 존엄성이 상실된다. 돈은 사람에게 필요한 것이나 사람이 없으면 돈은 무가치한 것이다.

백합(百合)

백합꽃이 썩으면 잡초보다 더 흉한 냄새가 난다. 그러나 백합은 자신의 냄새를 모른다.

정서(情緖)

성경 말씀의 정서의 장을 되찾으라. 옛날에는 아름다운 정서가 있었다. 장독대에 담긴 어머니의 정서, 떡과 별미의 나눔의 정서. 남의 고통을 아파하고 남의 기쁨을 기뻐하는 정서이다.

죄(罪)

1. 하나님으로부터 소외된 삶이 죄이다. 하나님의 은혜를 모르는 삶이 죄이다. 죄에 빠지면 기도가 단절된다.

2. 불신앙이 죄이다. 기도는 하나님과의 대화이다. 예배는 하나님과

손을 잡는 일이다.

3. 관계가 파괴되면 살인 · 저주가 온다.

거안사위(居安思危) : 평화로울 때 위태로움을 생각하라.

⁑ 〈춘추좌씨전〉(春秋左氏傳)

재(財)는 재(災)이다.

삯바느질하여 두 아들을 어렵게 기르는 과부가 처마 밑에서 우연히 발견한 금은보화 상자를 제자리에 묻고 그 집에서 이사하는 이야기가 나온다. 재(財)는 재(災)요 사람이 자랄 때 모자람이 있어야 대성한다 하여 횡재를 피하여 두 아들을 대성시켰다. ⁑ 〈일사유사〉(逸事遺事)

시목(枾木, 감나무)의 칠덕(七德)

후음(厚陰) : 한여름에 시원한 두터운 그늘을 제공한다

수장(壽長) : 오랜 기간 사람에게 유익을 준다.

무조소(無鳥巢) : 날짐승들의 집이 없다.

무충(無蟲) : 나무와 잎에 벌레가 꼬이지 않는다.

풍미(楓美) : 단풍이 아름답다.

실감미(實甘味) : 열매(감)가 달고 맛이 있다.

낙엽귀근(落葉歸根) : 낙엽은 떨어져서 뿌리에 영양이 된다. ⁑ 퍼온 글

여인불구비 검신야불급(如人不求備 檢身若不及) : 남에 대하여는 완전하기를 바라지 말고 자신에 대하여는 모자람이 없는가를 살펴 따져보아야 한다. ⁑ 〈서경〉(書經)

육예(六藝) : 선비가 갖추어야 할 여섯 가지

예(禮) 악(樂) 사(射, 활을 다루는 솜씨) 어(御, 말을 다루는 솜씨) 서(書, 글쓰기) 수(數, 셈하기)

⁑ 〈논어〉 : 공자의 제자들이 수련한 것

천방귀(賤妨貴)

천방귀(賤妨貴) 소능장(少凌長) 원간친(遠間親) 신간구(新間舊) 소가대(小加大) 음파의(淫破義) : 천한 사람이 귀한 사람을 훼방하고, 젊은 사람이 어른을 능멸하고, 먼 사람이 가까운 사람을 이간하고, 새 사람이 옛 사람을 이간하고, 적은 사람이 많은 사람에게 보태고, 악한 사람이 옳은 사람을 헐뜯는다.

⁑ 〈소학〉(小學)

이동위경 가이정의관(以銅爲鏡 可以正衣冠) : 구리로 거울을 만들면 옷차림을 바르게 할 수 있고,

이고위경 가이지흥체(以古爲鏡 可以知興替) : 옛일을 거울삼으면 흥망성쇠를 알 수 있으며,

이인위경 가이명득실(以人爲鏡 可以明得失) : 타인을 거울삼으면 득실을 명백히 할 수 있다.

⁑ 〈정관정요〉(貞觀政要)

선심(禪心)

무겁고 고요하고 침묵하는 청산, 티없이 맑은 하늘, 말없이 유유히 흐르는 강물을 선사(禪師)들은 노래했다. 선심은 마음의 욕심과 어리석음과 성냄을 그대로 비쳐줄 수 있기 때문에 좋다. 살아가다가 보면 앞을 가리는 욕심이 수없이 일어나고 어리석은 생각으로 자신과 주위에 해독을 입히는 일들이 생긴다. 그럴 때 선심을 통해 내 몸 안에서 일어나는 오장기운의 욕심을 고르고 참기운과 참마음을 길러내는 것이 마음의 난리를

없게 하는 길이다.

마음에 따라서 일어나는 선악인과(善惡因果)이기 때문에 어지러운 마음 바탕을 고르고 밝은 지혜로 은혜를 입는 마음공부를 끊임없이 해 나아가야 하는 것이다. 많고 많은 시비이해(是非利害)의 인간사(人間事)에서 결국 남는 것은 무엇인가. 내 안으로 맑고 밝은 정신을 기르고 밖으로 보이지 않는 덕을 쌓는 일임에 틀림없다.

⁑ 퍼온 글

삶의 의미(意味) 되짚는 세모(歲暮)

장자가 어느 날 동산에 오른다. 그때 큰 새가 눈앞을 스쳐 나뭇가지에 앉았다. 장자는 무슨 새인가 생각하며 활을 쏘려 했다. 그러다 보니 매미가 나무 그늘 밑에서 쉬고 있는 것이 보였다. 더 자세히 보니 그 매미를 당장이라도 잡아먹으려고 당랑(螳螂 : 사마귀)이 잔뜩 노려보고 있었다. 그 당랑을 또 나무 위에서 새가 잡아먹으려고 노리고 있었다. 장자가 생각하기를 "저렇게 모두가 눈앞이 어두워져서 당장 자기 몸에 닥쳐올 위험을 깨닫지 못하는 기구한 조화를 보도다" 하며 뒤돌아섰다.

장자는 또 "사물의 겉만 보도다. 나를 잊었다. 탁한 물을 너무 많이 본 탓인지 맑은 연못을 잊어버렸다" 한탄하며 이런 말을 남겼다.

"여름 매미는 봄도 가을도 모른다. 여름뿐인 짧은 수명이다. 인생도 그렇게 짧은 것이다."

⁑ 〈장자〉(莊子)

돈육금기(豚肉禁忌)

이슬람교는 돈육(돼지고기)을 금기 제1호라 한다. 《코란》 5장, 6장, 16장에 기록되어 있다. 마호메트가 이끄는 군대가 어느 점령지에서 돈육을 먹은 후에는 행동이 둔하여져 신속히 움직이지 않아 마호메트는 알라신의 계시라 하여 돼지고기를 금기시켰다는 것이다. 또 중동 사막지대에서는 이동하며 살기에 편리한 양이 제일이며 돼지는 먹일 수도 이동시킬 수도 어려운 금기(禁忌)의 대상이라는 것이다. 중국에도 이슬람교도가 많은데 그들의 시위를 방지하는 효과적인 방법은 돼지를 이슬람교도의 집에 몰아넣는 것이라 한다. ⁑퍼온 글

용진신적 공성화귀(用盡身賊 功成禍歸) : 힘을 다 쓰고 나면 몸값이 떨어지고 공을 이룩하고 나면 재화(災禍)가 돌아온다. ⁑퍼온 글

시시비비위지지(是是非非謂之知) : 옳은 것은 옳다고 그른 것은 그르다고 하는 것을 아는 것이라 하고,

비시시비위부지(非是是非謂不知) : 그른 것을 옳다 하고, 옳은 것을 그르다고 하는 것을 모르는 것이라고 하는 것이다. ⁑〈순자〉(荀子)

화발다풍우 인생족별리(花發多風雨 人生足別離) : 꽃이 만발하면 비바람도 많고 사람의 삶에는 이별(離別)도 많다. ⁑우무릉(于武陵)

초목무대소 필대춘이후생(草木無大小 必待春以後生) 인대의이후성(人待義以後成) : 초목은 크든지 작든지 봄을 기다려 움트고, 사람은 의리를 갖춘 다음에야 성숙된다. ⁑〈시자〉(尸子)

복수불가수 행운난중심(覆水不可收 行雲難重尋) : 엎지른 물은 다시 담을 수 없고 흘러간 구름은 다시 찾아볼 수 없다. ⁑〈명심보감〉(明心寶鑑)

무금 선원에 앉아 내가 나를 바라보니
기는 벌레 한 마리가 몸을 폈다 오그렸다

온갖것 다 갉아 먹으며 배설하고, 알을 슬기도 한다.

⁑ 조오현 스님의 〈내가 나를 바라보니〉

춘망사(春望詞)

화개부동상(花開不同賞) : 꽃이 피어도 함께 바라볼 수 없고
화락부동비(花落不同悲) : 꽃이 져도 함께 슬퍼하지 못하네
욕문상사처(欲問相思處) : 그리는 마음은 어디에 있나
화개화락시(花開花落時) : 꽃피고 꽃지는 때라네
남초결동심(攬草結同心) : 풀뜯어 동심으로 매듭을 지어
장이견지음(將以遣知音) : 님에게 보내려 마음먹다가
춘수정단절(春愁正斷絶) : 봄시름 정히 끊어질 때에
춘조부애음(春鳥復哀吟) : 봄새가 또 다시 애달피 우네
풍화일장로(風花日將老) : 꽃은 날로 바람에 시들어가고
가기유묘묘(佳期猶渺渺) : 만날 날은 아득히 멀어져 가네
불결동심인(不結同心人) : 그대와는 한 마음 맺지 못하고
공결동심초(空結同心草) : 부질없이 풀잎만 맺고 있다네
나감화만지(那堪花滿枝) : 가지 가득 핀 꽃을 어이 견디리
번작양상사(飜作兩想思) : 괴로워라 사모하는 마음이여
옥저수조경(玉著垂朝鏡) : 눈물이 주루룩 아침 거울에 떨어지네
춘풍지부지(春風知不知) : 봄바람은 이내 마음 아는지 모르는지

⁑ 당(唐)나라 여류시인 설도(薛濤)의 춘망사(春望詞) : 설도가 원진(元眞)을 그리워하는 간절한 감정을 읊은 것으로 알려져 있다.

박학지 심문지 신사지 명변지 독행지(博學之 審問之 愼思之 明辨之 篤行之) : 널리 배우고 깐깐히 묻고 신중히 생각하고 분명하게 가리고 도탑게 행하라.

⁑ 〈예기 중용〉(禮記 中庸)

유즉여지 강즉토지(柔則茹之 剛則吐之) : 만만하면 삼키고 단단하면 뱉는다.

⁑ 〈시경〉(詩經)

화죽필선득성죽어흉중(畵竹必先得成竹於胸中) : 대나무를 그리려면 먼저 가슴 속에 대나무가 있어야 한다.

⁑ 정섭(鄭燮)

천리지행 시어족하(千里之行 始於足下) : 천리길도 첫걸음으로 시작된다.

⁑ 〈노자〉(老子)

인지성 여수언(人之性 如水焉) 치지원즉원(置之圓則圓) 치지방즉방(置之方則方) : 사람의 심성은 물과 같아서 둥근 그릇에 담아두면 둥글고 모난 그릇에 담아두면 모난다.

⁑ 〈의림〉(意林)

목실경즉 무이정수미(目失鏡則 無以正鬚眉) 신실도즉 무이지미혹(身失道則 無以知迷惑) : 눈이 있어도 거울이 없으면 수염과 눈썹을 바로잡을 수 없고, 몸이 있어도 도가 없으면 옳고 그름을 가리지 못한다.

⁑ 퍼온 글

춘불경종 추후회(春不耕種 秋後悔) 소불근학 노후회(少不勤學 老後悔) : 봄에 심지 않으면 가을이 되면 후회하고 젊어서 열심히 배우지 않으면 늙어서 후회한다.

⁑ 〈주자십회훈〉(朱子十悔訓)

상이치분신 방이주부체(象以齒焚身 蚌以珠剖體) : 코끼리는 상아가 있어서 목숨을 잃고, 조개는 진주가 있기에 몸이 쪼개진다.

⁑ 왕부(王符) 〈잠부론〉(潛夫論)

매미의 오덕(五德)

문(文) : 한여름을 울기 위해 땅속에서 몇몇 해를 지내고

청(淸) : 머리에 갓끈을 두르고

염(廉) : 이슬만 먹고 살고

검(儉) : 곡식을 탐하지 않으며 집을 짓지 않고

신(信) : 철에 따라 허물을 벗어 절도를 지킨다. ⁑퍼온 글

화막대어부지족(禍莫大於不知足) 구막대어욕득(咎莫大於欲得) : 만족을 모르는 것보다 더 큰 화는 없고, 얻고자 하는 것보다 더 큰 허물은 없다. ⁑〈노자〉(老子)

득시자창(得時者昌) 실시자망(失時者亡) : 시기를 얻는 자는 창성하고 시기를 놓치는 자는 망한다. ⁑〈열자〉(列子)

신기루(蜃氣樓) : 열 또는 찬 기운 때문에 대기 밀도의 급변으로 빛이 이상하게 꺾이어 공중이나 땅 위에 무엇이 있는 것처럼 보이는 현상이다. 사막에 가서 신기루를 경험하게 되면 우리의 욕망이 그 얼마나 헛된 것인지를 알 수 있다.

지자불수 다위불우(智者不愁 多爲不憂) : 지혜로운 자는 시름하지 않으며 일을 많이 하면 걱정이 적어진다. ⁑〈만가행〉(滿歌行)

지기자 지지단야 가추이지인야(知己者 智之端也 可推以知人也) : 자신을 아는 것이 지혜의 시작이요, 그것으로 미루어 남을 알 수 있다.

⁑퍼온 글

요요자이결 요요자이오(嶢嶢者易缺 皦皦者易汚) : 높으면 무너지기 쉽고 깨끗하면 더러워지기 쉽다.

⁑ 〈후한서〉(後漢書)

시자난득이이실(時者難得而易失) : 때는 얻기 어렵되 잃기는 쉽다.

⁑ 〈사기〉(史記)

송인(送人)

우헐장제초색다(雨歇長提草色多) : 비개인 언덕에 풀빛 짙어지고

송군남포동비가(送君南浦動悲歌) : 그대를 남포에서 보내니 슬픈 노래 절로 나네

대동강수하시진(大同江水何時盡) : 대동강 물은 언제 마르리

별루년년첨록파(別淚年年添綠波) : 해마다 이별의 눈물은 푸른 물결 보태네

⁑ 정지상(鄭知常)

목종승즉정(木從繩則正) 후종간즉성(后從諫則聖) : 나무는 먹줄을 따르면 곧아지고 제왕은 간쟁(諫爭)을 좇으면 성군이 된다.

⁑ 〈정관정요〉(貞觀政要)

국화(菊花)

국화야 너는 어이 삼월춘풍(三月春風) 다 지새고

낙목한천(落木寒天)에 너 홀로 피었나니

아마도 오상고절(傲霜孤節)은 너뿐인가 하노라.

⁑ 이정보(李鼎輔)

귀출여분토(貴出如糞土) 천취여주옥(賤取如珠玉) : 비쌀 때에는 똥같이 여겨 팔아넘기고 쌀 때에는 주옥같이 여겨 사들이라.

⁑ 〈사기 화식열전〉(史記 貨殖列傳)

인생불만백 상회천세우(人生不滿百 常懷千歲憂) : 백 년도 안 되는 인생이건만 언제나 천 년을 근심하누나. ⁑〈서문행〉(西門行)

학연후지부족(學然後知不足) : 배운 다음에야 그 부족함을 알고
교연후지곤(敎然後知困) : 가르친 다음에야 그 어려움을 안다.

⁑〈예기〉(禮記)

일중즉이(日中則移) : 해는 한낮이 기울고
월만즉휴(月滿則虧) : 달은 차면 이지러지고
물성즉쇠(物盛則衰) : 사물은 성하면 쇠퇴한다. ⁑〈사기〉(史記)

유선시자실번(有善始者實繁) 능극종자개과(能克終者蓋寡) : 시작하는 자는 실로 많으나 끝을 잘 맺는 자는 드물다. ⁑〈정관정요〉(貞觀政要)

명자원견어미맹 이지자피위미형(明者遠見於未萌 而智者避危於未形) : 총명한 사람은 싹이 트기도 전에 낌새를 알아차리고 지혜로운 자는 위험이 닥치기 전에 몸을 피한다. ⁑퍼온 글

건곤유의생남자(乾坤有意生男子) 세월무정노장부(歲月無情老丈夫) : 건곤은 뜻이 있어 남자를 낳았건만은 세월은 무정하여 장부를 늙게 하네. ⁑〈연구집〉(聯句集)

만초손(滿招損) 겸수익(謙受益) : 차면 비게 마련이고 비면 차게 마련이다. ⁑〈서경〉(書經)

맹수불군(猛獸不群) 지조불쌍(鷙鳥不雙) : 힘센 짐승은 무리를 짓지

아니하고 날쌘 새들은 쌍을 이루지 아니한다. ⁑〈회남자〉(淮南子)

조지장사 기명야애(鳥之將死 其鳴也哀) 인지장사 기언야선(人之將死 其言也善) : 새가 죽을 때에는 우는 소리가 슬프고 사람이 죽을 때에는 하는 말이 착하다. ⁑〈논어〉(論語)

선불망래 재불공발(善不妄來 災不空發) : 좋은 일은 까닭 없이 찾아오지 아니하고 재앙은 터무니 없이 찾아들지 아니한다. ⁑〈후한서〉(後漢書)

일체언동 도요안상(一切言動 都要安詳) 십차구착 지위황장(十差九錯 只爲慌張) : 모든 언행은 침착해야 한다. 실수는 십중팔구 덤벼서 생기는 법이다. ⁑ 여득승(呂得勝)

막여운이산 수사월빈원(莫如雲易散 須似月頻圓) : 구름처럼 흩어지기를 잘 하지 말고 달처럼 둥글어지길 자주 하여라. ⁑〈임강산〉(臨江仙) 안수(晏殊)

약승고필자하(若昇高必自下) 약척하필자이(若陟遐必自邇) : 높이 오르려면 반드시 아래에서부터 시작하고 멀리 가려면 반드시 가까운 데서부터 시작해야 한다. ⁑〈서경〉(書經)

건대공어천하자(建大功於天下者) 필선수어규문지내(必先修於閨門之內) : 천하의 큰 공덕을 세울 사람은 반드시 먼저 안방에서 수양한다.

⁑〈서경〉(書經)

우이독경 마이동풍(牛耳讀經 馬耳東風) : 소귀에 경 읽기와 같이 알려

주고 가르쳐 주어도 도무지 깨달음이 없고, 말귀에 동풍이 자나가듯 남의 말을 마음에 담아두지 않고 흘려 버린다. ⁑ 이백(李白)

역승빈근승화(力勝貧謹勝禍) : 부지런히 힘쓰면 빈곤이 없고 삼가고 조심하면 화를 면한다. ⁑ 유향(劉向)의 〈설원〉(說苑)

월하노인(月下老人)

당나라 위고(韋固)라는 이가 밤길을 걸어가다 보니 한 노인이 보따리를 멘 채 누워서 책을 뒤적이고 있었다. 위고는 그 노인에게 그 보따리 속에 무엇이 들어있느냐고 물으니 붉은 끈이 들어 있다고 하였다. 그 붉은 끈을 무엇에 쓰느냐고 물으니 남녀가 부부로서 궁합이 맞았을 때 맺어주는 끈[緣]이라 했다. 이리하여 중매쟁이를 월하노인(月下老人)이라고 부르게 되었다. ⁑ 퍼온 글

인수백년능기하 후래랑부금위파(人壽百年能幾何 後來娘婦今爲婆) : 인생백년 얼마이련가. 그제 새색시 이제는 할멈 되었네. ⁑ 퍼온 글

문선불모여롱동(聞善不慕如聾同) 견선불경여혼동(見善不敬如昏同) : 선한 일을 듣고도 본받을 줄 모르면 귀먹은 것과 같고, 선한 것을 보고도 공경할 줄 모르면 눈먼 것과 같다. ⁑ 퍼온 글

주극즉난(酒極則亂) 낙극즉비(樂極則悲) : 술이 지나치면 망발이 나가고 즐거움이 지나치면 슬픔이 온다. ⁑ 〈사기〉(史記)

양심막선어과욕(養心莫善於寡欲) : 마음을 수양하는 데에는 욕심을

줄이는 것이 제일이다. ⁑〈노자〉(老子)

일등능제천년암(一燈能除千年暗) 일지능멸만사우(一智能滅萬事愚) : 등불 하나가 천 년의 어두움을 몰아가고 한 가지 지혜가 만 가지 어리석음을 없앤다. ⁑〈육조단경〉(六祖壇經)

병종구입 환자구출(病從口入 患自口出) : 병균은 입으로 들어가고 재앙은 입을 통하여 나온다. ⁑풍도(馮道)

육부출충어염생두(肉腐出蟲魚恬生蠹) : 고기가 썩으면 구더기가 생기고 생선이 마르면 좀이 생긴다. ⁑〈순자〉(荀子)

가빈상외객 신로전련아(家貧常畏客 身老轉憐兒) : 살림이 가난하니 손이 올까 두렵고 이 몸이 늙어가니 아이들이 귀엽구나. ⁑장적(張籍)

곡불일욕이백 오불일검이흑(鵠不日浴而白 烏不日黔而黑) : 두루미는 날마다 목욕하지 않아도 새하얗고 까마귀는 날마다 먹칠하지 않아도 새까맣다.(걸레는 빨아도 걸레라는 말과 상통한다.) ⁑〈장자〉(莊子)

참구선정(參究禪定), 참선(參禪)

잡념이 없이 일념(一念)이 되는 공부. 정신을 집중하여 외부로 향해 있는 마음과 눈을 안으로 돌려 자신의 내면을 깊이 들여다보아 실상을 깨닫는 것이다. 참선(參禪)의 궁극적 목적은 탐욕(貪慾) 분노(瞋) 어리석음(痴)의 삼독(三毒)의 뿌리를 끊음으로써 자신을 바꾸는 것이다. ⁑퍼온 글

감사(感謝)

감사는 조건적인 것이 아니다. 현존하는 모든 것에 대한 근원적이고 무조건적인 긍정이다. 삶을 긍정하면 모든 것이 고마워질 수밖에 없다. 고통조차도 의미가 있다고 스스로 발언하게 되면 우리는 비로소 사람다운 사람이 된다.

자신의 현존 자체가 감사하고 삼라만상과 인생이 고맙게 여겨지는 것이 감사하는 태도이다.

연작안지홍곡지재(燕雀安知鴻鵠志哉) : 연작(제비와 참새)이 홍곡(큰 기러기와 고니)의 마음을 어찌 알소냐.

⁑ 〈사기〉(史記)

인불경절 지불경원(仁不輕絶 智不輕怨) : 어진 이는 경솔하게 절교하지 아니하며 지혜로운 사람은 경솔하게 남을 원망하지 않는다.

⁑ 〈전국책〉(戰國策)

애인자필견애야 이오인자필견오야(愛人者必見愛也 以惡人者必見惡也) : 남을 사랑하는 자는 반드시 사랑을 받고 남을 미워하는 자는 반드시 미움을 받는다.

⁑ 〈묵자〉(墨子)

송지(松志)

좌절했을 때 바위 벼랑을 뚫고 내린 소나무 뿌리에 용기를 얻어 대성한 분이 초의선사(草衣禪師) 뿐이며, 바람 이슬 불변하고 다시 사철 늘 푸름으로 지조를 다진 분이 성삼문(成三問) 뿐이겠는가.

고려 때 문장가(文章家) 이인로(李仁老)가 옥당[翰林院]에 서 있는 소나무를 향해 일갈(一喝)하기를 "너같이 허리가 구부정하고 푸른 수염 난

자가 어찌 이 신서부에 들어와 있느냐" 고 했다. 이에 소나무가 대꾸하기를 "내가 비록 비틀어져 사람들이 알아주지 않으나 빙설(氷雪) 같은 맑은 기개가 선생의 지조를 깔보며 풍우(風雨)를 마다 않고 이겨낸 억지는 선생의 외고집을 손가락질하며, 천 년을 지나도 무성함은 인생의 지친 여생을 비웃는도다" 고 했다.

선비들은 마음에 욕심이나 원한이나 시기나 오기 같은 사특한 마음이나 갈등이 생기면 언덕배기에 고고하게 서서 바람을 들이는 소나무를 찾아간다. 그 아래 단정하게 앉아 솔잎이 바람을 가르는 풍입송(風入松) 소리로 마음을 재운다.

⁑ 퍼온 글

자고치시소이난시다(自古治時少而亂時多) : 예로부터 태평한 때는 적었고 혼란한 때가 많았다.

⁑ 퍼온 글

일시지강약재력 천고지승부재리(一時之强弱在力 千古之勝負在理) : 일시의 강약은 힘에 좌우되지만 최후의 승부는 도리에 좌우된다.

⁑ 풍몽룡(馮夢龍)

포퓰리즘(Populism)

그때 그때의 필요에 따라 좌로 갈 수도 있고 우로 갈 수도 있는, 그래서 대중의 감정을 휘어잡기 위한 홍행이다. 대중의 욕구나 감정에 영합하여 외쳐대는 선동이다. 그 특징은 반 엘리트, 반 지식인이다. 반 엘리트의 예로는 정치인 · 권력자 · 가진 자들의 고급문화에 대한 혐오감을 들 수 있다.

반 지식인은 배운 자에 대한 질시이며 그런 대중정서를 선동하기 위한 논리나 합리적 토론을 묵살한 채 직정적(直情的)인 언동을 쏟아 붓는 행위이다. 부홍사적 도덕주의란 특정한 사람들을 악으로 지목해서 희생양으로 삼는 행위를 말한다. 미국 인민당의 정책에서 유래하여 널리 쓰이고 있다.

감명자 진구불능매(鑒明者 塵垢弗能埋) : 거울이 맑으면 먼지와 때가 끼지 않는다.

⁑〈회남자〉(淮南子)

비지지난 행지유난(非知之難 行之惟難) 비행지난 종지사난(非行之難 終之斯難) : 알기 어려운 것이 아니라 실행하기가 어렵고, 실행하기가 어려운 것이 아니라 끝을 보기가 어렵다.

⁑〈정관정요〉(貞觀政要)

지대본소 장불승춘풍(枝大本小 將不勝春風) : 가지는 크고 뿌리가 작으면 봄바람도 이길 수 없다.

⁑〈한비자〉(韓非子)

지극지림무량주지질 운류지수무홍파지세(枳棘之林無梁柱之質 涓流之水無洪波之勢) : 탱자나무 가시나무 우거진 숲에는 들보나 기둥감이 없고, 잔잔한 물결에서 큰 파도 같은 기세를 찾아볼 수 없다. (바탕이나 환경이 중요함은 사람이나 나무나 마찬가지다.)

⁑〈삼국지〉(三國志)

일촌산하일촌금(一村山河一寸金) : 한 치의 산천은 한 치의 금과 같다.

⁑퍼온 글

선적자창 악적자상(善積者昌 惡積者喪) : 선을 쌓으면 성하고 악을 쌓으면 망한다.

⁑퍼온 글

소수장류즉능천석(小水長流則能穿石) : 실개천도 오래 흐르면 바위를 뚫는다.

⁑ 〈불수반열반약설교계경〉(佛垂般涅槃略說敎誡經)

유이불반자수야(流而不返者水也) : 흘러가고 되돌아올 줄 모르는 것은 물이요,

불이시천자송백야(不以時遷者松柏也) : 때에 따라 달라지지 않는 것은 송백이로세.

⁑ 소식(蘇軾)

노기형자장년(勞其形者長年) : 수고스레 일하는 자는 오래 살고,

안기낙자단명(安其樂者短命) : 편안하게 살아가는 자는 명이 짧다.

⁑ 구양수(歐陽脩)

금아(琴兒) 피천득의 문학관(文學觀)

문학(文學)은 금싸라기를 고른 듯이 선택된 생활경험의 표현(表現)이다. 사람이나 표현기교에는 시대에 따라 변천이 있으나 문학의 본질은 언제나 정(情)이며 문학에 있어서 정(情)의 극치는 연정(戀情)이다.

⁑ 퍼온 글

닭의 오덕(五德)

1. 문(文) : 머리에 벼슬을 이고 있다. (두유대관 ; 頭有戴冠)
2. 무(武) : 날카로운 발톱을 지녔다. (족유맹거 ; 足有猛距)
3. 용(勇) : 싸움을 잘 한다. (견웅상투 ; 見雄相鬪)
4. 인(仁) : 모이를 암탉에게 넘겨준다. (견식호군 ; 見食呼群)
5. 신(信) : 정확한 일출을 알려준다. (명불실시 ; 鳴不失時)

⁑ 〈한시외전〉(韓詩外傳)

선하수위강(先下手爲强) : 선수를 치면 이기고
후하수위앙(後下手爲殃) : 후수로 끌려다니면 해를 입는다.
선모후사자창(先謀後事者昌) : 생각이 일보다 앞서면 성공하고
선사후모자망(先事後謀者亡) : 일이 생각보다 앞서면 실패한다.
여숙모심(慮熟謀心) : 생각을 깊이 하고 잘 살피어 도모하면
역불노이공배(力不勞而功倍) : 힘은 적게 들고 공은 배로 늘어난다.

⁑퍼온 글

언지대감 기중필고 참재중의(言之大甘 其中必苦 譖在中矣) : 말이 아주 달면 그 속에 쓴 것이 있고 헐뜯음이 담겨 있다. ⁑퍼온 글

청춘류부주 백발자연생(青春留不住 白髮自然生) : 청춘을 어이 붓들을 수 있으리오. 백발은 저절로 자라난다네. ⁑〈고금현문〉(古今賢文)

세패휴운귀 가망막론친(勢敗休云貴 家亡莫論親) : 권세가 기운 다음에는 귀하다 말을 말고, 가세가 기운 다음에는 친척을 찾지 말라. ⁑퍼온 글

일위불선 중선개망(一爲不善 衆善皆亡) : 한 가지만 잘못해도 만 가지 선행이 빛을 잃는다. ⁑퍼온 글

이세교자 세경측절(以勢交者 勢傾則絶) 이리교자 이궁즉산(以利交者 利窮則散) : 권세로 사귄 사람은 권세가 떨어지면 떠나고, 돈으로 사귄 사람은 돈이 없어지면 흩어진다. ⁑〈안씨가훈〉(顔氏家訓)

중한즉열 중열즉한(重寒則熱 重熱則寒) : 너무 차면 열이 나고 열이 심하면 오한이 난다. ⁑〈음양응상대론〉(陰陽應象大論)

쟁부대소송(爭釜大小訟)과 황금대소투(黃金大小投)

함우치(咸禹治)가 전라감사로 있을 때 돈 많은 양반집 형제가 유산을 가르는데 가마솥의 크고 작음을 다투어 관청에 소송했다. 함 감사가 노하여 그 형제로 하여금 크고 작은 두 개의 솥을 가지고 오게 하여 그 솥을 때려 부수어 근으로 달아 나누어 주겠다고 판결하니 형제는 솥을 들추어 쓰고 도망쳐 나갔다.

고려 공민왕 때 형제가 길을 가다가 동생이 황금 두 덩이를 주워 그중 작은 덩이를 형에게 주고 큰 덩이는 동생이 가지고 양천강을 건너다가 동생은 마음의 고통을 느껴 들고 가던 황금덩이를 물 속에 던져 버렸다. 황금이 생기면서 돈독했던 우애의 틈에 사특한 마음이 생기니 상서롭지 못한 물건이라고 던져버렸다 하니 형은 네 말이 옳다 하고 형마저 던져 버렸다.

옛날 자녀에게 우애를 가르칠 때 이 쟁부대소송(爭釜大小訟)과 황금대소투(黃金大小投)를 가르치는 것이 관례이었다. 조그마한 이해관계로 동기간에 원수가 되고 패가망신이 되는 솥 크기의 싸움이 기하급수로 늘어나는데 황금버리기로 얻은 화목은 눈 씻고도 찾아볼 수 없는 세태가 되었다.

⁑퍼온 글

빙탄부동기이구(氷炭不同器而久) 한서불겸시이지(寒暑不兼時而至) : 얼음과 숯불은 한 그릇에 오래 있을 수 없고, 추위와 더위는 같은 때에 이르지 아니한다.

⁑〈한비자〉(韓非子)

서중자유황금옥(書中自有黃金屋) : 책 속에는 황금으로 만든 집이 있다. ※책을 열심히 읽으면 성공할 수 있다.

⁑진종황제(眞宗皇帝) 〈권학문〉(勸學文)

천하지락무궁 이이적의위열(天下之樂無窮 而以適意爲悅) : 천하의 즐거움은 무궁무진하지만 마음에 맞아야 기쁨이 있다.

⁑ 소식(蘇軾) ⁑ 〈명심보감〉(明心寶鑑)

외모(外貌)와 내모(內貌)

얼굴이 예쁘면 화근이 되지만 마음이 예쁘면 복근(福根)이 된다는 미추(美醜)에 대한 논란이 있다. 우리나라에서는 아기를 잘 낳는 왕자상(旺子相), 못 낳는 무자상(無子相)을 가지고 미추(美醜)의 기준을 삼는 예도 있다. 왕자상은 다음과 같은 내모가 있어야 한다. ① 남 싸우는 데 끼어들지 않고 ② 어려움 속에서도 원망하지 않고 ③ 음식을 절제하고 ④ 무슨 일을 당해도 희비애락(喜悲哀樂)을 당장 나타내지 않는 것이다.

⁑ 퍼온 글

지지자불여호지자 호지자불여낙지자(知之者不如好之者 好之者不如樂之者) : 아는 것이 좋아함만 같지 못하고 좋아함은 즐기는 것만 같지 못하다.

⁑ 〈논어〉(論語)

월운이풍 초윤이우(月暈而風 礎潤而雨) : 달무리가 생기면 바람이 일고 주춧돌이 습해지면 비가 온다.

⁑ 퍼온 글

잔서선최진 신추안대래(殘署蟬催盡 新秋雁帶來) : 마지막 더위는 매미소리에 쫓겨가고 신선한 가을은 기러기 따라 찾아오네.

⁑ 백거이(白居易)

유수불부 호추불려(流水不腐 戶樞不蠹) : 흐르는 물은 썩지 않고 지도리 나무엔 좀이 슬지 아니한다.

⁑ 〈여씨춘추〉(呂氏春秋)

조로탐명리 석양우자손(朝露貪名利 夕陽憂子孫) : 젊었을 때에는 명리를 탐하였는데 늘그막엔 자식 손자가 걱정이구려. ⁑백거이(白居易)

사긍재즉덕박(士矜才則德薄) 여현색즉정방(女衒色則情放) : 남아(男兒)들이 재능을 자랑하면 덕이 없게 되고 여자들이 용모를 자랑하면 바람이 나게 된다. ⁑풍몽룡(馮夢龍)

인견리이불견해(人見利而不見害) 어견식이불견구(魚見食而不見鉤) : 사람은 눈 앞에 이득만 보고 닥쳐올 재해는 보지 못하며, 물고기는 미끼만 보고 낚시 바늘을 보지 못한다. ⁑퍼온 글

행성어사 훼어수(行成於思 毁於隨) : 행동은 생각하는 데서 성공하고, 되는 대로 하는 데서 망한다. ⁑한유(韓愈)

주도(酒道)

폭음과 주사(酒邪)를 경계하는 주도(酒道)가 있다. 안자(晏子)는 술이 머리까지 미치지 않게 마셔야 한다고 했다. 술이 머리에 미치면 허세가 밀려 나오기 때문이다. 또한 전통주도에서는 취하는 과정을 긴장된 입이 풀리는 해구(解口), 미운 것도 예뻐 보이는 해색(解色), 억눌린 것이나 원한이 풀리는 해원(解怨), 인사불성이 되는 해망(解忘) 등 네 단계로 보고 일정한 한계를 넘어서지 말라고 했다. 또한 전통 세 가지 계명은 1. 밤낮 때 없이 마시지 말고 2. 저녁 유시(酉時, 오후 6:00~8:00)에 마시지 말고 3. 유일(酉日)에는 간(肝)을 쉬게 하라고 하였다. 술을 마시지 않는 날은 휴간일(休肝日)이고, 음주 후에 물을 마시는 것이 현주계(玄酒誡)이고, 석잔 이상 마시지 않는 것이 삼배계(三杯誡)이다. ⁑퍼온 글

선악지수 여화여수 불능상용(善惡之殊 如火與水 不能相容) : 선과 악이 서로 다른 것은 불과 물이 서로 용납하지 않는 것과 같다. ⁑퍼온 글

우재내자본야 우재외자말야(憂在內者本也 憂在外者末也) : 안에 우환이 있는 것이 근본적인 것이고 밖에 있는 것은 지엽적인 것이다.

⁑왕안석(王安石)

구목지장자 필고기근본(求木之長者 必固其根本) : 나무가 자랄 것을 바라면 그 뿌리를 튼튼하게 해주어야 한다. ⁑위징(魏徵)

지막대어지인(智莫大於知人) : 지혜 가운데 사람을 아는 것보다 더 큰 것은 없다. ⁑〈통현진경〉(通玄眞經)

시속인유이 부자문기과(時俗人有耳 不自聞其過) : 세속 사람들은 귀가 있어도 스스로 제 잘못은 들으려 하지 아니한다. ⁑한유(韓愈)

복근이지 화원난견(福近易知 禍遠難見) : 복은 가까워서 알기 쉽지만 화는 멀어서 예측하기 어렵다. ⁑퍼온 글

폭지지영 지자불거(暴至之榮 智者不居) : 갑자기 닥친 부귀영화를 지혜로운 사람은 누리지 않는다. ※복권 당첨 등으로 벼락부자가 되기를 바라는 사람을 위한 명언이다. ⁑퍼온 글

임행이사 임언이택(臨行而思 臨言而擇) : 행동하기 전에 생각해야 하고 입을 열기 전에 할 말을 골라야 한다. ⁑왕안석(王安石)

무근이고자정야(無根而固者情也) : 뿌리가 없으면서도 흔들림이 없는 것이 정이다.

통막대어불문과(痛莫大於不聞過) 욕막대어부지치(辱莫大於不知恥) : 잘못을 지적받지 못하는 것보다 더 큰 아픔은 없고, 수치를 모르는 것보다 더 큰 모욕은 없다. ⁑〈후한서〉(後漢書)

청상취풍엽 담월은로화(淸霜醉楓葉 淡月隱蘆花) : 차디찬 서리에 단풍잎 취하고 담담한 달빛에 흰 갈꽃 자취 감추네.

⁑〈적항조행〉(荻港早行) · 허유임(許有壬)

애오생지수유 선장강지무궁(哀吾生之須臾 羨長江之無窮) : 애달프구나 짧디 짧은 우리 인생, 부럽구나 끝이 없는 저 장강 물. ※인생이 짧은 것을 슬퍼하고 장강이 무궁한 것을 부러워 한다. ⁑소식(蘇軾)

오생야유애 이지야무애(吾生也有涯 而知也無涯) : 내가 살아갈 날은 끝이 있지만 내가 알아야 할 것은 끝이 없다. ⁑〈장자〉(莊子)

도야자 불가수유리야(道也者 不可須臾離也) 가리비도야(可離非道也) : 도(道)라는 것은 현실로부터 잠시도 떠날 수 없는 것이다. 떠날 수 있으면 도가 아니다. ⁑〈중용〉(中庸)

운명(運命)에는 우연이 없다. 인간은 어떠한 운명을 만나기 전에 벌써 저 스스로 그것을 만들고 있는 것이다.

학불가이이(學不可以已) 청취지어람(靑取之於藍) 빙수위지이한어수(氷水爲之而寒於水) : 학문은 잠시도 쉬어서는 아니 된다. 푸른 색은 쪽에서 나오지만 쪽보다 더 푸르고, 얼음은 물이 만들지만 물보다 더 차다.

⁑〈순자〉(荀子)

불학자지 불문자효(不學自知 不問自曉) 고금행사 미지유야(古今行事未之有也) : 배우지 않고도 스스로 알고 묻지 않아도 깨닫는 자는 고금을 살펴보아도 있은 적이 없다. ⁑왕충(王充)의 〈논형〉(論衡)

범사예즉립 불예즉폐(凡事豫則立 不豫則廢) : 무릇 일을 함에 있어서 준비가 있으면 성공하고 준비가 없으면 실패한다. ⁑〈중용〉(中庸)

사성무해 수무례역가(事誠無害 雖無例亦可) 약기유해 수백례 불가용야(若其有害 雖百例 不可用也) : 일에 진정 해로움이 없다면 선례가 없어도 할 수 있으며 만약 해로움이 있다면 백 번의 선례가 있다 해도 안 된다. ⁑퍼온 글

이이리복 난이력승(易以理服 難以力勝) : 남을 도리로 깨우치기는 쉬워도 힘으로 이기기는 어렵다. ⁑소식(蘇軾)

전사지불망 후사지사(前事之不忘 後事之師) : 지난 일을 잊지 않으면 뒷 일의 스승(거울)이 된다. ⁑〈전국책〉(戰國策)

지자선모 불여당시정시자(知者善謀 不如當時精時者) : 총명한 자가 계획을 잘 세운다 해도 시기를 잘 맞추는 것만 같지 못하다. ⁑〈관자〉(管子)

견의불위 무용야(見義不爲 無勇也) : 옳은 것을 보고도 행하지 않는 것은 용기가 없는 것이다. ⁑〈논어〉(論語)

일월불명 천불역야(日月不明 天不易也) 산고이불견 지불역야(山高而不見 地不易也) : 일월이 밝지 않아도 하늘은 바뀌지 않고 산이 높아서 보이지 않아도 땅은 바뀌지 않는다. ⁑〈관자 목민편〉(管子 牧民篇)

침어락자지어우(沈於樂者至於憂) 후어미자박어행(厚於味者薄於行) : 쾌락에 빠진 자는 근심에 들게 되고 맛깔스런 음식만 즐기는 자는 덕행이 없게 마련이다. ⁑퍼온 글

이조명춘(以鳥鳴春) 이뢰명하(以雷鳴夏) : 새는 봄에 울고 우레는 여름에 울고

이충명추(以蟲鳴秋) 이풍명동(以風鳴冬) : 벌레는 가을에 울고 바람은 겨울에 운다. ⁑〈고문진보〉(古文眞寶)

범물치지 안지즉안 위지즉위(凡物置之 安地則安 危地則危) : 무릇 물건은 안전한 곳에 놓아두면 안전하고 위험한 곳에 놓아두면 위험하다.

⁑〈삼국지〉(三國志)

양호자유환(養虎自遺患) : 범을 길러 스스로 후환을 남긴다.

⁑〈사기〉(史記)

미미부복 호색혹심(美味腐腹 好色惑心) : 좋은 음식에 배가 썩고, 아름다운 여색에 마음이 현혹된다. ⁑퍼온 글

역기돌 지귀졸(力起突 智貴卒) : 힘은 단 번에 쓰는 것이 소중하고, 지혜는 즉시 튀어남이 소중하다. ⁑퍼온 글

한설매중진 춘풍류상귀(寒雪梅中盡 春風柳上歸) : 차가운 눈서리는 매화꽃에 자취를 감추고 훈훈한 봄바람은 버드나무에 모습을 드러낸다.

⁑ 이백(李白)

천장지제 이루의지혈궤(千丈之堤 以螻蟻之穴潰) 백척지실 이돌극지연분(百尺之室 以突隙之煙焚) : 천 길 제방은 개미굴에 무너지고 백 척 궁궐은 연통 불에 타버린다. ⁑ 〈한비자〉(韓非子)

적어용지위재(適於用之謂才) 감기사지위력(堪其事之謂力) : 쓰기에 적합한 것을 재능이라 하고, 일을 감당할 수 있는 것을 능력이라 한다.

⁑ 퍼온 글

부모위엄이유자즉자녀외신이생효의(父母威嚴而有慈則子女畏愼而生孝矣) : 부모가 엄하면서도 인자해야 자녀들이 신중한 태도와 효심을 갖게 된다. ⁑ 퍼온 글

오십보소백보(五十步笑百步) : 오십 보 물러난 자가 백 보 물러난 자를 비웃는다. ⁑ 〈맹자〉(孟子)

군자상의 소인상리(君子尙義 小人尙利) : 군자는 의리를 숭상하고, 소인은 이익을 숭상한다. ⁑ 소옹(邵雍)

사자생어려 성어무 실어오(事者生於慮 成於務 失於傲) : 일이란 것은 생각 끝에 생기며, 노력 끝에 이루어지고, 오만 끝에 실패한다. ⁑ 퍼온 글

화여복상관 생여망위린(禍與福相貫 生與亡爲隣) : 화와 복은 이어져

있고 삶과 죽음은 이웃이라네. (좋은 일은 안 좋은 일로, 슬픔은 기쁨으로 또는 그 반대로 이어질 수 있으니 지나치게 좋아하거나 지나치게 실망하지 말라.)

⁑ 〈전국책〉(戰國策)

다욕휴의 다우해지 다구해용(多欲虧義 多憂害智 多懼害勇) : 욕심이 많으면 의리가 적어지고, 근심이 많으면 지혜가 손상되고, 두려움이 많으면 용감성이 약해진다.

⁑ 〈회남자〉(淮南子)

물극즉반 수궁이변(物極則反 數窮而變) : 사물은 극에 이르면 반대로 되고 운수가 막히면 큰 변화가 생긴다.

⁑ 〈역경〉(易經)

언이불신 하이위언(言而不信 何以爲言) : 신용 없는 말을 어찌 말이라 할 수 있으랴.

⁑ 〈사자소학〉(四字小學)

인자지용뢰정불이(仁者之勇雷霆不移) : 어진 사람의 용기는 벼락이 쳐도 흔들리지 않는다.

⁑ 소식(蘇軾)

유곡나감갱북지 연년자분착화지(幽谷那堪更北枝 年年自分著花遲) : 깊은 골 북쪽까지 어찌 추위 견딜까, 해마다 저 알아서 꽃피기를 늦추네.

고표일운군지부 정시층빙적설시(高標逸韻君知否 正是層氷積雪時) : 그대는 아는가. 매화의 높은 기개. 얼음 얼고 눈 쌓일 때 드러나고 있음을.

⁑ 육유(陸游)의 〈매화절구〉(梅花絶句)에서 따옴

일위불선중선개망(一爲不善衆善皆亡) : 한 가지만 잘못 해도 만 가지 선행이 수포로 돌아간다.

⁑ 〈삼국지〉(三國志)

화호화피난화골 지인지면부지심(畵虎畵皮難畵骨 知人知面不知心) : 범의 가죽은 그릴 수 있어도 뼈를 그리기는 어렵고, 사람의 얼굴은 알 수 있어도 마음을 알지는 못한다. ⁂〈명심보감〉(明心寶鑑)

견미이지맹 견단이지말(見微以知萌 見端以知末) : 없는 데서 싹을 보고 시작에서 끝을 알라. ⁂〈한비자〉(韓非子)

언이불행 언무신야(言而不行 言無信也) : 말을 하고 나서 실천이 없으면 말의 신용이 없어진다. ⁂퍼온 글

당국자미 방관자성(當局者迷 傍觀者醒) : 당사자는 어둡고 방관자는 밝다. ⁂퍼온 글

군자회덕 소인회토(君子懷德 小人懷土) : 군자는 덕을 생각하고 소인은 땅(물질)을 생각한다. ⁂〈논어〉(論語)

빈천친척리 부귀타인합(貧賤親戚離 富貴他人合) : 가난하고 천해지면 친척마저 떠나고, 부귀하면 타인까지 찾아온다. ⁂〈고금소설〉(古今小說)

득지천리 불약득일성인(得地千里 不若得一聖人) : 땅 천리를 얻는 것이 성인 한 사람을 얻는 것만 못하다. ⁂퍼온 글

물경소사 소극침주(勿輕小事 小隙沈舟) : 작은 일을 경시하지 말라. 작은 틈새가 큰 배를 침몰시킨다. ⁂〈관윤자〉(關尹子)

식모이강류자실형(飾貌以强類者失形) : 억지로 모방하여 미인을 닮고

자 하면 자연스럽던 제 모습마저 잃는다. ⁑〈논형〉(論衡)

옥불탁불성기 인불학부지도(玉不琢不成器 人不學不知道) : 옥돌은 다듬지 않으면 소중한 물건이 될 수 없고, 사람은 배우지 않으면 인간의 도리를 모른다. ⁑〈명심보감〉(明心寶鑑)

경사이구 인사난득(經師易求 人師難得) : 글을 가르치는 선생은 만나기 쉬워도, 사람됨을 몸으로 가르치는 스승은 만나기 어렵다.

⁑ 육가(陸賈)의 〈신어〉(新語) ⁑ 사마광(司馬光)의 〈자치통감〉(資治通鑑)

대서시모장이위배 즉종신불가의(待西施毛嬙而爲配 則終身不家矣) : 서시나 모장과 같은 미인을 기다려 장가 들려면 평생 장가를 못간다.

⁑ 퍼온 글

인의예지신위지오상(仁義禮智信謂之五常) 폐일불가일(廢一不可一) : 인의예지신을 일컬어 오상이라고 한다. 어느 하나도 없어서는 안 된다.

⁑ 동중서(董仲舒)

물탐의외지재(勿貪意外之財) 물음과량지주(勿飮過量之酒) : 뜻밖의 재물은 탐내지 말고 양에 넘치는 술을 마시지 말라. ⁑〈주자가훈〉(朱子家訓)

덕여재부동 수고인선능겸지(德與才不同 雖古人鮮能兼之) : 덕과 재능은 서로 다른 바 옛 사람들 중에도 양자를 겸비한 인물은 드물다.

⁑ 소철(蘇轍)

물경소물 소충독신(勿輕小物 小蟲毒身) : 작은 물건을 가벼이 보지 말

라. 작은 벌레도 사람을 독살시킨다. ⁂〈관윤자〉(關尹子)

좌정면관천 왈천소자 비천소야(坐井面觀天 曰天小者 非天小也) : 우물 안에서 하늘을 바라보고 하늘이 작다 하지만 하늘이 작은 것이 아니다. ※자신의 안목이 좁은 것을 모르고 하늘이 좁다 한다. ⁂퍼온 글

영리지도 세소동치(榮利之途 世所同馳) : 영화와 복리의 길은 세상의 모든 사람들이 가고자 하는 바이다. ⁂퍼온 글

전인종수 후인승량(前人種樹 後人乘凉) : 앞사람이 나무를 심어 놓으면 뒷사람이 그늘 덕을 본다. ⁂중국격언

부학자 유종수야(夫學者 猶種樹也) 춘완기화 추등기실(春玩其華 秋登其實) : 무릇 배움이란 마치 나무를 심는 것과 같아서 봄철에는 꽃을 즐기고 가을철에는 열매를 딴다. ⁂퍼온 글

인고유일사(人固有一死) : 사람은 누구나 한 번 죽기 마련인데
사유중어태산(死有重於泰山) : 죽음에는 태산 같은 무거운 죽음도 있고
혹경어홍모(或輕於鴻毛) : 새털보다 가벼운 죽음도 있다.

⁂우농(愚農)의 〈세설〉(細說) ⁂〈명심보감〉(明心寶鑑)

당단부단 반수기란(當斷不斷 反受其亂) : 마땅히 끊을 때에 끊지 않으면 오히려 해를 보게 된다. ⁂〈사기〉(史記)

투호천금 불여일돈견(投虎千金 不如一豚肩) : 범에게 천금을 던져 주는 것은 돼지다리 한 개를 던져주는 것만 같지 못하다. ⁂퍼온 글

선유자익 선기자타(善遊者溺 善騎者墮) : 헤엄에 능한 자는 물에 빠져 죽고, 말을 잘 타는 자는 낙마하여 죽는다. ⁑ 〈회남자〉(淮南子)

폭지지영 지자불거(暴至之榮 智者不居) : 느닷없이 다가온 영화를 지혜로운 사람은 반기지 않는다. ⁑ 퍼온 글

학자임인 불학자임어인(學者任人 不學者任於人) : 배운 자는 남을 부리고 배우지 않은 자는 남의 부림을 받는다. ⁑ 소순(蘇洵)

오복(五福)

1 수(壽), 2 부(富), 3 강녕(康寧), 4 유호덕(攸好德 ; 덕을 닦음), 5 고종명(考終命 ; 명대로 살다 죽음)

복수불가수(覆水不可收) 행운난중심(行雲難重尋) : 엎지른 물 다시 담을 수 없고 흘러간 구름 되찾을 수 없다. ⁑ 〈명심보감〉(明心寶鑑)

화막참어욕리(禍莫憯於欲利) 비막통어상심(悲莫痛於傷心) : 탐욕보다 더 참혹한 화근은 없고, 마음의 상처보다 더 아픔은 없다. ⁑ 사마천(司馬遷)

복선지문 막미어화목(福善之門 莫美於和睦) 환구지수 막대어내리(患咎之首 莫大於內離) : 식구끼리 화목한 것보다 더 큰 복은 없고, 집안싸움보다 더 큰 재난은 없다. ⁑ 〈한서(漢書)〉

소년안득장소년(少年安得長少年) 해파상변위상전(海波尙變爲桑田) : 젊은이라고 어떻게 항상 젊을손가. 바닷물도 뽕밭으로 변하는 것을.

⁑ 이하(李賀)

견탁이류청(蠲濁而流淸) 폐탐이립렴(廢貪而立廉) : 흐린 물을 없애야 맑은 물이 흐르고, 탐관오리를 없애야 청렴한 관리들이 많아진다.

⁑퍼온 글

귀이천위본 고이하위본(貴以賤爲本 高以下爲本) : 귀한 것은 천한 것을 기본으로 삼고, 높은 것은 아랫것을 기초로 삼는다. (처음부터 귀하거나 높은 것은 없다.) ⁑〈노자〉(老子)

유선시자실번 능극종자개과(有善始者實繁 能克終者蓋寡) : 시작을 잘 하는 이는 많지만 끝마무리를 잘 하는 이는 드물다. ⁑〈정관정요〉(貞觀政要)

임연선어 불여귀이결망(臨淵羨魚 不如歸而結網) 물가에 서서 물고기를 욕심내는 것보다 돌아가서 그물을 뜨는 것이 낫다. ⁑〈한서〉(漢書)

욕인물문 막약물어(欲人勿聞 莫若勿語) 욕인물지 막약불위(欲人勿知 莫若不爲) : 남이 듣지 못하게 하려면 말하지 말아야 하고, 남이 알지 못하게 하려면 하지 말아야 한다. ※세상에 영원한 비밀은 없다. ⁑〈한서〉(漢書)

천지막생금 생금인경쟁(天地莫生金 生金人竟爭) : 천지간에 금덩이가 없어야 하리. 금덩이가 생기면 서로 다투네. ⁑맹교(孟郊)

파경부중조 낙화난상지(破鏡不重照 落花難上枝) : 깨어진 거울은 다시 비추지 못하고 떨어진 꽃송이는 다시 피지 못한다. ⁑〈전등록〉(傳燈錄)

치난승 불가급(治亂繩 不可急) : 엉킨 실을 풀 때에는 서둘지 말아야 한다. ⁑퍼온 글

매유적낭자 수소두(賣油的娘子 水梳頭) : 머리기름을 파는 아낙네는 맨 머리에 빗질한다. (자기 물건을 아낀다는 뜻.) ⁑〈홍루몽〉(紅淚夢)

인사만사(人事萬事) : 인재를 잘 쓰고 잘못 쓰는 것이 만사를 좌우한다.(훌륭한 인재가 만사를 좌우한다.) ⁑사자성어(四字成語)

중구소이 무익이비(衆口所移 毋翼而飛) : 뭇사람의 입을 타고 옮아 다니는 소문은 날개가 없어도 잘도 난다. ⁑〈전국책〉(戰國策)

글씨

글(문자)보다 더 인격을 드러내는 것이 글씨라 했다. 글씨엔 쓴 사람의 혼과 체온이 배어 있다. 자아(自我)의 성품(性品)이 담겨 있다. '까마귀 똥 끄적거리듯 한다' 는 속담도 있다. ⁑조지훈

천행건군자이자강불식(天行健君子以自强不息) : 하늘의 운행은 강건하여 지칠 줄 모른다. 군자도 이와 같이 스스로 강하게 단련함에 그침이 없어야 한다. ⁑〈주역〉(周易)

대인자 부실기적자지심자야(大人者 不失其赤子之心者也) : 큰 인물은 어릴 적의 천진한 마음을 고스란히 간직하고 있는 사람이다. ⁑〈맹자〉(孟子)

승인자유력 자승자강(勝人者有力 自勝者强) : 남을 이기는 자는 힘이 있을 뿐이고, 자기를 이기는 자는 진정으로 강한 사람이다. ⁑〈노자〉(老子)

후장무익어사자(厚葬無益於死者) : 지나치게 거창한 장례는 죽은 사람에게 도움이 안 된다. ⁑〈삼국지〉(三國志)

백장간두수진보(百丈竿頭須進步) : 백 장의 장대 끝에서도 한 발자국 더 나아간다. (백 장의 장대 끝이란 불교에서 높은 수양의 경지를 이른다는 뜻이다.)

⁑ 초현대사(招賢大師)

장춘대시치어자헌(藏春待時恥於自獻) : 포부를 숨긴 채 때를 기다리고 스스로 자랑함을 부끄러워 여겨라.

⁑ 소식(蘇軾)

수지향이하 촉구시섬구(須知香餌下 觸口是銛鉤) : 달콤한 미끼 밑에 입만 대면 낚시 바늘임을 명심하라.

⁑ 이군옥(李郡玉)

식기실자 부절기지(食其實者 不折其枝) : 나무의 열매를 따먹고자 하는 자는 그 가지를 꺾지 않는다.

⁑ 〈회남자〉(淮南子)

양약고구이어병(良藥苦口利於病) : 좋은 약은 입에는 쓰지만 병에는 이롭다.

⁑ 〈공자가훈〉(孔子家訓)

성야자여생구생야 정야자접어물이생야(性也者與生俱生也 情也者接於物而生也) : 성이란 태어나면서 함께 생기고 정이란 물건을 접촉하는 데서 생긴다.

⁑ 한유(韓愈)

산상금호이 개구고인난(山上擒虎易 開口告人難) : 산에 가서 범을 잡기는 쉬워도 입을 열어 남에게 말하기는 어렵다.

⁑ 퍼온 글

재인자인필반재지(災人者人必反災之) : 내가 남을 해하면 남도 반드시 나를 해친다.

⁑ 〈장자〉(莊子)

목수승즉직 금취려즉리(木受繩則直 金就礪則利) : 나무는 먹줄을 받아야 곧게 되고 쇠는 숫돌에 갈아야 날이 선다. ⁑〈순자〉(荀子)

양생어유여 쟁기어부족(讓生於有餘 爭起於不足) : 양보는 여유에서 생겨나고 다툼은 부족에서 일어난다. ⁑ 왕충(王充)

사긍재즉덕박 여현색즉정방(士矜才則德薄 女衒色則情放) : 남자가 재능을 뽐내면 덕을 잃게 되고, 여자가 용모를 뽐내면 바람이 난다.

⁑ 풍몽룡(馮夢龍)

요요자이결 교교자이오(嶢嶢者易缺 皦皦者易汚) : 높으면 무너지기 쉽고 깨끗하면 더러워지기 쉽다. ⁑〈후한서〉(後漢書)

생자위과객 사자위귀인(生者爲過客 死者爲歸人) : 산 사람은 지나가는 길손이요, 죽은 사람은 돌아간 사람이다. ⁑ 이백(李白)

이기지심 탁인지심(以己之心 度人之心) : 자기 마음으로 남의 마음을 헤아린다. ⁑〈명심보감〉(明心寶鑑)

칠거지악(七去之惡)

—불순구고거(不順舅姑去) : 시부모에게 순종치 않으면 버리라.
—무자거(無子去) : 자녀를 낳지 못하면 버리라.
—음거(淫去) : 음란하면 버리라.
—질투거(嫉妬去) : 질투하면 버리라.
—유악질거(有惡疾去) : 고치기 어려운 질병이면 버리라.
—구다언거(口多言去) : 말이 많다면 버리라.

- 절도거(竊盜去) : 도둑질하면 버리라.

※칠거지악은 현대적 가치관에 따라 비판할 수 있다.

삼불거(三不去)

- 유소취무소귀불거(有所取無所歸不去) : 갈 곳이 없으면 버리지 말라.
- 여공경삼년상불거(與共更三年喪不去) : 부모의 삼년상을 함께 지냈을 때는 버리지 말라.
- 전빈천후부귀불거(前貧賤後富貴不去) : 빈천한 집에 시집 와서 부귀해졌을 때는 버리지 말라.

⁑ 〈대대례기〉(大戴禮記)

가부즉소족취 가빈즉형제리(家富則疎族聚 家貧則兄弟離) : 잘 살면 먼 일가도 찾아오고 못 살면 형제라도 떠나간다.

⁑ 〈신자〉(愼子)

춘진유귀일 노래무거시(春盡有歸日 老來無去時) : 가는 봄은 언제든지 돌아올 날이 있건만 늙음은 찾아와서 가는 법이 없네.

⁑ 원중암(苑仲淹)

추진출신 요유별치(推進出新 饒有別致) : 낡은 것을 버리고 새것을 내놓아야 각별한 풍치가 있다.

⁑ 중국속담(中國俗談)

화무대소 결자편귀(貨無大小 缺者便貴) : 물건은 크기가 아니라 모자람에 따라 비싸지기 마련이다. (사람의 몸값은 키가 아니라 재능에 달려 있다.)

⁑ 속담(俗談)

공욕선기사 필선리기기(工欲善其事 必先利其器) : 목공이 일을 해내려면 먼저 연장부터 잘 갈아야 한다.

⁑ 〈논어〉(論語)

예견즉훼수지 선견즉악종지(譽見卽毁隨之 善見卽惡從之) : 명성이 나면 훼방이 따라 붙고, 선행이 드러나면 악행이 따라 붙는다. ⁑퍼온 글

지지자불여호지자 호지자불여낙지자(知之者不如好之者 好之者不如樂之者) : 아는 것이 좋아하는 것만 못하고 좋아하는 것이 즐기는 것만 같지 못하다. ⁑〈논어〉(論語)

수고천척 낙엽귀근(樹高千尺 落葉歸根) : 나무가 천 길 높이 자랄지라도 잎이 떨어지면 뿌리로 돌아간다. (잎은 본디 뿌리에서 왔다가 낙엽이 되면 다시 뿌리로 돌아간다. 인간은 어디서 와서 어디로 돌아가는가.)

⁑퍼온 글

금강산고(金剛山考) : 금강산(金剛山)은 네 가지 이름으로 불린다.

1. 금강산(金剛山) : 불가(佛家)에서 금강석(金剛石)에 비유한 것이다. 봄에 부르는 이름이다.
2. 봉래산(蓬萊山) : 도가(道家)에서 이상향으로 생각하는 신성한 산이다. 여름에 부르는 이름이다.
3. 풍악산(楓岳山) : 단풍이 아름다워서 붙여진 것이다. 가을에 부르는 이름이다.
4. 개골산(皆骨山) 풍수가(風水家)들은 산 전체가 바위(岩)로 되어 있다 하여 개골산이라 불렀다. 겨울에 부르는 이름이다. ⁑퍼온 글

언미측향미 언악측향악(言美則響美 言惡則響惡) : 아름다운 것을 말하면 아름답게 들리고 악한 것을 말하면 악하게 들린다. ⁑〈열자〉(列子)

천변일시 인변일각(天變一時 人變一刻) : 날씨는 계절 따라 변하고 사

람은 경각(頃刻) 따라 변한다. ⁑ 퍼온 글

냉반호흘 냉어난수(冷飯好吃 冷語難受) : 찬밥은 먹기 좋아도 차가운 말은 듣기 힘겹다. ⁑ 퍼온 글

태산지고배이불견 추호지말시지가찰(太山之高背而不見 秋毫之末視之可察) : 태산의 높음도 등을 돌리면 보지 못하고, 추호의 말미도 자세히 보면 살필 수 있다. ⁑ 〈회남자〉(淮南子)

인지정 필복어덕 불복어력(人之情 必服於德 不服於力) : 사람의 감정은 덕에는 감복하지만 힘에는 복종하지 아니한다. ⁑ 퍼온 글

약수진어의수 방다전어고인(藥雖進於醫手 方多傳於古人) : 약은 의사의 손에서 나오지만 그 처방은 옛 사람들의 입을 통해 전하여진다.

⁑ 퍼온 글

대목위망 세목위각(大木爲宋 細木爲桷) : 굵은 나무는 대들보로 쓰고 가는 나무는 서까래로 쓴다. ⁑ 한유(韓愈)

성악지입인야심 기화인야속(聲樂之入人也深 其化人也速) : 음악 소리는 사람의 마음 속 깊이 파고들기에 사람들을 교화시키는 데 효과가 매우 빠르다. ⁑ 〈순자〉(荀子)

요불승덕 사불벌정 천지경야(妖不勝德 邪不伐正 天地經也) : 요사스러운 것이 덕을 이기지 못하고, 그릇된 것이 옳은 것을 해치지 못하는 것이 천지의 법칙이다. ⁑ 왕부(王符)

일등능제천년암 일지능멸만년우(一燈能除千年暗 一智能滅萬年愚) : 등불 하나가 천 년의 어두움을 몰아내고 지혜 하나가 만 년의 어리석음을 없애준다. ⁑〈육조단경〉(六祖壇經)

구생최대(救生最大) : 세상에서 목숨을 구해 주는 것이 가장 큰일이다. ⁑〈성서〉(聖書)

인불가모상 해수불가두량(人不可貌相 海水不可斗量) : 사람은 생김새로 알 수 없고 바닷물은 됫박으로 잴 수 없다. ⁑풍몽룡(馮夢龍)

애대고모 자수권투(愛戴高帽 自受圈套) : 감투 쓰기를 좋아하면 남의 꾀임에 빠져든다. ⁑우수매(牛樹梅)

소주(燒酒)

소주(燒酒)는 무회주(無灰酒) 또는 한주(汗酒)라고 불렀다. 한주는 마시면 땀이 난다고 하여 붙여진 이름이다.

신장측영장대 신단측영단(身長則影長大 身短則影短) : 키가 크면 그림자도 크고, 키가 작으면 그림자도 작다. (결과는 원인에 달려 있다.) ⁑〈열자〉(列子)

구여현인처즉무과(久與賢人處則無過) : 어진 사람과 오랫동안 함께 하면 허물이 없게 된다. ⁑〈장자〉(莊子)

역학물망가세검 퇴금능사자손우(力學勿忘家世儉 堆金能使子孫愚) :

힘써 배워 조상을 잊지 말고 검소해야 하느니라. 금덩이를 쌓아두면 자손들이 어리석어질 따름이다. ⁑ 유극장(劉克莊)

부산모해(父山母海) : 아버지의 존재는 산과 같고 어머니의 은혜는 바다와 같다. (세상 어려운 큰 바람도 산(아버지)은 흔들지 못한다. 험한 이 세상길 두려운 눈으로 뒤돌아보며 계셨던 큰 산(아버지)이 지켜주고 계셨다. 나를 낳아서 젖 먹이고 기르신 어머니는 바다이다. ⁑ 퍼온 글

탁거구견 이래신의(濯去舊見 以來新意) : 낡은 견해를 버려야 새로운 생각이 찾아온다. ⁑ 주희(朱熹)

우이자전 사불치(愚而自專 事不治) : 어리석고 독단하면 큰 일을 이루어 낼 수 없다. ⁑ 〈순자〉(荀子)

적재천만 불여박기재신(積財千萬 不如薄技在身) : 천만 냥의 재물을 쌓아두는 것이 자그마한 재능을 체득하는 것만 못하다.

⁑ 〈안씨가훈〉(安氏家訓)

사이밀성 어이설패(事以密成 語以泄敗) : 일은 치밀해야 성사되고, 말이 새면 망치게 된다. ⁑ 〈한비자〉(韓非子)

식음무악목 음수필청원(息陰無惡木 飮水必淸源) : 그늘에서 쉴 때에는 못 쓸 나무가 없지만 물을 마실 때에는 반드시 맑은 샘이 있어야 한다. ⁑ 왕유(王維)

축록자 불고토(逐鹿者 不顧兎) : 사슴을 잡으려고 좇는 사람은 토끼를

돌아보지 않는다. (큰 일을 그르치지 않도록 하기 위하여 작은 일은 접어 둔다.)

⁑ 〈회남자〉(淮南子)

중심성성 중구삭금(衆心成城 衆口鑠金) : 뭇 사람이 한 마음이 되면 성을 쌓게 되고 뭇 사람이 한 목소리면 쇠도 녹인다.

⁑ 〈국어〉(國語)

휼방상지 어인득리(鷸蚌相持 漁人得利) : 도요새와 조개가 다투는 사이에 어부만 득을 본다. (둘이 싸우면 제삼자만 좋아진다.)

⁑ 〈고금소설〉(古今小說)

입미부족용 촌포부족봉(粒米不足舂 寸布不足縫) : 한 톨의 낟알은 찧을 수 없고 한 치의 삼베로 기울 수 없다. (질도 중요하지만 양도 무시할 수 없다.)

⁑ 조조(曹操)

비인마묵 묵마인(非人磨墨 墨磨人) : 사람이 먹을 가는 것이 아니라 먹이 사람을 간다. (붓글씨를 쓰기 위하여 먹을 갈다 보면 인격수양도 저절로 된다.)

⁑ 소식(蘇軾)

마작수소 오장구전(麻雀雖小 五臟俱全) : 참새는 몸집은 작아도 오장은 다 갖추고 있다. (작다고 깔보거나 얕보지 말라.)

⁑ 퍼온 글

구산적비이위고 강하합수이위대(丘山積卑而爲高 江河合水而爲大) : 산은 낮은 것을 다 포개 놓아서 높게 되었고 강은 도랑물을 다 받아들여서 넓어졌다.

⁑ 〈장자〉(莊子)

부처무격숙지구(夫妻無隔宿之仇) : 부부는 하루를 넘기지 않는 원수

이다. (부부싸움은 밤을 넘기지 않는다.) ⁂〈유림외사〉(儒林外史)

한연후위지의 기연후위지식(寒然後爲之衣 饑然後爲之食) : 추워야 솜옷을 장만하고 시장해야 먹거리를 마련한다. ⁂한유(韓愈)

공수무장사 궁거사인저(空手無壯士 窮居使人低) : 빈손으로는 장사가 없고 빈궁하면 남이 업신여긴다. ⁂이백(李白)

수진지만 축물의이(守眞志滿 逐物意移) : 참됨을 지키면 의지가 굳어지고 재물을 쫓으면 의지가 물러진다. ⁂〈천자문〉(千字文)

적재천만 무과독서(積財千萬 無過讀書) : 돈 천만 금 쌓아두는 것이 책을 읽느니만 못하다. (돈보다 아이디어가 중요하다.) ⁂〈안씨가훈〉(安氏家訓)

난장일인수 엄득천하목(難將一人手 掩得天下目) : 한 사람의 손으로 천하의 눈을 가리우기는 어려운 것이다. (거짓이나 잘못은 숨길 수 없다.) ⁂조업(曹鄴)

물경소물 소충독신(勿輕小物 小蟲毒身) : 작은 미물을 가벼이 보지 말라. 작은 벌레가 사람을 독살시킨다. ⁂〈관윤자〉(關尹子)

도가(道家)의 자연추구(自然追求)

도가(道家)는 자연(自然 : 스스로 그러함)을 추구하였다. 해와 달과 별 그리고 구름 바위 노을 안개를 사랑했다. 이러한 대자연에서 뿜어나오는 기(氣)를 몸으로 느꼈다. 물아일체(物我一體)는 궁극적 관심이었다.

도시를 떠나 산촌에 거주한다는 것은 자연과 교감하기 위해서이다. 자연과 공부하는 법을 배우는 것을 인생의 가장 중요한 일로 여긴다. 그래야 운기조식(運氣調息 : 몸 안에 기를 돌리고 호흡을 조절함) 단계까지 이를 수 있다.

⁑ 퍼온 글

엽포재협즉호 재상즉추(靨鋪在頰則好 在顙則醜) : 보조개가 볼에 있으면 아름답지만 이마에 있으면 보기 흉하다. (모든 것이 있어야 할 곳에 있어야 한다.)

⁑ 〈회남자〉(淮南子)

포식난의일거 이무교즉근어금수(飽食暖衣逸居 而無敎則近於禽獸) : 배불리 먹고 따스하게 입으며 편안히 살더라도 배우지 않으면 짐승과 다름없다.

⁑ 〈맹자〉(孟子)

양심막선어과욕(養心莫善於寡慾) : 양심을 수양함에는 욕심을 적게 하는 것보다 더 좋은 것이 없다.

⁑ 〈맹자〉(孟子)

성대사자 불석소비(成大事者 不惜小費) : 큰 일을 이루고자 하는 자는 작은 지출을 아끼지 아니한다.

⁑ 중국속담(中國俗談)

단칠불문 백옥부조(丹漆不紋 白玉不雕) : 붉은 칠에는 무늬를 새기지 않고 백옥에는 조각을 하지 않는다. (너무 지나친 것은 좋지 않다.)

⁑ 〈공자가어〉(孔子家語)

재심의지 발언의시(在心爲志 發言爲詩) : 마음 속에 있으면 뜻이 되고 말로 나오면 시가 된다. ⁑ 유협(劉勰)《문심조룡명시편》(文心雕龍詩篇) 모신청(毛神廳)

양수득양인지술(養樹得養人之術) : 나무를 키우는 데서 인재를 양성하는 도리를 얻는다. ⁑ 유종원(柳宗元)

등산불이난험이지 즉필진호준령의(登山不以難險而止 則必臻乎峻嶺矣) : 산에 오르기가 어렵고 험해도 중도에 그침이 없으면 기필코 봉우리를 밟을 수 있으리라. ⁑ 〈포박자〉(抱朴子)

실패(失敗)를 넘어서

사람이 인생의 밑바닥까지 가 보는 게 얼마나 큰 축복인가 생각하라. 혹독한 비바람 지나고 나면 절망도 추억이 된다. 살아 있다는 자체만으로도 축복이 되고 한없이 고맙기만한 것이다.

군자신시 차약호리 유지천리(君子愼始 差若毫釐 繆之千里) : 군자는 시작을 신중히 한다. 한 치의 차이가 있어도 나중에는 천 리만큼 큰 차이가 나기 때문이다. ⁑ 〈예기〉(禮記)

일월욕명부운개지 하수욕청사석예지 인성욕평기욕해지(日月欲明浮雲蓋之 河水欲淸沙石濊之 人性欲平嗜欲害之) : 해와 달은 밝으려 하나 뜬 구름이 가리고, 강물은 맑으려 하나 모래와 돌이 더럽히고, 사람의 마음은 평온하려 하나 기호와 욕심이 해친다. ⁑ 〈회남자〉(淮南子) '제속훈'(齊俗訓)

시력자수성이필쇠 이덕자유지이종현(恃力者雖盛而必衰 以德者逾遲而終顯) : 힘에 의지하는 자는 기세가 등등해도 필히 쇠망하며, 덕에 의거하는 자는 시일이 걸리더라도 마침내 큰 빛을 발한다. ⁑ 퍼온 글

목불능양시이명 이불능양청이총(目不能兩視而明 耳不能兩聽而聰) :

눈은 한꺼번에 두 가지를 똑똑히 볼 수 없고, 귀는 한꺼번에 두 가지를 똑똑히 들을 수 없다.

⁑ 〈순자〉(荀子)

권도(權道)

천하의 일은 같아도 형세가 다른 것이 있으니 다급할 때에는 권도(權道)를 택해야 한다. 현실에 따라 응용하는 것을 권도(權道) 또는 권변(權變)이라 하는데 항상 지켜야 하는 경(經), 즉 상도(常道)에 대한 상대어이다. 어느 쪽에도 치우침 없는, 즉 집중무권(執中無權)이란 말이 있는데 이는 융통성 없는 원칙을 뜻하는 말이다. 함께 공부할 수는 있어도 더불어 도(道)에 가지 못하며, 더불어 도에 가고도 더불어 서지 못하며, 더불어 서고도 더불어 권(權)을 행하지는 못한다는 말이 있다. 권변은 그만큼 어려운 경지이다.

⁑ 〈논어〉(論語)

물모귀여부 물우천여빈(勿慕貴與富 勿憂賤與貧) : 벼슬 높고 부유한 것을 부러워하지 말고, 벼슬 없고 가난한 것을 근심하지 말라.

⁑ 백거이(白居易)

우덕송(牛德頌) : 소의 느리고 부지런하고 유순함, 그러면서도 일생에 한두 번 노할 때에는 그 우렁찬 영각(황소의 울음소리), 횃불 같은 눈으로 뿔이 꺾이도록 맥진(驀進)함, 그의 침묵함…… 닮고 배워야 할 소의 미덕이 한 둘이 아닐 것 같다. 무엇보다 소의 신중한 인내로 마음을 다스리고……. 세월은 본디 결코 오래건만 마음 바쁜 이가 스스로 짧다 한다. 천지는 본래 넓고 넓지만 마음 천한 이가 스스로 좁다 하네.

⁑ 춘원(春園) 이광수(李光洙)

우보천리(牛步千里) : 느리지만 뚜벅뚜벅 소 걸음으로 걷는다면 어느

덧 천리를 걸을 수 있게 될 것이다. ⁑〈순자〉(荀子)

일월불명 천불역야 산고이불견 지불역야(日月不明 天不易也 山高而不見 地不易也) : 해와 달이 밝지 않아도 하늘은 바뀌지 않고, 산이 높아 보이지 않아도 땅은 바뀌지 않는다. (현상이 달라져도 본질은 바뀌지 않는다.) ⁑〈관자〉(管子)

호질기의(護疾忌醫) : 병을 감추고 의사를 기피한다. (사회의 병을 고치지 않음을 비유하는 말) ⁑퍼온 글

기인우천(杞人憂天) : 기(杞)나라 사람이 하늘이 무너질 것을 염려한다. ⁑퍼온 글

와신상담(臥薪嘗膽) : 섶에 누워 쓸개를 맛봄. (마음 먹은 일을 성취하기 위하여 고생을 참고 견딤) ⁑〈사기〉(史記)

불치불문(不恥不問) : 아랫사람에게 묻는 것을 부끄러워 말라. ⁑〈논어〉(論語)

적덕지가 필무재앙(積德之家 必無災殃) : 덕을 쌓은 집에는 정녕 재앙이 닥치지 않는다. ⁑육가(陸賈)

득이이불이 부득이이이지 이자개란야(得已而不已 不得已而已之 二者皆亂也) : 멈춰야 할 데서 멈추지 못하고 멈추지 말아야 할 데서 멈추는 이 두 가지는 모두 문제를 야기시킨다. ⁑소철(蘇轍)

기기일약불능십보 노마십가공재분사(騏驥一躍不能十步 駑馬十駕功在不舍) : 천리마라도 한꺼번에 열 발짝을 뛸 수 없고, 절름발이 말이라도 천리를 가는 것은 쉬지 않는 덕이다. ⁑〈순자〉(荀子)

인생자고수무사 유취단심조한청(人生自古誰無死 留取丹心照汗靑) : 자고로 인생이 죽지 않음이 없으니 일편단심 남기어 청사에 길이 빛내리. ⁑문천상(文天祥)의 〈과령정양〉(過零丁洋)

도소주(屠蘇酒)와 매용라(賣慵懶)

도소주(屠蘇酒)는 설날에 마시는 술이다. 악귀(惡鬼)를 잡아끌고 사람의 혼(魂)을 소성(蘇醒)시킨다는 뜻이 담겨 있다. 매용라(賣慵懶)는 고려말 풍습인데 설날 아침에 게으름을 파는 풍습이다. (정월 보름날에는 더위를 팔던 풍습이 있었다.)

소장경년월 지모석광휘(少壯輕年月 遲暮惜光輝) : 젊은 시절엔 광음을 얕보았지만 늙어지면 세월이 아깝기만 하구나. ⁑퍼온 글

전문지사 항다실실(傳聞之事 恒多失實) : 소문으로 전해 들은 일은 실상과 다를 때가 많다. ⁑〈후한서〉(後漢書)

만천명월(萬川明月)

수많은 냇물을 비추는 달[月印千江]은 일즉다 다즉일(一則多 多則一)이다. 하늘의 달의 본체는 하나이고 강물에 비친 달은 그 현상(現象)인 것이다. ⁑조용헌 교수의 글

혹이부종사 기위혹야 종불해의(惑而不從師 其爲惑也 終不解矣) : 의

혹이 있어도 스승을 찾아 물어보지 않으면 끝까지 그 의혹은 풀리지 않는다.

⁑ 한유(韓愈)의 〈사설〉(師說)

김수환 추기경 추모 댓글(2009. 2. 24)

1. 늘 유머를 잊지 않으시고 불쌍하고 힘없는 약자를 끌어안고 같이 우시기도 하였다.

2. 활활 타오르는 장작불 아궁이처럼 뜨거운 열기로 빛을 밝히고 희망의 말씀을 남겼다.

3. 백합화처럼 희었기 때문에 오염된 이들에게 진정한 조언과 충고를 잊지 않았던 그의 용기와 당참을 앞으로 더 이상 볼 수 없다는 점에서 그저 슬픔뿐이다.

4. 바닷물이 안 썩는 이유는 3%의 염분이 있기 때문이다. 우리가 세상의 소금이 되어야 한다고 하셨다.

⁑ 퍼온 글

저사지하 불가이좌 의장지방 불가이립(沮舍之下 不可以座 倚墻之傍 不可以立) : 무너진 집 밑에는 앉지 말고 기울어진 담 옆에는 서 있지 말라.

⁑ 〈회남자〉(淮南子)

무수천손이 무수인익란(無受天損易 無受人益難) : 하늘이 주는 손해는 받지 않기 쉬워도, 남이 주는 이익은 받지 않기 어렵다. (이른바 하늘보다 사람을 잘 섬겨야 하는 까닭이다.)

⁑ 〈장자〉(莊子)

노기형자장년 안기락자단명(勞其形者長年 安其樂者短命) : 수고스럽게 일하는 자는 장수하지만 안락하게 살아가는 자는 단명하다.

⁑ 구양수(歐陽脩)

장구호봉 인취난어(墻口好封 人嘴難禦) : 흙담의 구멍은 막기 쉬워도 남들의 입은 막기 어렵다. ⁑ 중국속담(中國俗談)

존불망망 안필여위(存不忘亡 安必慮危) : 잘 나아갈 때 망할 수도 있음을 잊지 말고, 안전할 때 위험에 처할 수도 있음을 염려해야 한다.

⁑ 〈삼국지〉(三國志)

부모(父母)님에 관계되는 언어

1. 구경(具慶) : 부모(父母)님이 모두 생존(生存)하신 경우에 쓰는 말이다.
2. 구경대(具慶臺) : 부모님이 살아가시는 집을 이른다.
3. 엄시(嚴侍) : 부친(父親)만 살아 계실 때 쓰는 말이다.
4. 자시(慈侍) : 모친(母親)만 살아 계실 때 쓰는 말이다.
5. 영감(永感) : 양친(兩親) 모두 돌아가신 경우에 쓰는 말이다.
6. 백운(白雲) 또는 학발(鶴髮) : 흰 구름과 학의 머리.(연로하신 부모님을 그리워하는 어귀이다.)
7. 풍수지탄(風樹之嘆) : 수욕정이 풍부지(樹欲靜而 風不止) 자욕양이 친부대(子欲養而 親不待)란 말에서 나온 말이다. 나무는 고요하고자하나 바람이 멈추지 않고 자식은 부모를 봉양하고자 하나 부모가 기다려주지 않는다.
8. 승두세자(蠅頭細字) : 파리머리처럼 작은 글자도 읽는다는 말이며, 어버이의 건강하심을 기뻐하는 뜻이다. ⁑ 퍼온 글

중인중리 염사중명 현사상지 성인귀정(衆人重利 廉士重名 賢士尙志 聖人貴精) : 속된 사람들은 이득을 좋아하고, 청렴한 사람은 이름을 중히

하고, 어진 사람은 의지를 중시하고, 성인은 정성을 귀히 여긴다.

⁑〈장자〉(莊子)

덕탕호명 지출호쟁(德蕩乎名 知出乎爭) : 덕망은 명성으로 잃게 되고 지혜는 다툼에서 생겨난다. ⁑〈장자〉(莊子)

화귀탈쇄 불가타니대수(話貴脫灑 不可拖泥帶水) : 말은 깔끔하여야지 흙탕물 같은 군말이 섞이면 안 된다. ⁑엄우(嚴羽)

동주공제(同舟共濟) : 한 배를 타고 강물을 건넌다. ⁑〈손자〉(孫子)

자고치시소이난시다(自古治時少而亂時多) : 옛날부터 태평한 때는 적고 혼란한 때가 많았다. ⁑구양수(歐陽脩)

만세(萬歲)의 유래(由來)

무제(武帝)가 중국의 오악산(五嶽山)의 하나인 숭산(崇山)에 올라갔을 때 중국의 산신(山神)이 무제(武帝)를 향하여 세 번 만세(萬歲)를 부르는 소리를 들었다. 그 후에 사람들이 황제(皇帝)에게 만세삼창(萬歲三唱)을 하였다고 전하여 온다. 만세는 만수(萬壽)하라는 뜻이고 영원(永遠)의 뜻이다. (우리나라에서는 황제만세(皇帝萬歲)라 하지 않고 아왕만수(我王萬壽)라 한 것으로 보인다.) ⁑퍼온 글

중국의 오악령산(五嶽靈山) : 태산(泰山), 화산(華山), 형산(衡山), 항산(恒山), 숭산(崇山) ⁑퍼온 글

한국의 오악(五嶽) : 금강산, 묘향산, 지리산, 백두산, 삼각산

당취불취 과후진회(當取不取 過後眞悔) : 취해야 할 때 취하지 아니하면 지난 후에 뉘우친다. ⁑〈수호전〉(水許傳)

유례불흥 무례불멸(有例不興 無例不滅) : 관례가 있다고 새것을 세우지 말고 관례가 없다고 새것을 배제하지 말라. (제도의 개폐는 신중히 하라.) ⁑퍼온 글

박학이독지 절문이근사(博學而篤志 切問而近思) : 널리 배워 뜻을 돈독히 하고 깐깐이 물어보아 가까운 데서 해결방안을 생각하라. ⁑〈논어〉(論語)

소년낙신지 쇠모사고우(少年樂新知 衰暮思故友) : 젊은이는 새 벗을 즐겨 사귀고 늙은이는 옛 벗을 그리워한다. ⁑한유(韓愈)

소장불노력 노대도상비(少壯不努力 老大徒傷悲) : 젊은 시절 노력 없이 빈둥거리다가 늙고 나면 헛되이 슬픔만 남네. ⁑〈장행가〉(長行歌) · 심약(沈約)

신룡불탐향이 채봉불입조롱(神龍不貪香餌 彩鳳不入鳥籠) : 신령스러운 용은 맛있는 먹이를 탐하지 아니하고 기품 있는 봉황은 새장이 예쁘다고 제 발로 들어가지 아니한다. ⁑중국속담(中國俗談)

다승산불산불승 이황우무산호(多勝算不算不勝 而況于無算乎) : 승산이 많더라도 따지지 않으면 지기 마련인데 하물며 전혀 따짐이 없으면 보나 마나다. ⁑〈손자병법〉(孫子兵法)

무도인지단 무설기지장(無道人之短 無說己之長) : 남의 단점은 말하

지 말고 자기의 장점은 나타내지 말라.
⁑ 최원(崔瑗)

가즉인 부즉혁(可則因 否則革) : 옳다면 따르고 그렇지 아니하면 확 바꾸어라. (우리의 지각은 주관에 기초하고 있기 때문에 누구도 자신이 절대적으로 옳다고 주장할 수 없다. 다만 객관적 우월성이 판단될 수 있을 뿐이다.
⁑ 가다머(1900~2002, 독일철학자)

부부시수 아녀시화(夫婦是樹 兒女是花) : 부부는 나무요 자녀는 꽃이다.
⁑ 중국속담(中國俗談)

이지소재 천하추지지(利之所在 天下趨摯之) : 이로움이 있는 곳으로 천하가 쏠린다.
⁑ 소순(蘇洵)

시덕자창 시력자망(恃德者昌 恃力者亡) : 덕을 믿는 자는 창성하고, 힘을 믿는 자는 패망한다.
⁑ 〈사기〉(史記)

금일불위 명일망화(今日不爲 明日亡貨) : 오늘 일을 하지 아니하면 내일 돈이 달아난다. (내일보다 오늘에 충실해야 비로소 희망의 싹이 자라난다.)
⁑ 〈관자〉(管子)

욕영정자 단기표(欲影正者 端其表) : 그림자가 바르고자 하면 몸체를 바르게 해야 한다. (결과보다는 원인에서 그 해법을 찾아야 한다.)
⁑ 염철론(鹽鐵論)

청명우기 부측청명우인(聽命于己 否則廳命于人) : 자신의 명령을 들으라. 그렇지 않으면 타인의 명령을 들을 것이다.
⁑ 중국속담(中國俗談)

유자귀금영 불여일경(遺子貴金瀛 不如一經) : 자식에게 황금 덩이를 주는 것이 책 한 권을 주는 것만 못하다. ⁂〈한서〉(漢書)

인지백년 유여일순(人之百年 猶如一瞬) : 사람이 백 년을 산다 한들 눈 깜짝할 사이로세. ⁂ 왕발(王勃)

충언역이 감사이입(忠言逆耳 甘詞易入) : 충직한 말은 귀에 거슬리고 달콤한 말은 귀에 쏙 들어온다. ⁂ 장구령(張九齡)

인심지부동 여기면언(人心之不同 如其面焉) : 사람들의 마음이 서로 다름은 얼굴이 서로 다름과 같다. ⁂〈춘추좌전〉(春秋左傳)

비행지난 종지사난(非行之難 終之斯難) : 실행하기가 어려운 것이 아니라 끝을 보기가 어렵다. (끝을 보아야 결과를 알 수 있다.) ⁂ 오긍(吳兢)

약능생인 역능사인(藥能生人 亦能死人) : 약은 사람을 살릴 수도 있고 또 사람을 죽일 수도 있다. (약이라 해서 모두 좋은 것은 아니다.)

⁂ 속담(俗談)

유시자필유졸 유존자필유망(有始者必有卒 有存者必有亡) : 시작이 있으면 반드시 끝이 있고, 삶이 있으면 반드시 죽음이 있다. ⁂〈예기〉(禮記)

수서부재사다 단귀정숙(授書不在徙多 但貴精熟) : 글을 가르치는 데는 많이 가르치기보다 똑똑히 알도록 하는 것이 더 중요하다.

⁂ 왕수인(王守仁)

출어기구 성여기수(出於其口 成如其手) : 제 입으로 말했으면 제 손으로 해야 한다.

⁑ 양만리(楊萬里)

물극즉반 수궁즉변(物極則反 數窮則變) : 사물이 극에 달하면 되돌아가고 운수가 막히면 크게 변한다.

⁑ 구양수(歐陽脩)

사자생어려 성어무 실어오(事者生於慮 成於務 失於傲) : 일은 생각 끝에 생기고, 노력 끝에 이루어지며, 오만 끝에 망친다.

⁑ 〈관자〉(管子)

기문직 기사해 불허미 불은악(其文直 其事該 不虛美 不隱惡) : 그의 글은 솔직하고, 해박하고, 헛되이 꾸미지도 않고, 악한 것을 숨기지도 않았다.

⁑ 퍼온 글

욕패도 종패례(欲敗度 縱敗禮) : 허욕은 법도를 망가뜨리고 방종은 예의를 무너트린다.

⁑ 〈상서〉(尙書)

빙동삼척 비일일지한(氷凍三尺 非一日之寒) : 두꺼운 얼음은 하루의 추위로 만들어진 것이 아니다.

⁑ 속담(俗談)

번채과정 미지심염(繁采寡情 味之心厭) : 글이 화려해도 진지한 감정이 없으면 맛만 보아도 역겹다.

⁑ 퍼온 글

학막대어지본말시종(學莫大於知本末始終) : 배움에 있어서 원인과 결과를 잘 파악하는 것보다 중요한 것은 없다.

⁑ 퍼온 글

귀상극즉반천 천하극즉반귀(貴上極則反賤 賤下極則反貴) : 너무 비싸면 싸지기 마련이고, 너무 싸지면 비싸지기 마련이다.

⁑ 사마천(司馬遷)의 〈사기〉(史記)

목귀명 이귀총 심귀공(目貴明 耳貴聰 心貴公) : 눈은 밝게 보는 것이 중요하고, 귀는 똑똑히 듣는 것이 중요하며, 마음은 공평무사한 것이 중요하다. ⁑ 〈등석자〉(鄧析子)

위존신위 재다명태(位尊身危 財多命殆) : 지위가 높아지면 몸이 위태로워지고, 재물이 많으면 생명이 위험하여진다. ⁑ 〈후한서〉(後漢書)

사불관기 고고괘기(事不關己 高高掛起) : 자기와 관련되지 않는 일은 하늘 높이 치켜 든다. ⁑ 속담(俗談)

시지외유사 시지중유인(詩之外有事 詩之中有人) : 시 밖에는 사건이 있어야 하고, 시 안에는 사람이 있어야 한다. ⁑ 황준헌(黃遵憲)

다행불의 필자폐(多行不義 必自斃) : 의롭지 못한 일을 많이 하면 반드시 스스로 망한다. ⁑ 〈춘추좌전〉(春秋左傳)

사지행야유세 기성야유기(事之行也有勢 其成也有氣) : 일을 해 나가면 발전의 추세가 나타나고, 성공할 때에는 성공의 기운이 감돈다.

⁑ 소식(蘇軾)

선불망래 재불공발(善不忘來 災不空發) : 경사는 까닭 없이 찾아오지 아니하고, 재앙은 무턱대고 일어나지 아니한다. ⁑ 〈후한서〉(後漢書)

이막대어치 해막대어란(利莫大於治 害莫大於亂) : 다스림보다 더 큰 이로움이 없고, 어지러움보다 더 큰 해로움이 없다. ⁂〈관자〉(管子)

의금자 찰지고 부지래자 시지왕(疑今者 察之古 不知來者 視之往) : 지금의 의아함이 있으면 옛날을 살펴보고, 훗날을 모르겠으면 전날을 돌아보라. ⁂〈관자〉(管子)

처현부화소(妻賢夫禍少) : 아내가 어질면 남편이 화를 당하는 일이 적다. ⁂〈홍루몽〉(紅樓夢)

견우(牽牛)와 직녀(織女)

칠석설화(七夕說話)는 중국에서 유래하였다. 7월 7일을 칠석(七夕)이라 한다. 이날 밤에 견우성(牽牛星)과 직녀성(織女星)이 오작교(烏鵲橋)를 건너서 만난다는 전설이 있다. 견우와 직녀는 늘 붙어서 사랑을 속삭이다가 옥황상제(玉皇上帝)의 노여움을 사는 바람에 그 후부터 일 년에 한 번만 만나는 벌을 받았다. 이때 견우와 직녀가 만나는 곳이 은하수(銀河水)를 사이에 둔 오작교라는 곳이라 전한다. ※옥황상제(玉皇上帝)는 도가(道家)에서 하느님을 가리킨다.

호사불출문 악사전천리(好事不出門 惡事傳千里) : 좋은 소문은 문밖으로 나가지 않고, 나쁜 소문은 천리까지 나간다. ⁂퍼온 글

호우의시 저만금(好雨依時 抵萬金) : 때맞추어 오는 비는 천금보다 귀하다. (무엇이든지 때에 맞아야 귀한 대접을 받는다.) ⁂왕혼(王惲)

언불격절즉청자혹미동(言不激切則聽者或未動) : 언사가 격하지 않으

면 듣는 사람의 마음을 움직이지 못한다. ⁑ 구양수(歐陽脩)

학이명리 문이술지(學以明理 文以述志) : 학문은 익혀야 이치를 밝힐 수 있고 글은 적어야 뜻을 표출할 수 있다. (독서(讀書)와 작문(作文)이 중요한 까닭이다.) ⁑ 소식(蘇軾)

목동귀거횡수배 단적무강신구취(牧童歸去橫手背 短笛無腔信口吹) : 소 잔등을 가로 타고 돌아오는 꼬마 목동 곡조 없이 제멋대로 버들피리 불어댄다. ⁑ 퍼온 글

항룡유회(亢龍有悔) : 높은 자리에 올라간 용은 후회가 있다.

⁑ 〈주역〉(周易) 건괘(乾卦)

지방(地方)의 기질(氣質)－정도전(鄭道傳)의 인물평(人物評)

경상도(慶尙道) : 태산교악(泰山喬嶽) 또는 송죽대절(松竹大節). 태산(泰山)은 지리산(智異山) 교악(喬嶽)은 천황봉(天皇峰)이라 한다.

함경도(咸鏡道) : 니전투구(泥田鬪狗). ※태조(太祖)의 고향이 함경도(咸鏡道)인지라 정도전은 다시 석전경우(石田耕牛)로 고쳤다. 열심히 우직하게 일하는 모습이다.

평안도(平安道) : 산림출호(山林出虎). 또는 산림맹호(山林猛虎)

강원도(江原道) : 암하노불(岩下老佛). 진취적이지 못함.

황해도(黃海道) : 춘파투석(春波投石). 봄바람 탓인지 투석 탓인지 분명치 않은 처신. 석전경우(石田耕牛)라고도 함.

경기도(京畿道) : 경중미인(鏡中美人). 경우 바르고 얌전함.

충청도(忠淸道) : 청풍명월(淸風明月). 결백하고 온전하다.

전라도(全羅道) : 풍전세류(風前細柳). 부드럽고 영리한 성격. 풍류를 나타냄. ⁑퍼온 글

심한패국 면한불해(心恨敗國 面恨不害) : 마음이 독하면 나라를 망치지만 얼굴은 독해도 해롭지 않다. ⁑퍼온 글

고아이오과자 오지사야(告我以吾過者 吾之師也) : 나에게 나의 허물을 말하여 주는 분이 나의 스승이다. ⁑한유(韓愈)

감명자 진구불능란 신청자 기욕불능란(鑒明者 塵垢弗能亂 神清者 嗜欲弗能亂) : 거울이 맑으면 먼지와 때가 어지럽히지 못하고, 정신이 맑으면 기욕(嗜欲)이 어지럽히지 못한다. ⁑〈회남자〉(淮南子)

교회도제 아사사부(教會徒弟 餓死師傅) : 도제(기술을 배우는 제자)에게 모든 것을 가르쳐주면 사부가 굶어죽는다. ⁑중국속담(中國俗談)

주매매불착지일시 계로파불착시일세(做賣買不着只一時 計老婆不着是一世) : 장사를 실패하면 한때의 걱정뿐이지만, 아내를 잘못 얻으면 평생을 걱정한다. ⁑풍몽룡(馮夢龍)

애세호신귀 우인호구복(哀世好信鬼 愚人好救福) : 속세 사람들은 귀신 믿기를 좋아하고 미련한 사람들은 복 구하기를 좋아한다. (복은 요구한다고 얻어지는 것이 아니라 스스로 지어야 한다. ⁑왕충(王充)

여선이동 동유궐시(慮善以動 動惟厥時) : 생각한 후에 움직이고 그 행동은 시기에 맞아야 한다. ⁑퍼온 글

결천금지화자 부쟁수량지가(決千金之貨者 不爭銖兩之價) : 천금 가는 물건을 매매하는 자는 저울 눈 하나의 값을 따지지 아니한다. (큰일을 하자면 작은 것을 너무 따지지 말아야 한다.) ⁑ 〈회남자〉(淮南子)

강강수월래(强羌水越來)의 유래

임진왜란 때 이순신 장군이 진도 앞 명량 바다에서 왜군과 싸울 때 적에 비하여 턱없이 부족한 우리측 병력을 많아 보이기 위하여 여자들을 남장하게 하고 손을 잡고 빙빙 돌게 하며 춤을 추게 했다는 설이 있다.

⁑ 퍼온 글

미사무충성 화번경부실(靡辭無忠誠 華繁竟不實) : 말이 유창하면 충성이 없고, 꽃이 화려하면 열매가 없다. ⁑ 공융(孔融)의 〈임종시〉(臨終詩)

나목(裸木)이고 싶다

…(생략)… 우리 인간들도 나목이 될 수 있으면 좋겠다. 잘못 살아온 인생을 가을에 한 번씩 낙엽으로 청산하고 새봄이 오면 다시 시작하는 재생의 기회를 가질 수만 있다면 얼마나 좋을까. 실수와 불행으로 얼룩진 인생을 비록 눈보라 치는 겨울의 피나는 인고를 치르더라도 다시 인생의 새싹을 피우고 재출발할 수 있는 기회를 기꺼이 기다리는 나목이 되고 싶다. ⁑ 강석호(수필가)

침어낙자치어우 후어미자박어행(沈於樂者致於憂 厚於味者薄於行) : 쾌락만 즐기면 근심이 생기고, 맛있는 음식만 즐기면 박덕하게 된다.

⁑ 〈관자〉(管子)

천지자 만물지역려야 광음자 백대지과객야(天地者 萬物之逆旅也 光

陰者 百代之過客也) : 천지는 만물의 여관이고 광음은 일백세대의 길손이라네. ⁑ 이백(李白)

난인능인 보살행 가언불언 대인심(難忍能忍 菩薩行 可言不言 大人心) : 참기 어려운 것을 능히 참는 것이 보살의 행함이요, 말할 수 있는 것을 말하지 않는 것이 대인의 마음이다. ⁑ 원효(元曉)스님 법어(法語)

복유기발 화유기생(福由己發 禍由己生) : 복은 자기로부터 비롯되고 화는 자기로부터 생겨난다. ⁑ 〈회남자〉(淮南子)

학이부지기방 즉반이자기폐(學而不知其方 則反而滋其蔽) : 배우면서도 그 처방을 모르면 오히려 폐단만 많아진다. ⁑ 육구연(陸九淵)

고지학자 필유사(古之學者 必有師) : 옛날부터 학문을 탐구하는 자들에게는 꼭 스승이 있었다. (독학으로 대학자가 되기 어렵다.)

⁑ 한유(韓愈)의 〈사설〉(師說)

불위불가성 불구불가득(不爲不可成 不求不可得) : 성공 못할 일은 아예 하지를 말고, 얻지 못할 물건은 아예 바라지 마라. ⁑ 〈관자〉(管子)

내이불가실자시야 도이불가실자기야(來而不可失者時也 蹈而不可失者機也) : 찾아왔을 때 놓치지 말아야 할 것은 때이고, 밟았을 때 놓치지 말아야 할 것은 기회이다. ⁑ 소식(蘇軾)

속세지인개희인지동호기 이오인지리호기야(俗世之人皆喜人之同乎

己 而惡人之異乎己也) : 속인들은 모두가 자기와 같은 사람을 좋아하고, 자기와 다른 사람을 싫어한다. ⁑〈장자〉(莊子)

학비사이공익로 우비인이과익자(學非師而功益勞 友非人而過益滋) : 배움에 있어서 훌륭한 스승을 못 만나면 힘만 들 뿐이고, 사귐에 있어서 훌륭한 친구를 못 만나면 허물이 더할 뿐이다. ⁑황희(黃晞)

인수기하서여조상 시무중지화불재양(人壽幾何逝如朝霜 時無重至華不再陽) : 인생길이 얼마나 되랴, 아침 서리처럼 사라지누나. 지난 세월은 다시 못 오고 지는 꽃은 다시 피지 못하누나. ⁑육기(陸機)

언금일난어전일 안지타일 불난어금일호(言今日難於前日 安知他日不難於今日乎) : 오늘이 어제보다 어렵다고 말한다면 타일이 오늘보다 나을 줄을 어찌 알겠는가. (가급적 희망을 품고 낙관적으로 살자.)

⁑소식(蘇軾)

무신환작 실원필폐(無信患作 失援必斃) : 남의 믿음을 잃으면 근심이 생겨나고, 남의 도움을 못 받으면 살기 힘들다. ⁑〈춘추좌전〉(春秋左傳)

욕강필이유수지 욕강필이약보지(欲剛必以柔守之 欲强必以弱保之) : 단단하려면 반드시 부드러운 것으로 지켜야 하고, 강성하려면 반드시 여린 것으로 감싸야 한다. ⁑〈열자〉(列子)

지막대어지인(智莫大於知人) : 지혜 가운데서 남을 아는 것보다 더한 것이 없다. ⁑〈대대례기〉(大戴禮記)

일부지야월부지주 일월위명이불능겸야(日不知夜月不知晝 日月爲明而不能兼也) : 해는 밤을 모르고 달은 낮을 모르니 해와 달이 밝기는 하여도 밤낮을 다 비출 수는 없다.

⁑ 〈회남자〉(淮南子)

좌흘산공 입흘지함(坐吃山空 立吃地陷) : 가만히 앉아서 먹기만 하면 산같이 많은 재물도 없어지고, 가만히 서서 먹기만 하면 땅같이 많은 재산도 허물어진다.

⁑ 〈성세항언〉(醒世恒言)

강구연월(康衢煙月) : 태평한 시대에 보이는 안온한 풍경, 태평한 세월.

⁑ 2000년 교수신문이 선택한 사자성어(四字成語)

내무망사 외무망동(內無妄思 外無妄動) : 안으로 망령된 마음이 없으면 밖으로 망령된 행동이 나오지 않는다.

⁑ 주희(朱熹)

월만즉휴 수만즉일(月滿則虧 水滿則溢) : 달은 차면 기울고 물은 차면 넘친다.

⁑ 〈동주열국지〉(東周列國志)

등고자비(登高自卑) : 높은 곳에 오르려면 낮은 곳으로부터 오른다. (모든 것에 차례가 있다.)

⁑ 〈중용〉(中庸)

중불부자 인부족야 부이불치자 의부족야(衆不附者 仁不足也 附而不治者 義不足也) : 사람들이 잘 따르지 않는 것은 인(仁)이 부족하기 때문이며, 따르는 자를 잘 이끌지 못하는 것은 의(義)가 부족하기 때문이다.

⁑ 〈삼국지〉(三國志)

우재내자본야 우재외자말야(憂在內者本也 憂在外者末也) : 우환이 안에 있는 것이 근본적인 것이고, 우환이 밖에 있는 것은 지엽적인 것이다.

⁑ 소순(蘇洵)

치득료병 치불료명(治得了病 治不了命) : 질병은 고칠 수 있어도 운명은 고칠 수 없다. ⁑ 중국속담(中國俗談)

주봉지기천배소 어불투기반구다(酒逢知己千杯少 語不投機半句多) : 친구와 나누는 술은 천 잔도 적고, 사리에 맞지 않는 말은 반 마디도 많다. ⁑ 〈명현집〉(名賢集)

미생지신(尾生之信) : 노(魯)나라 사람 미생(尾生)이 강물이 넘치는 데도 연인의 약속 때문에 자리를 지키다가 익사하였다는 고사성어로 전해 온다. (신의가 굳음, 또는 우직하여 융통성이 없음을 말한다.)

⁑ 〈사기〉(史記)

절전지훈(折箭之訓) : 가는 화살도 여럿 모이면 꺾기 힘들다는 교훈.

⁑ 중국고사(中國故事)

악언불출어구 분언불반어신(惡言不出於口 忿言不反於身) : 악담이 입에서 나가지 않으면 원망이 돌아오지 아니한다. ⁑ 〈예기〉(禮記)

인순고식 구차미봉(因循姑息 苟且彌縫) : 인순(因循)은 하던 대로만 하는 것, 고식(姑息)은 변화를 모르고 융통성이 없는 것, 구차(苟且)는 궁색하고 가난함이고, 미봉(彌縫)은 임시변통으로 꿰어 맞춤이다. (낡은 습관과 폐단을 벗어나지 못하고 궁색하여 임시변통으로 꿰어 맞춤.)

⁑ 박지원(朴趾源)

원이유광자식야 근이유명자학야(遠而有光者飾也 近而逾明者學也) : 멀리 해도 빛이 나는 것은 꾸밈이지만 가까이 할수록 밝아지는 것은 배움이다. ⁑〈대대례기〉(大戴禮記)

학불기언야 정기행이이(學不期言也 正其行而已) : 배우는 것은 말을 잘하기 위해서가 아니라 행실을 바르게 하기 위함이다. ⁑왕안석(王安石)

춘진유귀일 노래무거시(春盡有歸日 老來無去時) : 봄날은 갔다가 다시 돌아올 날이 있지만 늙음은 왔다가 돌아가지 않는다. ⁑유위(劉威)

일기가성(一氣可成) : 단숨에 일을 해냄. 단숨에 문장을 지어낸다. 다독(多讀) 다작(多作) 다상량(多商量)이라는 말이 있다. ⁑퍼온 글

부학자유종수야 춘완기화 추득기실(夫學者猶種樹也 春玩其華 秋得其實) : 배움이란 나무를 심어 가꾸는 것 같아서 봄철에는 꽃을 즐기고 가을철에는 열매를 따게 된다. ⁑〈안씨가훈〉(顔氏家訓) 면학편(勉學篇)

치란승 불가급(治亂繩 不可急) : 엉킨 실을 풀 때에는 서두르면 아니된다. (조급한 마음으로 할 수 있는 일은 아무것도 없다. 마음을 차분히 하라.) ⁑퍼온 글

인유계견방즉지구지 유방심이부지구(人有鷄犬放則知求之 有放心而不知求) : 사람들이 닭이나 개를 잃어버리면 찾아나설 줄 알지만 양심을 잃어버리고는 찾아나설 줄 모른다. ⁑〈맹자〉(孟子)

작일지일 불가추 금일지일 수유기(昨日之日 不可追 今日之日 須臾期)

: 어제 그날은 다시 찾을 수 없고, 오늘 이날은 잠깐이라네. ⁑ 여전(慮全)

궁즉변 변즉통 통즉구(窮則變 變則通 通則久) : 막히면 변하고 변하면 통할 수 있고 통하면 오래 갈 수 있다. ⁑ 〈주역〉(周易)

인불가모상 해수부가두량(人不可貌相 海水不可斗量) : 사람은 생김새로 알 수 없고, 바닷물은 됫박으로 잴 수 없다. ⁑ 풍몽룡(馮夢龍)

격장수유이 창외개무인(隔墻須有耳 窓外豈無人) : 담박에 귀 있다고 하는데 창밖에 어찌 사람이 없으리. ⁑ 〈수호전〉(水滸傳)

야로념목동 의장후형비(野老念牧童 倚杖候荊扉) : 시골 늙은이 목동이 걱정되어 지팡이 짚고 싸리문에 기대어 기다리고 있네. ⁑ 왕유(王維)

화생어구

화생어구(禍生於口) : 재앙은 입에서 생기고
병생어심(病生於心) : 병은 마음에서 생기고
우생어안(憂生於眼) : 근심은 눈에서 생기고
구생어면(垢生於面) : 허물은 체면에서 생긴다.

⁑ 성대중(成大中)의 〈청성잡기〉(青城雜記)

범인지소이귀어금수자 이유례야(凡人之所以貴於禽獸者 以有禮也) : 뭇 사람으로서 짐승보다 귀한 것은 예의가 있기 때문이다.

⁑ 〈안자춘추〉(晏子春秋)

엄동불숙살 하이견양춘(嚴冬不肅殺 何以見陽春) : 엄동에 숙살이 없

고서야 어찌 봄날의 화창함이 있으리오. ⁑ 여온(呂溫)

장상신선야 범인주(將相神仙也 凡人做) : 장군이나 재상이나 신선이나 모두 보통사람이 된 것이다. ⁑ 〈유림외사〉(儒林外史)

삼함명(三緘銘)

부득불 말하려면 생각하고 절제하라. 그 밖의 온갖 일은 입 다물고 혀를 묶자. 부럽구나. 저 벙어리 말하려 해도 안 나오니 야단치고 끊어버려 남은 날을 보존하리. 큰 말을 안 뱉으면 큰 무너짐이 없게 되고 작은 말도 내게 되면 작은 실패 있게 되네. 말을 하면 안 되는 벙어리 작든 크든 상관없네. 작은 것부터 지켜 큰 허물 없게 하라.

입을 세 번 봉하는 것만으로는 부족하다고 생각했는지 차라리 벙어리 될 것을 맹세하는 세음(誓瘖)까지 지었다.

"말하기 좋다 하고 남의 말을 말을 것이/ 남의 말 내 하면 남도 내 말 하는 것이/ 말로써 말 많으니 말 말을까 하노라."

남의 말을 듣고 그 말이 몇 번 오가다 보면 눈덩이처럼 불어나 걷잡을 수 없다. 누구 말이 옳은지 어느 장단에 춤을 출지 모를 지경이다.

⁑ 윤기(尹愭) · 퍼온 글

의재필전 연후작(意在筆前 然後作) : 머리에 뜻이 떠오른 후에 붓을 들어야 글이 잘 써진다. ⁑ 왕희지(王羲之)

효어친 자역효지야(孝於親 子亦孝之也) 신기불효 자하효언(身旣不孝 子何孝焉) : 내가 어버이에게 효도하면 내 자식 또한 나에게 효도할 것이다. 내가 어버이에게 효도하지 아니 하는데 내 자식이 어찌 나에게 효도를 하리요. ⁑ 태공(太公)

공욕선기사 필선리기기(工欲善其事 必先利其器) : 목공이 일을 잘 하려면 반드시 공구부터 먼저 잘 다듬어 놓아야 한다.(사전 준비는 모든 일에 필요하다.) ⁑〈논어〉(論語)

길인흉기길 흉인길기흉(吉人凶其吉 凶人吉其凶) : 길인은 길한 것도 흉할까 걱정하고, 흉인은 흉한 것도 길한 것으로 여긴다. ⁑양웅(揚雄)

인지초성 본선(人之初性 本善) : 사람으로 태어난 시초의 본성은 본래 누구나 선하다. (착한 본성을 되찾자.) ⁑〈삼자경〉(三字經)

학지광재어불권 재어고지(學之廣在於不倦 在於固志) : 학문이 넓음은 게으르지 않은 데 있고 뜻이 굳음에 있다. ⁑〈포박자〉(抱朴子)

언행자 입신지기(言行者 立身之基) : 언행은 입신 출세의 바탕이다.

⁑〈자치통감〉(資治通鑑)

등고이망원 요장이영심(登高以望遠 搖檣以泳深) : 높이 올라야 멀리 볼 수 있고, 노를 저어야 깊은 물을 건널 수 있다. ⁑소식(蘇軾)

천한지피박 우사지야장(天寒知被薄 憂思知夜長) : 날씨가 추워지면 이불의 엷음을 알고, 근심이 깊어지면 밤이 긴 줄을 안다. ⁑〈고악부〉(古樂府)

선욕인견 불시진선 악공인지 편시대악(善欲人見 不是眞善 惡恐人知 便是大惡) : 선한 일을 하고서 남이 알아주기를 기다리면 참된 선이 아니다. 악한 일을 하고서 남이 알까 걱정하면 곧 대악이 된다.

⁑주문공(朱文公) 〈치가요결〉(治家要訣)

위문유삼다 간다 주다 상량다(爲文有三多 看多 做多 商量多) : 글을 잘 짓자면 많이 읽어야 하고 많이 지어야 하고 많이 생각하여야 한다.

⁑ 구양수(歐陽脩)

인유선원 천필종지(人有善願 天必從之) : 사람에게 착한 소원이 있다면 하늘은 반드시 따라준다. (하늘은 아무 소원이나 다 들어주지 않는다.)

⁑ 〈서유기〉(西遊記)

기관산진 대총명 반산료경생명(機關算盡 大聰明 反算了輕生命) : 총명이 지나쳐 잔꾀를 부리다 보면 제 꾀에 제가 넘어져 목숨을 버릴 수도 있다. (지나치게 똑똑하면 바보가 되기도 한다.)

⁑ 〈홍루몽〉(紅樓夢)

석거설여화 금래화여설(昔去雪如花 今來花如雪) : 엊그제 떠날 때는 눈이 꽃 같더니 오늘 돌아올 때는 꽃이 눈 같구나.

⁑ 범운시인(范雲詩人)

유이불반자수야 불이시천자송백야(流而不返者水也 不以時遷者松柏也) : 흘러만 갈 뿐 되돌아올 줄 모르는 것은 물이요, 사철이 바뀌어도 달라지지 않는 것은 송백이로다.

⁑ 소식(蘇軾)

물유본말 사유종시(物有本末 事有終始) : 식물에는 뿌리와 가지가 있고 행사에는 시작과 마침이 있다. (시작과 끝이 다 중요하다.)

⁑ 〈대학〉(大學)

구설무빙 안간시실(口說無憑 眼看是實) : 입으로 떠드는 말은 신빙성이 없고 눈으로 살펴본 것은 진실성이 있다. (떠도는 말은 그대로 믿었다가 실패하는 수가 많다.)

⁑ 퍼온 글

찰기언관기행 이선악창언(察其言觀其行 而善惡彰焉) : 말씨를 들어보고 행실을 살펴보면 그의 선악이 그대로 드러난다. ⁑ 원굉(袁宏)

시품출어인품(詩品出於人品) : 시인의 품위에서 시문(詩文)의 품격이 나온다. ⁑ 유희재(劉熙載)

학박이후가약 사력이후가요(學博以後可約 事歷以後可要) : 널리 배운 다음에 잘 간추릴 수 있고, 두루 겪은 다음에 요체를 알 수 있다.

⁑ 왕정상(王廷相)

다소잠(多少箴)

소음주 다철죽(少飮酒 多啜粥) : 술은 적게 먹고 죽은 많이 먹는다.

다여채 소식육(多茹菜 少食肉) : 고기는 적게 먹고 야채를 많이 먹는다.

소개구 다폐목(少開口 多閉目) : 입은 적게 열고 눈은 많이 감아라.

다소두 소세욕(多梳頭 少洗浴) : 머리는 자주 빗고 목욕은 적게 하라. (머리를 자주 빗으면 머리가 맑아진다. 목욕이 너무 잦으면 몸의 기운이 빠진다.)

소군거 다독숙(少群居 多獨宿) : 여럿이 지냄을 적게 하고 홀로 자는 것을 많이 하라.

다수서 소적옥(多收書 少積玉) : 책을 많이 모으고 재물은 적게 쌓아라. (책보다 옥을 귀히 여기면 그 사람이 천하게 된다.)

소취명 다인욕(少取名 多忍辱) : 명예는 적게 하고 욕됨을 많이 참아라.

다행선 소간록(多行善 少干祿) : 선한 일을 많이 하고 높은 지위를 적게 구하라. ⁑ 〈암서유사〉(岩栖幽事)

탄주지어 육처즉불승루의(呑舟之魚 陸處則不勝螻蟻) : 배를 삼킬 수 있는 큰 물고기라도 육지에서는 개미조차 이기지 못한다.

⁑〈여씨춘추〉(呂氏春秋)

인지세탁기심이거악 여목욕기신이거구(人之洗濯其心以去惡 如沐浴其身以去垢) : 사람 마음을 씻어 악한 마음을 버려야 하는 것은 마치 목욕으로 때를 없애야 하는 것과 같다. ⁑주희(朱熹)

욕불필강해 요지거구 마불필기기 요지선주(浴不必江海 要之去垢 馬不必騏驥 要之善走) : 목욕은 반드시 큰 강물을 찾아가서 하는 것이 아니라 때를 씻기만 하면 되고, 말은 반드시 천리마라야 하는 것이 아니라 잘 달리기만 하면 된다. (모든 것은 본연의 목적이 중요하다. 사치는 낭비를 부를 뿐이다.) ⁑〈사기〉(史記)

임중불매신 호상불육어(林中不賣薪 湖上不鬻魚) : 땔나무는 숲속에서 팔지 않고 물고기는 호수에서 팔지 않는다. 상거래(商去來)는 장소에 따라 좌우된다. ⁑〈회남자〉(淮南子)

사위지기자사 여위열기자용(士爲知己者死 女爲悅己者容) : 선비는 자기를 알아주는 이를 위하여 목숨을 바치고 여자는 자기를 알아주는 이를 위하여 얼굴을 꾸민다. ⁑〈전국책〉(戰國策)

화복무문 유인자소(禍福無門 唯人自召) : 화와 복은 문이 없다. 오직 사람이 스스로 부르는 것이다. ⁑〈태상감응편〉(太上感應篇)

지언(知言) : 말의 뜻을 잘 새겨 듣는 것이다. 그럴 듯하게 꾸미고 보태는 말이 모두 옳은 것 같고 충정에서 하는 말 같으나 그 이면에는 무슨 뜻이 있는지 잘 알아야 한다.

피사(詖辭) : 한쪽으로만 치우치고 보편성이나 객관성이 없는 말.

음사(淫辭) : 방탕한 말. 정확한 판단을 모르는 가려진 말.

사사(邪辭) : 바른 길을 벗어난 말.

둔사(遁辭) : 책임을 벗어나기 위한 돌려대기 말.

※위와 같은 피사 음사 사사 둔사를 잘 알아서 그 뜻을 간파(看破)할 수 있는 것이 지언(知言)이다.

⁑퍼온 글

소리장도(笑裏藏刀) : 웃고 있지만 속에는 칼을 품고 있다.

면종복배(面從腹背) : 앞에서는 복종하고 뒤에서는 배반한다.

구밀복검(口蜜腹劍) : 입으로는 꿀인데 배속에는 칼이다.

⁑〈구당서〉(舊唐書)

노요지마력 일구견인심(路遙知馬力 日久見人心) : 길이 멀어야 말의 힘을 알게 되고 날이 오래야 사람의 마음을 알게 된다.

⁑〈명심보감〉(明心寶鑑)

독서파만권 하필여유신(讀書破萬卷 下筆如有神) : 만 권의 책을 독파하였더니 붓을 들면 신들린 듯 글이 절로 써진다. (글을 잘 쓰는 비결이다.)

⁑두보(杜甫)

모미발이사인지지 미유불태자야(謨未發而使人知之 未有不殆者也) : 꾀한 일을 시작하기 전에 남에게 발설하면 실패하지 않는 자가 거의 없다.

⁑소철(蘇轍)

사불삼사 종유후회(事不三思 終有後悔) : 세 번 생각해 보지 아니한 일은 마침내 후회하게 된다.

⁑ 퍼온 글

옥불탁불성기 인불학부지도(玉不琢不成器 人不學不知道) : 옥은 다듬지 않으면 좋은 그릇이 될 수 없고, 사람은 배우지 않으면 사람의 도리를 알지 못한다. (사람이 큰 인물이 되려면 모든 어려움을 이기고 열심히 배워야 한다는 교훈이다.)

⁑ 〈명심보감〉(明心寶鑑)

유사고공 유언고용(有事考功 有言考用) : 할 일이 있으면 그 결과를 미리 헤아려 보아야 하고 할 말이 있으면 그 쓰임을 미리 헤아려 보아야 한다. (일이나 말은 함부로 하면 안 된다.)

⁑ 순열(荀悅)

완전인격 수재체육(完全人格 首在體育) : 완전한 인격을 갖추려면 가장 먼저 몸부터 튼튼하게 가꾸어야 한다.

⁑ 북경대학 운동장에 있는 표어

지족불욕 지지불태 가이장구(知足不辱 知止不殆 可以長久) : 족한 줄 알면 욕되지 않고 그칠 줄 알면 위태롭지 않고 오래 갈 수 있다.

⁑ 〈노자〉(老子)

인일시지념 면백일지우(忍一時之念 免百日之憂) : 한 순간의 분함을 참으면 백일 동안의 근심을 면할 수 있다.

⁑ 〈명심보감〉(明心寶鑑)

상우천고(尙友千古) : 아주 오랜 세월을 거슬러 올라가 벗을 만난다. (옛 글을 읽는 이유가 바로 그런 것이다. 옛날의 마음 맞는 글을 읽고 그 글을 쓴 이와 벗하여 위안을 삼는 것이다.)

⁑ 〈맹자〉(孟子)

구불이선폐위량 인불이선언위현(狗不以善吠爲良 人不以善言爲賢) : 개는 잘 짖는다고 훌륭한 개라 할 수 없고, 사람은 말을 잘한다고 훌륭한 인재라고 할 수 없다. ⁑〈장자〉(莊子)

지지자불여호지자 호지자불여낙지자(知之者不如好之者 好之者不如樂之者) : 안다는 것은 좋아함만 못하고 좋아함은 즐기는 것만 못하다. ⁑〈논어〉(論語)

범사유인정 후래호상견(凡事留人情 後來好相見) : 모든 일에 인정을 남겨두면 훗날 서로 좋은 낯으로 대할 수 있다. ⁑〈명심보감〉(明心寶鑑)

반의지희(斑衣之戲) : 늙은 부모를 위로하려고 색동저고리를 입고 기어다녀 보이는 놀이이다. ※중국에서는 노래자(老來子)의 고사가 전해오고 있다. ⁑〈몽구〉(蒙求)

물극즉반 수궁이변(物極則反 數窮而變) : 사물은 극에 이르면 되돌아가고 운수는 막히면 바뀌게 된다. ⁑구양수(歐陽脩)

위존신위 재다명태(位尊身危 財多命殆) : 지위가 높을수록 몸이 위험해지고, 재물이 많을수록 목숨이 위태로워진다. ⁑〈후한서〉(後漢書)

가화빈야호 부의당여하(家和貧也好 不義當如何) 단존일자효 하용자손다(但存一子孝 何用子孫多) : 집안이 가난해도 화목하면 좋으니 의롭지 못하면 부자인들 무엇하랴. 다만 한 사람이라도 효도하는 자식이 있으면 되는 것이지 자손만 많으면 무슨 소용이 있겠는가. (집안이 화목해야 하고 부모에게 효도해야 한다.) ⁑〈명심보감〉(明心寶鑑)

인리향천 물리향귀(人離鄕賤 物離鄕貴) : 사람은 고향을 떠나면 천해지고 물건은 고향을 떠나면 귀해진다. (고향을 떠난 사람과 물건은 차이가 있다.)

⁑ 중국속담(中國俗談)

조선시대(朝鮮時代) 재벌(財閥) 이후(李后)의 재물관(財物觀)

재산을 일으키는 데 있어서 올바른 도리에 따르면 일어나고 도리에 거스르면 망한다. 사람이 돈을 나누지 않으면 하늘이 반드시 나눌 것이다. 하늘이 먼저 나눈다면 먼저 화를 낼 것이니 삼가지 않을 수 있겠는가.

⁑ 퍼온 글

성대사자 불석소비(成大事者 不惜小費) : 큰 일을 이루려고 하는 자는 작은 지출을 아까워하지 않는다. (공을 들여야 탑을 쌓고 돈을 들여야 일을 이룬다.)

⁑ 중국속담(中國俗談)

일촌산하 일촌금(一寸山河 一寸金) : 한 치의 산하도 한 치의 금같이 소중하다. (우리나라를 삼천리 금수강산(三千里 錦繡江山)이라고도 한다. 우리나라 국토는 어느 곳 하나 아름답지 않은 곳이 없다.)

⁑ 퍼온 글

주요소음 사요다지(酒要小飮 事要多知) : 술은 적게 마시는 것이 좋고 일은 많이 알수록 좋다.

⁑ 중국속담(中國俗談)

호사귀수구 고향안가망(狐死歸首丘 故鄕安可忘) : 여우도 죽을 때는 언덕쪽으로 머리를 돌리거늘 고향이야 어찌하여 잊을 수 있을손가.

⁑ 조조(曹操)

앵무능언불리비조 성성능언불리금수(鸚鵡能言不離飛鳥 猩猩能言不

離禽獸) : 앵무새가 말을 할지라도 날짐승에 불과하고, 원숭이가 말을 해도 들짐승에 불과하다.

⁑〈예기〉(禮記)

인불통고금 마우이금거(人不通古今 馬牛而襟裾) : 사람이 고금(古今)의 학문이나 사실을 알지 못하면 말이나 소에게 옷을 입힌 것과 같다. (슬기롭게 살아가려면 동서고금의 지식을 익혀야 한다.)

⁑〈명심보감〉(明心寶鑑)

심안모옥온 성정채갱향(心安茅屋穩 性定菜羹香) : 마음이 편안하면 초가집도 편안하고, 성품이 안정되면 나물국도 향기롭다.

⁑〈명심보감〉(明心寶鑑)

상식만천하 지심능기인(相識滿天下 知心能幾人) : 서로 얼굴을 아는 사람은 세상에 가득하지만 마음을 아는 사람은 몇이나 되는가.

⁑〈명심보감〉(明心寶鑑)

심입천출(深入淺出) : 깊이 들어가 얕게 나온다. (공부가 깊어야 설명이 간결하다. 자기가 알아야 남도 쉽게 이해시킨다.)

⁑ 퍼온 글. 조선시대 안정복(安鼎福)이 권철신(權哲身)에게 보낸 서간문에 있음.

재심위지 발언위시(在心爲志 發言爲詩) : 마음에 있으면 뜻이 되고 말로 나오면 시가 된다.

⁑ 유협(劉勰) 〈문심조룡명시편〉(文心雕龍明詩篇)

득롱망촉(得隴望蜀) : 한(漢) 나라 때 광무제(光武帝)가 농(隴)지방을 평정한 뒤 다시 촉(蜀)나라를 쳤다는 고사에서 사람의 욕심은 끝이 없음을 이르는 말이다.

⁑〈후한서〉(後漢書)

독서망양(讀書亡羊) : 책에 빠져 있다가 양을 잃었다. 표맥(漂麥)이라는 고사성어가 있다. 표맥(漂麥)이란 떠내려간 보리를 이른다. 책에 빠져 있다가 마당에 널어둔 보리가 소낙비에 떠내려 간 것을 몰랐다는 말이다. ⁑〈장자〉(莊子)

각주구검(刻舟求劍) : (배안에서 칼을 물속에 떨어트리고 그 배의 칼이 떨어진 곳을 칼로 새겨 표시한 후 배가 포구에 이른 후 그 표시한 배 밑에서 칼을 찾는다. 현실에 맞지 않는 낡은 생각을 고집하는 어리석음을 이른다.) ⁑〈여씨춘추〉(呂氏春秋)

광이불요(光而不耀) : 반듯해도 남을 해치지 말고(方而不割) 청렴하되 남에게 상처주지 말며(廉而不劌) 곧아도 교만치 아니하고(直而不肆) 빛나되 번쩍이지 아니한다(光而不耀).

반듯하고 청렴한 것은 좋지만 그로 인하여 남을 해치거나 씻을 수 없는 상처를 주어서는 아니된다. 곧음은 자칫 교만을 부른다. 빛나는 존재가 되어야 하지만 너무 번쩍거리면 꼭 뒤탈이 따른다. ⁑〈도덕경〉(道德經)

필불여문 문불여행(筆不如文 文不如行) : 글씨는 문장만 같지 못하고 문장은 행실만 같지 못하다. ⁑송기면(宋基冕)

아성(牙城) : 부대의 수뇌부가 거처하는 성을 이른다. 보통성과는 달리 난공불락(難攻不落)의 요새이다. 대장의 거처에는 상아기(象牙旗)가 세워져서 이곳을 아성(牙城)이라 불렀다. ⁑퍼온 글

인빈지단 복지심령(人貧智短 福至心靈) : 사람이 너무 가난하면 지혜가 짧아지고 복이 이르면 마음이 밝아진다. ⁑〈명심보감〉(明心寶鑑)

임서기(林棲期)

인도문명에 인생 4단계론이 있다. 태어나서 25세까지는 학습기(學習期)이고, 50세까지는 가주기(家住期)로서 가정을 꾸려 자식을 기르고 돈을 벌며 사회적인 의무를 다하는 시기이다. 50세가 넘으면 임서기(林棲期)이다. 임서기에는 가정을 떠나 동리 뒷산 같은 데에 허름한 집을 지어 놓고 여기서 밥을 끓여 먹으며 사는 것이다. 심산유곡으로 들어가는 것은 아니고 가족과 떨어져 홀로 사는 것이다. 그러나 가족과 완전히 단절하는 것은 아니고 가끔 부인의 얼굴도 보고 자식들과도 만나 이야기도 나눈다. 나이 50이 넘으면 에너지가 현격하게 쇠퇴하기 때문에 부인과 자식에게 짐이 될 수는 없다는 것이다. '나는 어디서 왔다가 어디로 가는가' 를 스스로가 깨우치려면 혼자 살면서 스스로에게 물어야 한다는 것이다.

⁑ 퍼온 글

만초손 겸수익(滿招損 謙受益) : 가득함은 손해를 부르고 겸손은 이익을 얻게 한다.

⁑ 〈명심보감〉(明心寶鑑)

호승자필패(好勝者必敗) : 이기기를 좋아하는 자는 반드시 지게 마련이다.

시장자이질(恃壯者易疾) : 건강을 과신하는 자는 병에 잘 걸린다.

어리자해다(漁利者害多) : 이익을 탐하는 자는 해악이 많다.

목명자훼지(鶩名者毁至) : 명예를 탐하는 자는 비방이 뒤따른다.

⁑ 신함광(申涵光) 〈형원진어〉(荊園進語)

객중시(客中詩)

여빈혼여설(旅鬢渾如雪) : 나그네 귀밑머리 온통 흰 눈과 같고

교정총시운(交情總是雲) : 사귐의 정 모두 다 구름인 것을
간위명물리(艱危明物理) : 시련 속에 사물 이치 분명해지고
적막견심원(寂寞見心源) : 적막해야 마음 근원 드러난다네
세원언수신(世遠言誰信) : 세상 멀어 누구 말을 믿어야 할까
종고방미분(蹤孤謗未分) : 외론 자취 헐뜯음 분간 안 가네
산화개우락(山花開又落) : 산꽃은 피었다 다시 지고
강월자휴원(江月自虧圓) : 강달은 둥글었다 이지러지네

⁑ 송익필(宋翼弼)

상두보소(桑土補巢) : 장맛비가 오기 전에 뽕나무 뿌리로 출입구를 막아 단속한다. 부실한 둥지는 비가 줄줄 새고 배고픈 올빼미가 새끼들을 다 잡아 먹고 난 후에 뒤늦게 애가 닳아 게으름과 부주의를 뉘우쳐도 때는 이미 늦었다. 소 다 잃고 외양간 고치어 무엇하랴. ⁑ 퍼온 글

회자(膾炙) : 날고기와 구운 고기가 칭찬을 받는 화제로 사람들 입에 자주 오르내리는 것을 말한다. 예컨대 김소월의 《진달래꽃》은 사람들 입에 회자되는 우리 민족의 애송시 중의 하나이다. ⁑ 퍼온 글

사군자(四君子)와 세한삼우(歲寒三友)

사군자(四君子)는 매(梅) 난(蘭) 국(菊) 죽(竹)을 가리킨다. 이른 봄 추위를 무릅쓰고 가장 먼저 피는 매화, 깊은 산속에서도 맑고 깨끗한 모습으로 은은하게 향기를 뿜는 난초, 늦가을에 서리를 이기고 피어나는 국화, 한겨울에도 푸른 대나무 등 네 가지 식물을 덕이 있고 학문에 뛰어난 군자(君子)에 비유한 것이다. 세한삼우(歲寒三友)는 소나무(松) 대나무(竹) 매화(梅)를 가리킨다. ⁑ 퍼온 글

물이귀기이천인(勿以貴己而賤人) : 나를 귀하게 여기고 남을 천하게 여기지 말라. (항상 타인을 존중하라.)

물이자대이멸소(勿以自大而蔑小) : 스스로 크다고 작은 이를 업신여기지 말라.

⁑〈명심보감〉(明心寶鑑)

감사하는 마음

두 눈이 있어 아름다움을 볼 수 있고, 두 귀가 있어 감미로운 음악을 들을 수 있고, 두 손이 있어 부드러움을 만질 수 있으며, 두 발이 있어 자유롭게 가고 싶은 곳을 어디든지 갈 수 있고, 가슴이 있어 기쁨과 슬픔을 느낄 수 있다는 것을 생각합니다.

길을 걷다가도 향기로운 꽃들에게 눈을 번쩍 떠서 한 줄의 글귀에 감명을 받으며, 우연히 듣는 음악에 지나간 추억을 회상할 수 있으며, 위로의 한 마디에 우울한 기분을 가벼이 할 수 있는 아름다운 세상을 살아가고 있다는 것이 감사합니다.

⁑청주시 동산교회 〈전도지〉

개들의 사회에도 오륜(五倫)이 있다.

군신유의(君臣有義)—지주불폐(知主不吠) : 주인을 알아보고 짖지 않는다.

장유유서(長幼有序)—소불대적(小不大敵) : 작은 개는 큰 개와 싸우지 않는다.

부자유친(父子有親)—모색상사(毛色相似) : 새끼가 아비색깔 닮았다.

부부유별(夫婦有別)—유시유정(有時有情) : 때가 아니면 어울리지 않는다.

붕우유신(朋友有信)—일폐중폐(一吠衆吠) : 한 마리가 짖으면 모두 따라 짖는다.

⁑퍼온 글

성곽(城郭)의 종류(種類)

도성(都城) : 왕이 있는 도읍지의 성(城)

나성(羅城) : 도성(都城) 밖의 둘레를 이룬 성(城)

산성(山城) : 산(山)을 요새지로 하여 쌓은 성(城)

행성(行城) : 요지(要地)를 따라 한 줄로 쌓은 성(城)

옹성(甕城) : 성(城)을 지키기 위하여 성문(城門) 앞에 물장군 형태로 쌓은 성(城)

농성(籠城) : 모든 병사(兵士)들이 성내(城內)로 들어가서 지키는 성(城)

북원적월(北轅適越) : 북쪽으로 수레를 몰면서 남쪽 월나라로 가려 하는 어리석음을 가리킨다. (동서남북은 일정한 방위이지만 전후좌우는 일정하지 않다. 동서남북과 전후좌우를 혼동하여서는 아니된다. 열심히 하느냐가 중요하지 않고 제대로 하느냐가 중요하다. 몸이 부서져라 일해도 되는 일이 없다고 탄식하지 말라. 세상이 워낙 빠르게 변하는지라 적응이 쉽지 않다. 덩달아 남을 따라하지 말고 제대로 똑바로 함이 중요하다. 잘못을 즉시 바꾸지 않으면 북원적월이 된다.)

⁑ 장조(張潮)의 〈유몽영〉(幽夢影)

호추불두(戶樞不蠹) : 문지도리는 좀먹지 않는다. 움직이기 때문이다. 문짝은 썩어도 지도리는 좀먹지 않는 법이다. ⁑ 손사막(孫思邈)

조선시대(朝鮮時代)의 조선팔도(朝鮮八道)

경상도를 영남(嶺南)이라 부르는데 문경 준령 남쪽을 이른다.

전라도는 호남(湖南)이라 부르는데 지금의 금강 이남을 이른다.

충청도는 호서(湖西)라 했는데 제천 의림지 서쪽을 가리킨다.

경기도는 기전(畿甸)지방을 가리킨다.

강원도를 영서(嶺西)라 했는데 대관령(大關嶺) 서쪽이라는 뜻이다.

함경도(咸鏡道)는 관북(關北), 평안도(平安道)는 관서(關西), 황해도(黃海道)를 해서(海西)라 일렀다. ⁂펴온 글

우리나라 식물의 색다른 이름 : 아기똥풀, 개부랄꽃, 쥐똥나무, 노루오줌, 며느리밑씻개, 며느리배꼽꽃, 며느리밥풀 등이다.

인생(人生)의 기다림과 행복(幸福)

인생을 살아가는 데 많은 사람과 만나게 된다. 만나면 웃음이 나오게 하는 사람, 만나면 애처롭게 보이는 사람, 만나면 시간이 빨리 가는 느낌을 주는 사람, 만나면 마냥 행복한 사람, 이들 각양각색의 사람들이 주는 공통점은 기다림이 있는 점이다.

열인찬자 백사개위(悅人讚者 百事皆僞) : 남이 칭찬해 주는 것을 좋아하는 사람이 하는 것은 만사가 다 거짓이다. ⁂〈사자소학〉(四字小學)

십장생(十長生) : 불로장생(不老長生)한다는 열 가지 경물(景物)과 동식물(動植物)을 이른다. 1. 해(日) 2. 달(月) 3. 산(山) 4. 내(河川) 5. 대나무(竹) 6. 소나무(松) 7. 영지(靈芝) 8. 거북 9. 학(鶴) 10. 사슴(鹿)이다. 때로는 물(水)이나 구름(雲)을 꼽기도 하고 신선이 먹는다는 천도(天桃)를 넣기도 한다. 조선시대에는 십장생도(十長生圖)가 유행하기도 하였다.

우작경탄(牛嚼鯨呑)의 독서법 : 우작(牛嚼)은 소가 되새김질함이고 경

탄(鯨呑)은 고래가 씹지 않고 삼킴이다. 소가 여물을 먹듯 책을 읽는 독서법은 한 번 읽어서 전체를 파악하고 나서 다시 하나하나 차근차근 음미하며 읽는 독서법이다. 경탄(鯨呑)은 고래가 통째로 삼키듯, 강력한 탐구욕에 불타는 젊은이의 독서법이다.

⁂ 진목(秦牧)

신토불이(身土不二) : 몸과 땅은 둘이 아니라는 의미이다. 자기가 사는 땅에서 생산되는 농산물이라야 자기 체질에 잘 맞는다는 것이다.

⁂ 〈동의보감〉(東醫寶鑑)

모협불이(母協不二) : 모기업과 협력업체는 둘이 될 수 없다.

노사불이(勞使不二) : 근로자와 사용자는 둘이 아닌 하나이다.

도농불이(都農不二) : 도시와 농촌은 서로 공존한다.

공칠과삼(功七過三) : 공(功)이 일곱, 과(過)가 세 가지인데 공이 과보다 크기 때문에 공을 택한다. 미(美)와 추(醜)도 공존(共存)한다는 것이 진리(眞理)이다.

⁂ 퍼온 글

환락극혜 애정다(歡樂極兮 哀情多) : 환락이 극에 달하고 나면 슬픈 정만 많이 남는다.

⁂ 한무제(漢武帝)의 〈추풍사〉(秋風詞)

등산(登山) 입산(入山) 유산(遊山) 서산(棲山)

등산득명(登山得名) : 만년설이 쌓인 산을 오르는 것이다. 8,000m급 설산(14봉)을 오르면 세계적인 등산가로 이름을 얻는다. 인간한계(人間限界)에 도전한 초인(超人)으로 사회적인 대접을 받고 명성을 얻는다.

입산수도(入山修道) : 모세가 인간의 모든 것을 포기하고 시내산으로 들어간 것이 입산에 해당한다. 시내산은 2,000m 높이의 온통 바위산으로 되어 있어서 엄청난 영기(靈氣)를 품고 있는 산이다. 구한말 청년 강증산(姜甑山)이 동학혁명의 처참한 실패를 목격하고 김제 모악산(母岳山)으로 들어간 것도 입산이다.

유산풍류(遊山風流) : 주말에 산에 가는 것은 유산이고 풍류이다. 등산하여 기운을 얻어오면 일주일을 버틸 수 있다. 명산(名山)을 순례하였던 화랑도(花郎道)와도 맥이 통한다.

서산자족(棲山自足) : 서산(棲山)은 새가 나뭇가지에서 쉬고 있는 모습을 가리킨다. 산밑에 황토집 하나 지어놓고 텃밭 가꾸며 자족하는 삶이다.

⁑ 퍼온 글

토붕와해(土崩瓦解) : 지반이 무너지거나 구들장이 꺼지면 지붕마저 내려앉아 기왓장이 산산조각난다. 지반이 탄탄한데 지붕이 주저앉는 경우는 드물다. 집이 무너져가는데 문패나 바꿔 다는 미봉책이나 위기의 본질을 외면한 고식지계(姑息之計)로는 상황을 돌이킬 수 없다. 국가도 마찬가지이다.

⁑ 원계채(元繼蔡) · 서락(徐樂)

설니홍조(雪泥鴻爪) : 눈 덮인 진흙 밭의 기러기 발자국

인간도처여하사(人間到處如何似) : 사람이 닿는 곳 무엇 같으랴

응사비홍답설니(應似飛鴻踏雪泥) : 나는 기러기 진흙 밟을 것 같네

니상우연류지조(泥上偶然留指爪) : 진흙 위에 우연히 남긴 발자국

홍비나복계동서(鴻飛那復計東西) : 기러기 날고 보면 동서가 없네

기러기 후루룩 날아가면 어디로 갔는지 알 수 없다. 분명히 있었지만 자취만 남기고 어디에도 없다. 사람의 한 평생도 눈 쌓인 진흙 밭에 남긴 기러기의 발자국 같다.

⁑ 소식(蘇軾) ⁑ 퍼온 글

공자(孔子)와 상가지구(喪家之狗) : 상가(喪家)의 개

공자(孔子)는 어느 날 자신의 남은 인생을 점치는 괘(卦)를 뽑아 보았는데 화산여(火山旅) 괘가 나왔다 한다. 여(旅)는 나그네 신세를 뜻한다.

세상에서 이치에 통달한 성인으로 여겨지는 공자도 인생 후반부터는 나그네를 뛰어넘어 상가의 개(喪家之狗)로 살았다. 50세 후반부터 이리저리 떠돌아다니는 낭인(浪人)으로 살았던 공자의 팔자이다. 이 기간에 죽을 고비를 넘겨야 했고 끼니와 잠자리를 걱정해야 했다. 공자는 되는 일도 없고 운도 없이 떠돌아 다녀야 했던 서글픈 신세였던 것이다. 천재적인 능력을 지니고 있었던 인물들도 감옥생활을 하고 추방당하고 불운과 불행을 피할 수 없었다는 것이 사마천의 생각이다. 상가지구(喪家之狗)라는 말은 '집 잃은 개' 라고도 해석한다.

⁑ 퍼온 글

감취비농(甘脆肥濃) : 달고 무르고 기름지고 맛이 진한 음식. (달고 무르고 기름지고 맛이 진한 음식은 창자를 썩게 만드는 독약이라 한다. 호강 끝에 불행이 오는 수가 많다.)

⁑ 마단림(馬湍臨)

지미무미(至味無味) : 지극한 맛은 덤덤하다.

맛 없는 것을 음미하는 사람이 능히 일체의 맛에서 담백해질 수 있다. 참맛은 오직 담백할 뿐이다. 참맛은 절대 자극적이지 않다. 깨달은 사람은 깨달은 태를 내지 않는다. 사람들은 신기한 것만 대단한 줄 알고 자극적인 것만 맛있다고 한다. 먹고 마시지 않는 사람이 없건만 능히 맛을 아는 자는 드물다.

⁑ 〈축자소언〉(祝子小言) ⁑ 정민 교수의 〈세설신어〉(世說新語)

각곡류목(刻鵠類鶩) : 고니를 새기려다 안 되어도 따오기가 된다는 뜻이다. 범이라고 그렸는데 개와 비슷하게 되었다고 하여 화호성구(畵虎

成狗)라는 말도 있다. ⁑퍼온 글

역자이교지(易子而教之) : 자식을 서로 바꾸어서 가르친다는 뜻이다. 부모와 자식의 의리가 손상되기 쉽기 때문이다. (자식이 원수라는 말이 있다. 베트남의 환생이론에 따르면 전생의 원수이었던 인연이 자식으로 태어난다는 것이다. 자식은 버릴 수도 없고 무관심할 수도 없다.)

⁑〈맹자〉(孟子)

현명(賢明)과 비겁(卑怯)

때늦은 정의는 정의가 아니라고 한다. 때에 맞아야 정의이다. 용기와 만용은 종이 한 장 차이인 만큼 현명과 비겁도 종이 한 장의 차이다.

문경새재(聞慶鳥嶺) 아리랑비

문경새재 박달나무/ 홍두깨 방망이로 다 나간다/ 아리랑 아리랑 아라리요 아리랑 고개로 넘어간다/ 홍두깨 방망이 팔자가 좋아 아가씨 손길에 놀아난다/ 아리랑 아리랑 아라리요 아리랑 고개로 넘어간다.

문경 아리랑은 미국인 '헐버트'가 최초로 채보(採譜)한 아리랑이라 한다. 아리랑은 한국인의 쌀과 같은 것이라 했다. 쌀이 한국인의 육신을 지켜줬듯 한국인들은 아리랑을 통해 역사의 애환을 버텨왔다는 것이다. '헐버트'는 아리랑을 가사도 박자도 제각기 여러 가지로 부르는 한국인들을 두고 즉흥곡의 명수라 했다. 지금은 세계 유네스코 세계 문화유산이라 한다. 미국인 '헐버트'는 1896년 23세에 한국에 왔고 아리랑을 최초로 세계에 알리는 논문을 썼다고 한다. ⁑퍼온 글

청주아리랑

아리랑 아리랑 아라리요 아리랑 고개로 날 넘겨주게/ 울너머 담너머

님 숨겨두고 나들나들 호박잎이 날 속였네/ 아리랑 아리랑 아라리요 아리랑고개를 넘어간다.

팔라당 팔라당 갑사나 댕기 고은 때도 안 묻어서 사주가 왔네/ 사주는 받아서 무릎에 놓고 한숨만 쉬어도 동남풍 된다./ 아리랑 아리랑 아라리요 아리랑 고개로 넘어간다.

시아버지 골난 데는 술 받아주고 시어머니 골난 데는 이 잡아주라./ 아리랑 아리랑 아라리요 아리랑 고개로 넘어간다.

시동생 골난 데는 엿 사다주고 막내 동서 골난 데는 홍두깨 찜질/ 아리랑 아랑 아라리요 아리랑 고개로 넘어간다.

시아버지 죽어서 좋다더니 왕골자리 떨어지니 또 생각난다/ 아리랑 아리랑 아라리요 아리랑 고개로 넘어간다.

시어머니 죽어서 좋다더니 보리방아 물저노니 또 생각난다/ 아리랑 아리랑 아라리요 아리랑 고개로 넘어간다. 아리랑 고개로 넘어간다.

⁑ 중국 연변 조선족 문화축제에서 공연 2012. 8.

제 2 편

개인윤리와 가정윤리

제2편 개인윤리와 가정윤리

마부작침(磨斧作針)

공부에 싫증이 난 이백(李白)은 산을 떠돌던 중, 냇가에 앉아서 바위에 도끼를 갈고 있는 노파를 만나 무엇을 하느냐고 물었다. 그 노파는 바늘을 만들고 있는 중이라고 대답하였다. 중도에 그만두지 않으면 언젠가는 이룰 수 있다는 것이었다.

이백은 이 말을 듣고 공부에 전념하였다. 도끼를 갈아서 바늘을 만드는 것이 어불성설(語不成說)이지만 집념과 끈기를 가지고 노력하면 마침내 그 뜻을 이룬다는 교훈이다. (공무원 연금 2003. 5호에서)

⁑ 〈당서〉(唐書)

행중신(幸中辛)

행복 속에 맵고 쓰라림의 신(辛)자가 들어 있음은 행복은 맵고 쓰라린 역경을 겪어야 쟁취한다는 것을 가르쳐 주는 것이다.

⁑ 퍼온 글

인중도(忍中刀)

남명 조식(曺植) 선생이 즐겨 쓰던 것. 칼에 눌리듯 마음을 신중히 하라는 교훈이다. 조식 선생은 날카로운 칼을 옆에 두고 마음이 흐트러지면 손가락으로 날카로운 칼날을 어루만지는 것으로 마음을 다스렸다 한다.

⁑ 퍼온 글

웃음과 건강

우리나라 사람은 평균 하루에 일곱 번 웃고 어린이들은 하루에 400번 웃는다고 한다. 웃음은 건강의 보배이다. 우리는 행복하기 때문에 웃는 것이 아니고 웃기 때문에 행복하다. 바보가 잘 웃는다. 바보는 암이 발생하지 않는다. 웃으면 엔돌핀이 나와서 건강에 좋다고 한다.

⁑ 퍼온 글

비익연리(比翼連理)

비익(比翼)은 암수가 눈과 날개가 하나씩만 달려 있어 짝을 지어야 비로소 날 수 있는 중국의 전설의 새이고, 연리(連理)는 한 나무의 가지가 다른 나뭇가지에 이어져서 결끼리 서로 통하는 것을 이른다. 백거이(白居易)는 《장한가(長恨歌)》에서 현종과 양귀비의 비련을 그려 하늘에서 비익(比翼)의 새가 되고 땅에서 연리(連理)의 가지가 되라고 하였다.

부부(夫婦)는 3주는 서로 탐색하고, 3년은 싸우고, 30년은 서로 참고 견딘다 한다. 다름(異)으로 만나 같음(同)으로 산다는 것이 부부(夫婦)이다.

⁑ 백거이(白居易)

최선(最善)의 삶

바르게 살고 부지런히 일하고 가난하게 죽는다.

⁑ 대니엘 월스터의 법언(法言)

목소불견 비무색(目所不見 非無色) : 눈으로 보지 못했다 해서 색깔이 없는 것이 아니며

이소불청 비무성야(耳所不聽 非無聲也) : 귀로 듣지 못했다 해서 소리가 없는 것이 아니다.

존불망망 안필려위(存不忘亡 安必慮危) : 잘 나갈 때에는 망할 수도 있음을 잊지 말고, 안전할 때에는 위험할 수도 있음을 생각하라.

수진지만 축물의이(守眞志滿 逐物意移) : 진리를 지키면 의지가 굳어지고, 사물을 좇으면 의지가 자리를 못 잡는다.

인소분 이취대모(忍小忿 而就大謀) : 자그마한 울화를 참아야 큰일을 성취할 수 있다.

우이자전 사불치(愚而自專 事不治) : 어리석고 독단적이면 대사를 다스리지 못한다.

⁂ 퍼온 글

탁족(濯足) : 탁족은 발을 씻는 것이다.

중국 고전 초사(楚辭)의 〈어부사〉(漁父辭)에 나오는 굴원과 어부의 문답에 의거한다. 즉 창랑의 물이 맑으면 갓의 끈을 닦을 것이요, 창랑의 물이 흐리면 발을 씻을 것이라는 어부의 노랫말이다. 세상이 올바르면 벼슬에 나아갈 것이요, 풍진에 찌들어 혼탁한 세상이라면 은둔하여 고답을 추구하고 수신한다는 의미이다.

지금 우리는 어떠한가. 맑음도 흐림도 따져보기 어렵고, 생떼 쓰고 질시하고 적대하며 헐뜯고 상처를 주는 세상이다.

⁂ 퍼온 글

군자불휼년지장쇠 이우지지유권(君子不恤年之將衰 而憂志之有倦) : 군자는 나이 먹고 노쇠하는 것을 걱정하지 아니하고 다만 의리가 물러질까 근심할 따름이다.

⁂ 서간(徐幹)

양약고구 충언역이(良藥苦口 忠言逆耳) : 좋은 약은 입에 쓰고 충성스러운 말은 귀에 거슬린다.

⁑ 〈사기〉(史記)

덕탕호명 지출호쟁(德蕩乎名 知出乎爭) : 덕은 명예욕에서 망가지고 지혜는 다툼에서 생긴다.

⁑ 〈장자내편〉(莊子內篇) 인간세(人間世)

낙천지명 고불우(樂天知命 故不憂) : 하늘의 섭리를 즐거워하고 자신의 운명을 알면 근심하지 않는다.

⁑ 〈주역〉(周易) 계사상전(繫辭上傳)

강량자 부득기사 호승자 필우기적 도증주인 민원기상 군자지 천하지 불가상야 고하지 지중인지 불가선야 고후지 강하수좌 장어백천 이기비야 천도무친 상여선인 계지재(强梁者 不得其死 好勝者 必遇其敵 盜憎主人 民怨其上 君子知 天下之 不可上也 故下之 知衆人之 不可先也 故後之 江河雖左 長於百川 以己卑也 天道無親 常與善人 戒之哉) : 힘만 믿고 남을 꺾기 좋아하는 자는 제명에 못 죽는다. 이기기만 좋아하는 자는 반드시 적수를 만난다. 도적은 주인을 미워하고 백성은 윗사람을 원망한다. 군자도 이를 잘 알아 자신을 낮춘다. 뭇사람이 선두가 될 수 없음을 잘 알아 뒤에 선다. 강하는 낮은 곳으로 아래로 아래로 흘러간다. 온갖 시대의 우두머리가 되는 것은 자기를 낮추기 때문인다. 하늘의 도는 편애함이 없다. 다만 착한 사람 편에 선다.

⁑ 허목(許穆) 〈탁언서〉(託言序)

모무주즉곤 사무비즉폐(謀無主則困 事無備則廢) : 계획의 뚜렷한 목표가 없으면 이루기 어렵고 일의 준비가 없으면 실패하기 마련이라.

⁑ 〈관자〉(管子)

군자불학 불위즉이 위즉필요성 고상백배기공(君子不學 不爲則已 爲

則必要成 故常百倍其功) : 군자는 배움에 있어서 안 하면 안 했지 일단 배우기 시작하면 기필코 성공하고 만다. 그러므로 항상 백 배의 공을 들인다. ⁑〈주자〉(朱子)

시오심조자 수유호재구 불가이찰사물(始悟心粗者 雖有好材具 不可以察事物) : 마음이 거친 자는 비록 좋은 재능을 지녔다 해도 사물을 살필 수 없다.(좋은 집안에서 태어나 훌륭한 교육을 받고 남들이 부러워 할 자태를 지녔다 해도 마음이 올바르지 않으면 지닌 바 물질이나 지위로 인해 사회의 좀이 되고 남에게 해를 끼친다.)

⁑홍길주(洪吉周) 〈수여연필〉(睡餘演筆) 중에서

필사즉생 행생즉사(必死則生 幸生則死) : 죽음을 무릅쓰면 살지만 요행으로 살고자 하면 죽고 만다. ⁑〈오자〉(吳子) 치병(治兵)

득지유희 불가불계(得志有喜 不可不戒) : 뜻을 이루고 즐거울 때에는 삼가지 않으면 아니 된다. ⁑퍼온 글

민이호학 불치하문(敏而好學 不恥下問) : 민첩하게 행하고 배우기를 좋아하며 아랫사람에게 묻는 것을 수치로 여기지 말라. ⁑〈논어〉(論語)

요성호인 수심호우(要成好人 須尋好友) : 훌륭한 사람이 되려면 반드시 훌륭한 벗을 찾아야 한다. ⁑여득승(呂得勝)

여기시인 영자시(與其視人 寧自視) 여기청인 영자청(與其聽人 寧自聽) : 남을 살피느니 차라리 스스로를 살피고, 남에 대하여 듣기보다는

오히려 스스로에 대하여 들으라. (남의 말하기 좋아하고 편가르기 좋아 말라. 내가 남을 평가하듯 그들도 나를 평가할 것이다. 공연히 밖의 말에 혹하지 말고 내 눈을 똑바로 떠서 나를 바라보고 내 귀를 열어놓고 내가 나를 들어라.)

⁑ 위백규(魏伯珪)

현자총지이익계(賢者寵至而益戒) : 어진 사람은 사랑을 받을수록 마음을 더욱 더 가다듬는다.

⁑ 〈국어〉(國語)

희시지언 다실신 노시지언 다실례(喜時之言 多失信 怒時之言 多失禮) : 기쁠 때의 말은 신의를 잃기 쉽고 성났을 때 말은 체면을 잃기 쉽다.

⁑ 〈공자가어〉(孔子家語)

사노물책 사희물낙(乍怒勿責 乍喜勿諾) : 잠깐의 분노로 남을 꾸짖지 말고, 잠시 기쁘다고 덜컥 승낙하지 말라.

우시물종주 노시물사찰(憂時勿從酒 怒時勿乍札) : 근심이 있을 때는 술을 함부로 마시지 말고, 성났을 때에는 편지를 쓰지 말라.

⁑ 〈유몽속영〉(幽夢續影) 중에서

프린츠 홀튼

꾀만 부리다 보니 머리만 커져서 짱구가 되고, 도덕적 심정은 티끌만치도 없으니 새가슴이 되고, 쾌락 추구의 말초신경만 발달하였으니 하체만 발달한 괴인이다. 정리되지 않은 잡다한 지식의 축적으로 머리가 커지고 자기 위주로만 살기 때문에 남을 배려하는 심정공간인 가슴이 새가슴처럼 빈약하고 말초감각만 발달하여 국부만 커진 기구한 몰골이 프린츠 홀튼이라 했다. 현대인 중에 이런 몰골이 허다하다.

⁑ 퍼온 글

명지소귀 방역수지(名之所歸 謗亦隨之) : 명성이 있는 곳에는 비방 또한 뒤따른다. ⁑이황(李滉)

백문불여일견(百聞不如一見) : 백 번 듣는 것이 한 번 보는 것만 못하다. ⁑〈한서〉(漢書)

군자구저기 소인구저인(君子求諸己 小人求諸人) : 군자는 모든 것을 자신에게서 찾으나 소인은 모든 것을 타인에게서 찾는다. ⁑〈논어〉(論語)

오근명야 계소환야(惡近名也 戒召患也) : 명성이 다가옴을 좋아하지 말고 걱정거리를 불러일으킬 일을 경계하라. ⁑퍼온 글

집중장이정거취(集衆長而精去取) : 여러 사람의 장점을 모두 모으고 버리고 취하는 일을 분명히 하라. ⁑퍼온 글

황권중자유엄사외우 이독자이진언간료(黃卷中自由嚴師畏友 而讀者而陳言看了) 고무득력처 약탁거구견이신심 정간즉양양성모(故無得力處 若濯去舊見以新心 精看則洋洋聖謨) 무비각질지령단(無非却疾之靈丹) : 책 속에 엄한 스승과 두려운 벗이 있다. 읽는 사람이 진부한 말로 보아 버리는 까닭에 마침내 건질 것이 없을 따름이다. 만약 묵은 것을 씻어버리고 새로운 마음으로 가만히 보면 넘실대는 성인의 말씀이 어느 것 하나 질병을 물리치는 영약이 아닌 것이 없다.

※책 속에 길이 있다. 그런데 고리타분하다는 선입견으로 읽으면 건질 것이 없다. 그러나 정신 차리고 '왜 이런 말을 했을까, 이것은 무슨 뜻을 가르치나' 하고 내 거울 앞에 천천히 비춰보면 준엄한 가르침이 발견된다. ⁑정민 교수의 〈세설신어〉(世說新語)

수수차록 이비유망(隨手箚錄 以備遺忘) : 손 가는 대로 잘 기록해 두어 잊어버리지 않도록 잘 대비하라.

⁑ 퍼온 글

출어니이불염 탁청연이불요(出淤泥而不染 濯淸漣而不妖) : 흙탕물 속에 피었지만 더럽지 않고 맑은 물에 씻어도 요염하지 않네.

⁑ 〈애련설〉(愛蓮說) 주돈이(周敦頤)

소동파운 판화수사전 작문수사의(蘇東坡云 販貨須使錢 作文須使意) 사언진시유미 부시중물화비불다(斯言眞是有味 夫市中物貨非不多) 이무의즉 부득위아용(而無意則 不得爲我用) 습의이독고서 하이어무전이력시사재(拾意而讀古書 何異於無錢而歷市肆哉) : 소동파가 말했다. 물건을 사려면 돈이 필요하듯 글을 지으려면 모름지기 뜻을 써야 한다. 이 말은 참으로 맛이 있는 말이다. 무릇 시장 가운데 물건이 숱하게 많지만 돈이 없으면 내 것으로 만들 수 없다. 옛 사람의 책 속에 문자가 수도 없지만 뜻이 없으면 내가 가져다 쓰지 못한다. 뜻을 버리고서 옛 책을 읽는 것은 돈 없이 저자의 거리를 어슬렁거리는 것과 무엇이 다르랴. 책을 생각 없이 그저 읽기만 해서는 백 권 천 권을 읽어도 아무 쓸모가 없다. 뜻이 없으면 길을 잃고 헤매게 되지만 뜻 있는 곳에는 길이 있다. 정신을 딴 데 두고 뜻 없이 하는 공부는 백 날을 하여도 소용없다.)

⁑ 소식(蘇軾) ⁑ 퍼온 글

방기지지이행미급지즉지상천(方其知之而行未及之則知尙淺) : 알면서도 행동이 미처 따르지 못하는 것은 아직도 깊이 알지 못하는 것이다.

⁑ 퍼온 글

길인취선심로 조인취한기포(吉人醉善心露 躁人醉悍氣布) : 좋은 사람은 술에 취하면 착한 마음이 드러나고 조급한 사람이 술에 취하면 사나움이 드러난다. (즉 술 취한 뒤의 행동을 보면 그 본바탕이 다 드러난다.)

⁑ 퍼온 글

견가이진 지난이퇴(見可而進 知難而退) : 가능함을 예견하면 즉시 나아가고 곤란함을 감지하면 즉시 물러나라. ⁑ 〈춘추좌전〉(春秋左傳)

당어이묵자비야 당묵이어자비야(當語而嘿者非也 當嘿而語者非也) 필야당어이어 당묵이묵야(必也當語而語 當嘿而嘿也) 기유군자지호 군자지묵야(其惟君子之乎 君子之嘿也) 여현천 여심연 여니소(如玄天 如深淵 如泥塑) 기어야 여주옥 여혜란 여종고(其語也 如珠玉 如蕙蘭 如鐘鼓) : 마땅히 말해야 할 때 침묵하고 마땅히 침묵해야 할 때 말하는 것은 잘못이다. 마땅히 말해야 할 때 말하고 침묵해야 할 때 침묵해야만 군자이다. (군자의 침묵은 현묘한 하늘 같고 깊은 연못 같고 진흙으로 빚은 소상(塑像) 같다. 군자가 말하는 것은 진주와 구슬 같고, 혜초(蕙草)와 난초 같고, 종과 북 같다.) ⁑ 신흠(申欽)

전명조사개고수 긍락빈가즉부옹(傳命早死皆高壽 肯樂貧家卽富翁) : 세상에 이름이 남으면 일찍 죽어도 장수한 셈이고, 가난한 사람도 즐겁게 살아가면 부자와 진배 없다. ⁑ 원매(袁枚)

일소오다법(一少五多法)

일소(一少)

소식(少食) : 평생을 움직이는 오장육부(五臟六腑)의 일을 덜어주기 위함.

오다(五多)

1. 다동(多動 : 많이 움직임)

2. 다망(多忘) : 우(憂, 근심), 수(愁, 그리움), 사(思, 생각에 잠김), 여(慮, 근심함), 비(悲, 슬퍼함), 외(畏, 겁냄), 공(恐, 공포) 등, 칠정(七情)을 잊어라.

3. 다접(多接) : 사람을 많이 사귀어라.

4. 다설(多泄) : 신진대사를 원활하게 하라.

5. 다소(多笑) : 많이 웃어라.

⁑ 퍼온 글

대담천하거득 소심촌보난행(大膽天下去得 小心寸步難行) : 대담하면 온천하를 다 돌아다닐 수 있지만 소심하면 한 걸음도 걷기 어렵다.

⁑ 왕통(王通)

불결자화 휴요종(不結子花 休要種) 무의지붕 불가교(無義之朋 不可交) : 열매 맺지 않는 꽃은 심지를 말며 의리 없는 친구는 사귀을 삼가라.

⁑ 〈명심보감〉(明心寶鑑)

언불중리불여불언(言不中理不如不言) 일언부중천어무용(一言不中千語無用) : 말이 이치에 맞지 않으면 말하지 않음과 같지 못하며, 한 마디의 말이 이치에 맞지 않으면 천 마디의 말이 쓸모없다.

⁑ 〈명심보감〉(明心寶鑑)

득인차인 득계차계(得忍且忍 得戒且戒) 불인불계 소사성대(不忍不戒 小事成大) : 참고 또 참고 삼가고 또 삼가라. 참지 못하고 삼가지 못하면 작은 일이 크게 된다.

⁑ 퍼온 글

지족상족(知足常足) 종신불욕(終身不辱) 지지상지(知止常止) 종신무치(終身無恥) : 족한 줄 알고 항상 족하면 종신토록 됨이 없고 그칠 줄 알고 항상 그치면 죽을 때까지 부끄러움을 당하지 않는다. ⁑〈노자〉(老子)

주중불어진군자(酒中不語眞君子) 재상분명대장부(財上分明大丈夫) : 술 취하고 말이 적으면 진짜 군자이고, 재물거래가 분명하면 대장부이다. ⁑〈명심보감〉(明心寶鑑)

지존즉망 지대측몰(至尊則亡 至大則沒) 과유불급(過猶不及) : 더없이 존귀하면 망하고 지나치게 크면 몰락이 온다. 지나침과 미치지 못함은 같은 것이다. ⁑퍼온 글

겸손

겸손은 신앙이다. 의에 살고 불의를 멀리함이다. 사람에게도 하나님이 내재(內在)하신다. 하나님의 형상대로 지음 받은 것이 사람이다. 이것들을 모르는 마음을 인면수심(人面獸心)이라 했다.

노(怒)하기를 다스리는 자는 용사(勇士)보다 나으며 자기 마음을 다스리는 자는 성읍(城邑)을 빼앗은 자보다 나으니라. ⁑〈성서〉(잠16:32)

재물

사람답게 못하는 장애요인으로 재물이 있다. 재물이 많으면 하나님을 모르고 인간을 모르고 외만 거만 과시 사치 낭비 허영으로 파멸에 이르기 쉽고 반대로 재물이 궁색하면 하고자 하는 일에 뜻을 펴지 못하고 남에게 부담이 되어 사랑을 받지 못한다.

재물(財物)을 보는 눈

1. 축복을 가장한 인간의 파멸을 자초할 수 있다. 2. 재물을 지키는 눈이 문제이다. 재물을 절대시하고 교만하여 악하고 치사하여 사랑과 소중함이 상실되면 화를 자초한다. 3. 물질에 대한 지나친 탐욕은 사탄의 노예가 되어 인간의 궤도를 벗어나게 된다. ⁑퍼온 글

믿음과 지혜

과학적으로 신비를 깨닫고 종교에 귀의한다. 인간의 한계 앞에서 겸손함이 믿음이다. 진실을 바탕으로 바르게 사는 것이 믿음이다.

보왕삼매론(寶王三昧論)

1. 병(病)으로 양약(良藥)을 삼으라. 병이 없으면 탐욕이 생긴다.

2. 근심과 고난으로 세상을 살라. 고난이 없으면 잘난 체하고 사치하는 틈이 생긴다.

3. 장애 없기를 바라지 말라. 장애 속에서 해탈하고 장애 있으면 배움이 넘친다.

4. 마(魔)가 없기를 바라지 말라. 마가 없으면 서원이 해이된다.

5. 쉽게 되기를 바라지 말라. 쉽게 풀리면 경솔하여지기 쉽다. 많은 세월을 두고 성취하라.

6. 친구를 사귀되 이롭기를 바라지 말라. 의리가 상하게 된다. 순결로 사귐을 짙게 하라.

7. 남이 순종하기를 바라지 말라. 순종하면 교만하여지기 쉽다. 내 뜻에 맞지 않는 사람으로 무리를 이루라.

8. 공덕에 과보를 바라지 말라. 과보를 바라면 불손이 온다. 베푼 것은 헌신짝처럼 버리라.

9. 분에 넘치는 이익을 바라지 말라. 분에 넘치면 어리석은 마음이 생기기 쉽다. 적은 이익으로 부자가 되어라.

10. 억울해도 변명하지 말라. 억울함으로 수행의 본을 삼으라. 막히는 데서 도리어 트이고 트임을 구하는 데서 막힘이 온다. 역경을 견디어 내지 못하면 부딪칠 때 이겨내지 못한다. 깊은 사려와 고민 속에서 진리를 찾아라.

⁑ 묘협(妙協), 지욱(知旭)

투금탄(投金灘)

한강양천(漢江陽川) 나루 앞의 여울을 투금탄이라 한다. 옛날 두 형제가 생금덩이 두 개를 주워 그중 큰 것은 동생이, 작은 것은 형이 가지고 물을 건너다가 동생이 자신이 주운 금덩이로 인하여 형과 시샘이 있을까 두려워 그 금덩이를 물에 던져버렸다 하여 그곳을 투금탄이라 한다.

⁑ 퍼온 글

한때의 참음

인일시 풍평낭정(忍一時 風平浪靜) : 한때의 참음은 바람을 잠재우고 물결을 잠재우며,

퇴일보 해윤천공(退一步 海潤天空) : 한 발짝 물러섬은 바다보다 더한 하늘과 같은 것이다.

유지사성 막외난(有志事成 莫畏難) : 뜻이 있으면 성공하리니 두려워하지 말고 어려워하지 말라.

⁑ 퍼온 글

부부자즉자불효 형불우즉제불공 부불의즉부불순(父不慈則子不孝 兄不友則弟不恭 夫不義則婦不順) : 아버지가 인자하지 못하면 자식이 효도하지 않고 형이 사랑해 주지 않으면 동생이 불손하게 되고 지아비가 의롭지 못하면 아내가 순종하지 않는다.

⁑ 〈안씨가훈 세가편〉(顔氏家訓 世家編)

윗사람의 욕심(慾心)

상구재 신벌목(上求材 臣伐木) : 군주가 재목을 하나 갖고 싶어 하면 신하가 나무를 베어 없애고,

상구어 신건곡(上求魚 臣乾谷) : 군주가 물고기를 먹고 싶다 하면 신하가 골짜기의 물을 말린다. ⁑ 〈회남자〉(淮南子) '설산훈' (說山訓)

공자(孔子)가 말하는 연령 성숙단계

15세 : 배움에 뜻을 두는 나이. 지우학(志于學)이라고 부른다.

30세 : 인류생활의 경쟁 속에서 나 스스로 서야 하는 연령이다. 누구의 도움 없이 모든 일에서 홀로 서는 나이이다. 이입(而立)이라 한다.

40세 : 흔들림이나 미혹됨이 없는 연령이다. 불혹(不惑)이라 한다.

50세 : 천명을 알게 하는 나이. 하늘이 명하는 것이 무엇인가, 나의 존재가 무엇인가 등 전체를 찾는 나이이다. 지천명(知天命)이라 한다.

60세 : 이순(耳順) : 주위에서 무슨 말을 들어도 화내지 않고 이해하며 용서한다. 모든 것이 박식하고 보면 남의 역겨운 말들도 들으며 소화하는 아량이 있게 된다. 이순(耳順)이라 한다.

70세 : 종심소욕 불유구(從心所慾 不踰矩)의 나이이다. 내가 마음에 끌리는 대로 가도 법도에 어긋나지 않는 나이이다. 내 마음 내키는 대로 해도 사회정의에 어긋나지 않는 연령이다. 종심(從心)이라 한다. ⁑ 〈논어〉(論語)

인대의이후성(人待義以後成) : 사람은 의리를 갖춘 다음에야 성숙된다.

벌불휘강대 상불사친근(罰不諱强大 賞不私親近) : 벌을 줄 때에는 강한 자를 회피하지 말고 상을 줄 때에는 친한 자를 편애하지 말라.

⁑ 〈전국책〉(戰國策)

인혹예지 백설도허 인혹배지 반언유여(人或譽之 百說徒虛 人或排之 半言有餘) : 남을 칭찬하는 데는 백 마디도 부족할 수 있으나 남을 비방하는 데는 반 마디도 남음이 있다. ⁑ 유우석(劉禹錫)

군자불휼년지장쇠 이우지지유권(君子不恤年之將衰 以憂志之有倦) : 군자는 나이 먹고 노쇠하는 것을 걱정하지 아니한다. 다만 의지가 물러질까 걱정할 따름이다. ⁑ 퍼온 글

욕인지애기야 필선애인(欲人之愛己也 必先愛人) : 남이 자기를 사랑할 것을 원한다면 반드시 남을 먼저 사랑하라.

⁑ 〈십팔사략〉(十八史略) · 〈후한서〉(後漢書)

형제(兄弟)의 우애(友愛) : 동생은 형을 어버이처럼 따르고 형은 동생을 헌신적으로 돌보는 도리이다. 형우제공(兄友弟恭)이라고 한다.

⁑ 〈사자소학〉(四字小學)

다언불가여원모(多言不可與遠謀) 다동불가여구처(多動不可與久處) : 말이 많은 자와 큰일을 도모하지 말고 행동이 경솔한 자와는 오래 같이 하지 말라. ⁑ 왕통(王通)

무류선무숙문(無留善無宿問) : 착한 일은 머뭇거리지 말 것이며 묻고 싶은 것은 잠재우지 말라. ⁑ 〈순자〉(荀子) '대략편' (大略編)

기책기야중이주(其責己也重以周) 기대인야경이약(其待人也輕以約) : 자기에 대한 요구는 엄격하고 빈틈 없어야 하고 남에 대한 요구는 너그럽고 간단히 하라. ⁑ 한유(韓愈)의 〈원훼〉(原毁)

기욕립이립인 기욕달이달인(己欲立而立人 己欲達而達人) : 자기가 나서고 싶으면 남도 내세우고 자기가 잘 되고 싶으면 남도 잘 되게 하라.

⁑ 〈논어〉(論語)

군자안빈 달인지명(君子安貧 達人知命) : 군자는 가난해도 편안히 지내며 달인은 자신에게 주어진 운명을 안다. ⁑ 왕발(王勃) 〈등왕각서〉(滕王閣序)

군자신시(君子愼始) 차약호리(差若毫厘) 류지천리(謬之千里) : 군자는 시작을 신중하게 한다. 터럭만큼이라도 틀리면 나중에 천리만큼 잘못될 수 있기 때문이다. ⁑ 퍼온 글

구시화지문(口是禍之門) : 입은 화를 불러일으키는 대문이요
설시참신도(舌是斬身刀) : 혀는 몸을 동강내는 칼이다.

⁑ 〈명심보감〉(明心寶鑑)

군자불폐인지미(君子不蔽人之美) 불언인지악(不言人之惡) : 군자는 남의 훌륭함을 덮어두지 아니하며 남의 흉을 입에 담지 아니한다.

⁑ 〈한비자〉(韓非子)

빈천지교불가망(貧賤之交不可忘) 조강지처불하당(糟糠之妻不下堂) : 빈한할 때 사귄 친구는 잊어서는 아니되고 가난을 함께 이겨낸 아내는 버려선 안 된다. ⁑ 〈십팔사략〉(十八史略) · 〈후한서〉(後漢書)

부귀불음빈천락(富貴不淫貧賤樂) 남아도차시호웅(男兒到此是豪雄) : 부귀해도 들뜨지 않고 빈천해도 즐기노라. 이러한 경지에 이르러야 호걸이고 영웅이라네. ⁑ 정오(程顥)

부부화이후가도성(夫婦和而後家道成) : 부부가 화목하여야 가법이 이루어진다.

⁑ 〈시경〉(詩經)

거사이위인자중조지(擧事以爲人者衆助之) 거사이자위자중거지(擧事以自爲者衆去之) : 남을 위하여 일을 하면 뭇사람이 도와주지만 자기를 위해서 일을 하면 뭇사람이 떠나간다.

⁑ 〈회남자〉(淮南子)

구희이실부지 원재급기신(口惠而實不至 怨災及其身) : 입으로 주마하고서 실제로 주지 않으면 원망과 재앙이 그 몸에 미치게 마련이다.

⁑ 퍼온 글

난봉식립어정 즉수욕어계목야(鸞鳳食粒於庭 則受辱於鷄鶩也) : 봉황새가 뜰 안에서 먹이를 먹는다면 닭이나 오리에게 모욕을 당한다.

⁑ 퍼온 글

흥진비래 식영허지유수(興盡悲來 識盈虛之有數) : 흥이 다하면 슬픔이 닥치나니 차고 비는 원리를 알아야 한다.

⁑ 왕발(王勃)의 〈등왕각서〉(滕王閣序)

부증원별리 안지모주려(不曾遠別離 安知慕儔侶) : 서로 멀리 떨어져 본 일 없이 반려의 그리움을 어찌 알리오.

⁑ 장화(張華)의 〈정시〉(情詩)

포식난의 일거무교 즉어금수(飽食暖衣 逸居無教 則於禽獸) : 배불리 먹고 따뜻하게 입으며 고대광실에서 살면서 글을 익히지 아니하면 짐승에 가깝다.

⁑ 〈논어〉(論語)

인지세탁기심이거악(人之洗濯其心以去惡) 여목욕기신이거구(如沐浴其身以去垢) : 사람이 마음을 씻어 악함을 버리는 것은 그 몸을 목욕하여 때를 씻음과 같다. ⁑ 주희(朱熹)

욕인지종기야 필선종인(欲人之從己也 必先從人) : 남이 자기를 따를 것을 바란다면 반드시 자기가 먼저 남을 따라야 한다. ⁑ 〈국어〉(國語)

불천노 불이과(不遷怒 不貳過) : 노여움을 딴 사람에게 옮기지 말 것이며 같은 잘못을 두 번 다시 범하지 말라. ⁑ 〈논어〉(論語)

적재천만 무과독서(積財千萬 無過讀書) : 재물을 천만금이나 모아도 글 읽기만 못하다. ⁑ 〈안씨가훈 면학편〉(安氏家訓 勉學編)

희명자필다원 호여자필다취(喜名者必多怨 好與者必多取) : 이름 나기를 좋아하는 자는 원한도 많아지게 마련이고 주기를 좋아하는 자는 취하는 것도 많아지게 마련이다. ⁑ 〈한씨외전〉(韓氏外傳)

호학근호지 역행근호인 지치근호용(好學近乎知 力行近乎仁 知恥近乎勇) : 배움을 즐기면 지혜로워지고, 힘써 행하면 어질게 되고, 수치스러움을 알면 용감해진다. ⁑ 〈공자가어〉(孔子家語)

간녕여충량지신 형상사이심부동야(奸佞與忠良之臣 形相似而心不同也) : 간사하고 아첨하는 신하와 충성스럽고 선한 신하는 생김새의 차이가 아니라 마음이 다를 뿐이라. ⁑ 장구령(張九齡)

공숭유지 업광유근(功崇惟志 業廣惟勤) : 공적을 높이는 데에는 뜻이 가장 중요하며 사업을 크게 하는 데는 부지런함이 가장 중요하다.

⁑〈서경〉(書經)

노거부지화유태 난래유각주다정(老去不知花有態 亂來唯覺酒多情) : 꽃송이 고운 줄도 모르고 나이 들고 난세에 살아가자니 술독만 다정하구나.

⁑위장(韋莊)

탐욕(貪慾)

헝가리 부다페스트의 다뉴브강 서안에 있는 국립박물관에 16세기의 화가 크리스챤 반델페르의 작품 〈부자의 죽음〉에 보면 방안 가득히 금화가 깔려 있고 두툼한 금전 수입장부가 놓여 있다. 그 한가운데 부자가 외롭게 쓰러져 있고 죽음의 악마가 미소를 지으며 그를 넘겨다보는 장면이 보인다. 돈 때문에 인생을 망치고 가문을 더럽히고 자손에게 오명을 남겨서야 될 말인가. 달인(達人)은 물욕에서 벗어나 진리를 보고 죽은 후에 명예를 생각해야 한다. 물질은 행복의 요건이 긍정적일 수도 있지만 '매슬로' 의 인간욕구 단계론에 의하면 물질은 하위 욕구인 안전의 범주에 속하고 있다.

⁑퍼온 글

말하면 잡류(雜類)라 하고 말 아니하면 어리다 하네
빈한(貧寒)은 남이 웃고 부귀(富貴)를 새우나니
아마도 이 하늘 아래 살 일이 어려워라.

⁑주의식(朱義植)

백발(白髮)

세월이 여류하니 백발이 절로 난다.
뽑고 또 뽑아 젊고자 하는 뜻은

북당(北堂)에 유친(有親)하오니 그를 두려워 하노라. ⁑김진태(金振泰)

군자지소취자원즉필유소대(君子之所取者遠則必有所待) : 군자가 먼 것을 얻으려 하면 기회를 기다려야 하고
소취자대즉필유소인(所就者大則必有所忍) : 큰 것을 얻으려 하면 반드시 참을성이 있어야 한다. ⁑소식(蘇軾)

사불가이불홍의 임종이도원(士不可以不弘毅 任重而道遠) : 선비가 마음이 너그럽고 굳세지 않으면 안 되는 것이니 길은 멀고 짐은 무겁기 때문이다. ⁑〈논어〉(論語)

영수옥쇄 불의와전(寧須玉碎 不宜瓦全) : 차라리 부서지는 옥이 될지언정 구차하게 기왓장으로 남지 않는다. ⁑〈북제서〉(北齊書)

선민유언 순어추오(先民有言 詢於芻蕘) : 선민들의 말씀 있었거니 나무꾼에게도 물어야 한다. ⁑〈시경〉(詩經)

백주홍인면 황금흑사심(白酒紅人面 黃金黑士心) : 백주는 얼굴을 붉게 하고 황금은 선비의 마음을 검게 한다. ⁑퍼온 글

인급이호천 질병이호부모자 인지정야(因急而呼天 疾病而呼父母者 人之情也) : 급하면 하늘을 부르고 아프면 아버지 어머니를 부르는 것이 인간의 감정이다. ⁑퍼온 글

욕승인자선자승 욕비인자선자비(欲勝人者先自勝 欲卑人者先自卑) : 남을 이기려는 사람은 먼저 자기를 이기고 남을 겸손하게 하려는 사람

은 먼저 자기가 겸손하여야 한다. ⁑ 주희(朱熹)

여기유예어전 숙약무훼어기후(與其有譽於前 孰若無毁於其後) : 앞에서 칭찬을 받는 것은 등 뒤에서 욕함을 당하지 않기만 못하다.

여기유락어신 숙약무우어기심(與其有樂於身 孰若無憂於其心) : 몸이 편안함은 마음에 근심이 없기만 못하다. ⁑ 한유(韓愈)

무진자추전이불고후(務進者芻前而不顧後) : 나아가기에 힘쓰는 사람은 앞만 바라볼 뿐, 뒤는 바라보지 않는다. ⁑ 퍼온 글

사랑하는 사람을 만들지 마라. 미워하는 사람도 만들지 마라. 사랑하는 사람 못 만나 괴롭고 미워하는 사람 괴롭네. ⁑ 〈법구경〉(法句經)

공명(功名)도 좋다 하나 한가함만 어떠하며
부귀(富貴)를 부러워하나 안빈(安貧)에 어떠한고.
이 백년 저 백년 사이에 뉘백년이 다르리. ⁑ 김수장(金壽長)

물 아래 그림자 지니 다리 위에 중이 간다.
저 중아 게 있거라. 너 가는 데 물어보자.
막대로 흰 구름 가리키고 돌아 아니 보고 가노매라. ⁑ 정철(鄭澈)

삼여광학 백전웅재(三餘廣學 百戰雄才) : 한가한 날에 널리 배우면 웅걸(雄傑)들과 백 번 싸워도 이길 수 있다. ⁑ 퍼온 글

발호시령 여한출어체 일출이불복(發號施令 如汗出於體 一出而不復) : 호령은 마치 몸에서 나오는 땀과 같아서 일단 나온 뒤에는 거두어들이

지 못한다. ⁑퍼온 글

이지성위도 이지인위덕(以至誠爲道 以至仁爲德) : 지극히 성실한 것으로 길을 삼고 지극히 어진 것으로 덕을 쌓으라. ⁑소식(蘇軾)

독학이무우즉고루이과문(獨學而無友則固陋而寡聞) : 벗이 없이 홀로 배우면 고루하고 견문이 좁다. ⁑〈예기〉(禮記)

여선이동 동유궐시(慮善以動 動惟厥時) : 잘 생각한 후 활동해야 하며 행동은 때에 맞아야 한다. ⁑〈상서〉(尙書)

행인지재불인(幸人之災不仁) 배인지시불의(背人之施不義) : 남의 재난을 좋아하는 것은 어질지 못한 것이며 남이 나에게 베풀어 준 것을 잊는 것은 의롭지 못한 것이다. ⁑퍼온 글

중지소조 수약필강(衆之所助 雖弱必强) 중지소거 수대필망(衆之所去 雖大必亡) : 많은 사람이 도와주면 비록 약해도 반드시 강해지고, 많은 사람이 저버리면 비록 강해도 망한다. ⁑퍼온 글

무조삭발(武照削髮)

악녀 요녀로 화제에 오른 당(唐)나라 무조(武照)는 스스로 관음보살로 신격화했을 만큼 불도(佛道)에 귀의하는 척했으나 그녀가 권력을 잡기 전 감당사(感堂寺)에 들어가고자 삭발하기 전야에 인사차 오랜만에 찾아온 조카 무삼사(武三思)가 미남으로 장성했음을 보고 이를 유인하여 잠자리를 같이했다.

겉으로 내세운 명분과 자행하는 실속이 정반대 되는 표리부동(表裏不同)을 빗대어 무조삭발(武照削髮)이라 한다. ⁑퍼온 글

거안사위 사측유비 유비무환(居安思危 思則有備 有備無患) : 편안히 살 때에 위태로움을 생각해야 한다. 생각하면 대비하게 되고 대비하면 걱정이 없게 된다. ⁑〈춘추좌씨전〉(春秋左氏傳)

지무불언 언무부진(知無不言 言無不盡) : 알면 다 말해야 하고 말을 시작하면 끝까지 다해야 한다. ⁑퍼온 글

일일부독서 구중생형극(一日不讀書 口中生荊棘) : 하루 글을 읽지 아니하면 입안에 가시가 돋는다. ⁑〈추구집〉(推句集)

지인자 지 자지자 명(知人者 智 自知者 明) : 남을 잘 아는 사람은 지혜롭고 자신을 잘 아는 사람은 총명하다. ⁑〈노자〉(老子)

입대사자 불유유초세지재(立大事者 不惟有超世之才) 역필유 견인불발지지(亦必有 堅忍不拔之志) : 큰 일을 할 사람은 탁월한 재능만으로는 아니 된다. 반드시 굳센 의지를 가지고 있어야 한다. ⁑소식(蘇軾)

심수랑월고(心隨朗月高) 지여추상결(志與秋霜潔) : 마음은 밝은 달처럼 높디 높고 뜻은 가을 서리처럼 깔끔해야 한다. ⁑퍼온 글

인지유덕어아야 불가망야(人之有德於我也 不可忘也) 오유덕어인야 불가불망야(吾有德於人也 不可不忘也) : 남이 내게 덕을 베푼 것은 잊으면 아니 되며 내가 남에게 덕을 베푼 것은 안 잊으면 아니 된다. ⁑퍼온 글

소년신고종신사(少年辛苦終身事) 막이광음타촌공(莫而光陰惰寸功) : 젊은 시절의 수고는 종신의 대사이거니 광음에 임해서는 조금도 게을리 말라.
⁂ 퍼온 글

선양생자신기거(善養生者愼起居) : 양생(養生)에 능한 자는 기거를 신중히 한다.
⁂ 퍼온 글

출어기구 성어기수(出於其口 成於其手) : 제 입으로 말했으면 제 손으로 해야 한다.
⁂ 퍼온 글

천부소지 무병이사(千夫所指 無病而死) : 천 사람이 손가락질하면 병이 없어도 죽는다.
⁂ 반고(班固)의 〈한서〉(漢書)

악절우심 인형어색(惡絶于心 仁形於色) : 악한 마음이 사라지면 어진 표정이 나타난다.
⁂ 한유(韓愈)

나의 결점은 숨기지 마라

고름은 결코 살이 되지 않는다. 몸을 썩게 하는 종기는 비단보로 덮어 숨길 게 아니라 아픔을 참고 터트려 짜내야 독소가 없어지고 깨끗하게 소독하면 그곳에서 생명의 새살이 돋아난다. 내 안에 숨겨진 결점을 아낌없이 훨훨 털고 가야 한다.
⁂ 퍼온 글

불괴어천 불외어인(不愧於天 不畏於人) : 하늘에 부끄럽지 않고 남들에게 두렵지 않네.
⁂ 퍼온 글

불탐화주불탐재(不貪花酒不貪財) 세무재무해(世無災無害) : 주색과

재물을 탐하지 않으면, 평생 재난이나 피해를 당하지 아니한다. ⁑퍼온 글

현재임직즉상하몽복(賢材任職則上下蒙福) : 어질고 유능한 인재가 일을 맡으면 상하가 모두 복을 받는다. ⁑퍼온 글

일성기신 유즉개지 무즉가면(日省其身 有則改之 無則加勉) : 날마다 자신을 반성하여 잘못이 있으면 고치고, 없으면 더욱 힘써라. ⁑퍼온 글

길인흉기길 흉인길기흉(吉人凶其吉 凶人吉其凶) : 길한 사람은 길한 것도 흉이 될 수 있다고 여기고 흉한 사람은 흉한 것도 길한 것으로 착각한다. ⁑퍼온 글

부귀필종근고득 남아수독오거서(富貴必從勤苦得 男兒須讀五車書) : 부귀는 정녕 고생 끝에 오거늘 남아장부 책 다섯 수레를 읽어야 하리.

⁑〈장자〉(莊子) ⁑두보(杜甫)

기인지선 망인지과(記人之善 忘人之過) : 남이 베푼 좋은 일은 잊지 말고 남이 행한 허물은 잊어 버려야 한다. ⁑퍼온 글

요성호인 수심호우(要成好人 須尋好友) : 훌륭한 사람이 되려면 반드시 훌륭한 벗을 찾아야 한다. ⁑퍼온 글

이동위경가이정의관 이고위경가이지흥체(以銅爲鏡可以正衣冠 以古爲鏡可以知興替) : 구리로 거울을 만들면 옷과 갓을 바로잡을 수 있고, 옛일을 거울삼으면 흥망성쇠를 알 수 있다. ⁑〈정관정요〉(貞觀政要)

화홍이쇠사랑의(花紅易衰似郎意) 유수무한사농수(流水無限似儂愁) : 쉬이 지는 붉은 꽃은 낭군의 마음 같고 흐르는 물은 이내 수심 같구려.

⁑ 유우석(劉禹錫)의 〈죽지사〉(竹枝詞)〉

수원막결 노봉협처난회피(讐怨莫結 路逢狹處難回避) : 원수를 맺지 말라. 좁은 길에서 만나면 피하기 어렵다. ⁑ 〈명심보감〉(明心寶鑑)

인의광시 인생하처 불상봉(恩義廣施 人生何處 不相逢) : 은혜를 널리 베풀라. 사람은 어느 때 어디서 만날지 모른다. ⁑ 〈명심보감〉(明心寶鑑)

관불가격이노 청불가사이재(寬不可激而怒 淸不可事以財) : 속이 넓으면 어떤 자극에도 노하지 아니하고, 마음이 맑으면 어떤 재물에도 꾀이지 아니한다. ⁑ 〈위료자〉(尉繚子)

작덕심일일휴(作德心逸日休) 작위심노일졸(作僞心勞日拙) : 덕을 지으면 마음이 편안하고 날로 훌륭해지며 거짓을 지으면 마음이 괴롭고 날로 졸렬하여진다. ⁑ 〈서경〉(書經)

유소미안 불탄수개(有少未安 不憚修改) : 조그만치도 온당치 않은 것이 있으면 고치기를 꺼려하지 말라. ⁑ 퍼온 글

호사진종 난처득(好事盡從 難處得) 소년무향 이중경(少年無向 易中輕) : 좋은 일은 어려운 환경에서 얻는 것이니, 소년들이여! 쉬운 일만 좋아하지 말지어다. ⁑ 이함용(李咸用)의 〈송담효렴부거〉(送譚孝廉赴擧)

소언다사 행동여산(少言多思 行動如山) : 많이 생각해 보며 말은 적게

하고 모든 몸가짐은 산과 같이 무겁게 하라. ⁑〈명심보감〉(明心寶鑑)

군자당유소호악(君子當有所好惡) 호오불가불명(好惡不可不明) : 군자는 마땅히 좋아하고 싫어하는 바가 있어야 하며 좋아하고 싫어하는 바가 분명하지 않으면 아니 된다. ⁑한유(韓愈)

시인신물념(施人愼勿念) 수은신물망(受恩愼勿忘) : 남에게 베푼 일은 염두에 두지 말고, 남에게서 받은 은혜는 잊지를 말라.

⁑최원(崔援), 또는 최자옥(崔子玉)

장기어신 대시이근(藏器於身 待時而勤) : 재능을 몸에 감추고 때를 기다려 활용하라. ⁑〈역경설괘전〉(易經說卦傳)

삼여도(三餘圖)

어떤 사람이 홍농직(弘農職)에 있는 훈우(薰遇)에게 말하기를 "시간이 없어 독서(讀書)를 못한다" 고 하자 "독서는 일년여(一年餘)인 '겨울', 하루의 나머지인 '밤', 하루의 비 오고 흐린 날 '음우(陰雨)' 등 삼여(三餘)를 이용하면 충분하다" 고 대화한 것을 내용으로 한 그림이다.

⁑퍼온 글

아손자유 아손복(兒孫自有 兒孫福) 막위아손 작원우(莫爲兒孫 作遠憂) : 자식과 손자에겐 저마다 복이 따로 있으니, 자손의 앞날을 지나치게 걱정하는 일은 부질없는 일이다. ⁑우란분(盂蘭盆)

평생부작추미사(平生不作皺眉事) 세상응무절치인(世上應無切齒人) :

평생 눈 찌푸릴 일을 하지 아니하면 이를 가는 원수가 생기지 않으리라.

⁑〈명심보감〉(明心寶鑑)

다사자불의 양언자과신(多私者不義 揚言者寡信) : 사사로움이 많은 자는 의롭지 못하고, 군말이 많은 자는 믿음이 안 간다.

⁑〈대대례기〉(大戴禮記)

포용력(包容力)

태산불사토양 고능성기대(泰山不辭土壤 故能成其大) : 태산은 한 줌의 흙이라도 사양하지 아니한다. 그리하여 큰 산이 된다.

하해불택세류 고능취기심(河海不擇細流 故能就其深) : 황하와 바다는 조그마한 물줄기라도 가리지 않는다. 그래서 깊은 물이 될 수 있다.

⁑〈허심납간〉(虛心納諫)

노인(老人)의 인격(人格)

돌이 깨지면 날이 서고 잘못 건드리면 상처를 입는다. 그러나 깨져서 날이 선 돌이 이리 구르고 저리 굴러 만고풍상을 겪은 돌은 바둑알처럼 모진 데가 없다. 노인은 만고풍상 겪어온 경험자이다. 계절이 바뀌면 옷을 갈아입듯이 시대가 변하면 노인도 변해야 적응한다.

양복이식 탁신이의(量腹而食 度身而衣) : 배를 재어 밥을 먹고 몸 재어 옷을 입어라. (지나침이 없어야 한다. 밥과 옷도 마찬가지다.) ⁑〈묵자〉(墨子)

소근자 부대립 자식자 불비체(小謹者 不大立 訾食者 不肥體) : 작은 일에 구애되면 큰 일을 못하고, 음식을 가리면 몸을 튼튼하게 할 수 없다.

⁑퍼온 글

군자부중즉불위(君子不重則不威) : 군자가 정중하지 않으면 위엄이 없다.

⁑〈논어〉(論語)

입신행도 양명어후세(立身行道 揚名於後世) 이현부모 효지종야(以顯父母 孝之終也) : 출세하여 바른 길을 가서 후세에 이름을 날림으로써 부모님을 떳떳하게 하는 것이 효도의 마지막이다.

⁑〈맹자〉(孟子)

만량황금용이득 지심일개야난구(萬兩黃金容易得 知心一個也難求) : 만량의 황금은 구하기 쉬워도 마음이 통하는 진정한 벗은 얻기 어렵다.

⁑〈홍루몽〉(紅樓夢)

일체언동 도요안상(一切言動 都要安詳) : 모든 언행은 침착해야 한다.

십차구착 구위황장(十差九錯 口爲慌張) : 실수는 십상팔구 입에서 생긴다.

⁑ 여득승(呂得勝)

권군휴음무정수 취후교인심의미(勸君休飮無情水 醉後敎人心意迷) : 권하노니 그대여, 무정한 술을 마시지 말라. 취하고 나면 사람 마음을 어리석게 만든다.

⁑〈경세통신〉(警世通信)

지자불혹 인자불우 용자불구(知者不惑 仁者不憂 勇者不懼) : 슬기로운 자는 유혹되지 않고 어진 자는 근심하지 않고 용감한 자는 두려워하지 아니한다.

⁑〈논어〉(論語)

빈천지지불가망 조강지처불하당(貧賤之知不可忘 糟糠之妻不下堂) : 가난한 때에 사귄 친구는 잊어선 안 되고 조강(지게미와 쌀겨)을 먹으며 어려움을 함께한 아내는 버려선 안 된다.

⁑〈후한서〉(後漢書)

중불부자 인부족야(衆不附者 仁不足也) 부이불치자 의부족야(附而不治者 義不足也) : 많은 사람들이 따르지 않는 것은 어질지 못하기 때문이며 따르는 사람을 잘 이끌지 못함은 의가 부족하기 때문이다.

⁑ 사마호(司馬嵩) · 〈삼국지〉(三國志)

애인자 인애지 경인자 인항경지(愛人者 人愛之 敬人者 人恒敬之) : 남을 사랑하는 자가 남의 사랑을 받고 남을 존경하는 자가 남의 존경을 받는다.

⁑ 〈맹자〉(孟子)

초목무대소 필대춘이후생(草木無大小 必待春而後生) : 나무는 크든 작든 반드시 봄을 기다려 움이 트고

인대의이후성(人待義而後成) : 사람은 의리를 갖춘 다음에야 성인이 된다.

⁑ 〈시자〉(尸子), 춘추시대 진(晋)나라 사람 시교(尸校)가 지은 책

외언불입어곤 내언불출어곤(外言不入於梱 內言不出於梱) : 바깥 일은 문지방 안으로 옮기지 말고 집안 일은 문지방 밖으로 옮기지 말라.

⁑ 〈예기〉(禮記)

만인자 인역만지(慢人者 人亦慢之) : 남을 업신여기면 필경 남도 나를 업신여긴다.

⁑ 풍몽룡(馮夢龍)

지행만리자 부중도이철족(志行萬里者 不中途而輟足) : 만리에 뜻을 둔 자는 중도에 걸음을 멈추지 아니하고

도사해자 비회세이해대(圖四海者 非懷細以害大) : 천하를 도모하려는 자는 작은 일로 큰일을 그르치지 아니한다.

⁑ 〈삼국지〉(三國志)

봉인차설 삼분화(逢人且說 三分話) : 남을 만나서는 열에 셋 쯤 말해야지

미가전포 일편심(未可全抛 一片心) : 속마음을 몽땅 털어놓으면 아니 된다.

⁑ 풍몽룡(馮夢龍)

불파호생삼개구(不怕虎生三個口) 지공인심량양심(只恐人心兩樣心) : 호랑이의 세 입을 두려워 말고 다만 사람의 두 가지 마음을 두려워 할지니라.

⁑ 〈명심보감〉(明心寶鑑)

호차호환 재채부난(好借好還 再借不難) : 빌린 돈을 잘 갚아야 다시 빌리기가 어렵지 않다.

⁑ 〈서유기〉(西遊記)

임현물이 거사물의(任賢勿貳 去邪勿疑) : 인재를 쓰면 두 마음을 쓰지 말고 사악한 자를 버리면 의심하지 말라.

⁑ 〈상서〉(尙書)

부지언 무이지인야(不知言 無以知人也) : 말을 가려 들을 줄 모르면 사람을 가려 볼 줄 모른다.

⁑ 〈논어〉(論語)

중인지목전지리 이불위세월지계(衆人知目前之利 而不爲歲月之計) : 뭇사람들은 눈앞의 이익만을 볼 뿐, 장구한 계획을 세우지 않는다.

⁑ 소식(蘇軾)

물탄차타백발신 응수수도물수빈(勿歎蹉陀白髮新 應須守道勿羞貧) : 허송세월에 백발이 되었다고 한탄하지 말고, 도리를 지킬 뿐 가난을 부끄러워 여기지 말라.

⁑ 잠삼(岑參)

처세계다언 언다필실(處世戒多言 言多必失) : 처세를 잘 하자면 말 많음을 삼가라. 말을 많이 하면 반드시 실수를 하게 된다.

⁑ 〈주문공치가훈〉(朱文公治家訓)

불취모이구소자 불세구이찰난지(不吹毛而救小疵 不洗垢而察難知) : 털을 불어서 작은 흠을 찾으려 들지 말고 때를 씻어내어 작은 틈을 살피지 말라.

⁑ 〈한비자〉(韓非子)

상화하목 부창부수(上和下睦 夫唱婦隨) : 윗사람이 화목해야 아랫사람도 사이가 좋고, 남편이 홍겹게 노래해야 아내도 덩달아 즐거워진다. (상하가 화목하고 부부가 화합하는 것을 말한다.)

⁑ 〈천자문〉(千字文)

우후산불수지 원후은불수시(雨後傘不須支 怨後恩不須施) : 비가 그친 뒤에는 우산을 쓸 필요가 없고, 원수가 된 후에는 은혜를 베풀 필요가 없다.

⁑ 여곤(呂坤)의 〈속소아어〉(續小兒語)

인불가이구비 필사기소단 취기소장(人不可以求備 必舍其所短 取其所長) : 남에 대하여 완벽하기를 구하지 말고, 반드시 그의 단점을 버리고 장점을 취하라.

⁑ 퍼온 글

모인환자모 열인환자열(侮人還自侮 說人還自說) : 남을 업신여기면 자기가 업신여김을 당하고, 남을 기쁘게 하면 자기가 기쁘게 된다.

⁑ 〈경세통신〉(警世通信)

적존멸화 적거초과(敵存滅禍 敵去超過) : 적이 있으면 화근을 없앨 수 있으나 적이 없으면 스스로 과오를 범하게 된다.

⁑ 유종원(柳宗元)

능전지기당연 사지불구 이서위지도(能前知其當然 事至不懼 而徐爲之圖) : 마땅히 그러할 것을 미리 안다면 일이 닥쳐도 놀라지 않고 차근차근 꾀할 수 있다.

⁑ 소식(蘇軾)

안능이호호지백 이몽세속지진애호(安能以皓皓之白 而夢世俗之塵埃乎) : 어이하여 맑고 깨끗한 이 몸이 세속의 티끌에 묻힐 수 있으랴.

⁑ 굴원(屈原)

내정기심 외정기용(內正其心 外正其容) : 안으로 마음을 바르게 하고 밖으로 용모를 바르게 한다.

⁑ 구양수(歐陽脩)

역승빈 근승화 신승해 계승재(力勝貧 謹勝禍 愼勝害 戒勝災) : 부지런하면 가난이 없고, 조심하면 화가 없고, 신중하면 해가 없고, 경계하면 재난이 없다.

⁑ 유향(劉向)

성공지하 불가구처(成功之下 不可久處) : 성공했으면 오래 머물지 말라.

⁑ 〈사기〉(史記)

예이순인심위본(禮以順人心爲本) : 예의는 남의 마음을 따르는 것이 근본이다.

⁑ 〈순자〉(荀子)

모언화야 지언실야 고언약야 감언질야(貌言華也 至言實也 苦言藥也 甘言疾也) : 꾸민 말은 꽃이요, 참된 말은 열매요, 바른 말은 약이요, 달콤한 말은 병이다.

⁑ 〈사기〉(史記)

혼인물탐세가(婚姻勿貪勢家) : 혼인을 정할 때에는 권문세가를 탐하

지 말라. (세력은 눈과 같아서 오래 가지 못한다.) ⁑〈안씨가훈〉(安氏家訓)

주시소신소염 색위할육강도(酒是燒身焇焰 色爲割肉鋼刀) : 술은 몸을 사르는 불이 되고 여색은 살을 깎아내는 칼이다. ⁑〈경세통언〉(警世通言)

군자식무구포 거무구안(君子食無救飽 居無求安) : 군자는 음식을 배불리 먹지 않고, 몸을 편하게 두지 않는다. ⁑〈논어〉(論語)

천부소지 무병이사(千夫所指 無病而死) : 천 사람의 손가락질을 받으면 질병이 없어도 죽는다. ⁑〈한서〉(漢書)

권군막작휴심사 고왕금래방과수(勸君莫作虧心事 古往今來放過誰) : 그대에게 권하노니 양심에 꺼리끼는 일은 하지를 말라. 옛날부터 지금까지 징벌을 면한 자 누구리오. ⁑풍몽룡(馮夢龍)

심여철석 기약풍운(心如鐵石 氣若風雲) : 마음은 철석같고 기상은 풍운 같다. (무릇 대장부는 굳은 마음과 높은 기상을 지녀야 한다.)
⁑양형(楊炯)

지자선모 불여당시(知者善謀 不如當時) : 지혜로운 자가 일을 잘 꾸며도 시기를 잘 맞추는 것만 못하다. ⁑〈관자〉(管子)

독포농수무호몽 야란유전등화농(獨抱濃愁無好夢 夜闌猶剪燈火弄) : 독수공방 수심 속엔 단꿈 없는 법. 밤새도록 하염없이 불똥만 따네.
⁑이청조(李淸照)

창승불착 몰봉적계단(蒼蠅不着 沒縫的鷄蛋) : 파리는 틈이 없는 계란에 앉지 않는다. (화근을 스스로 만들지 말라.) ⁑〈사화〉(詞話)

대담천하거득 소심촌보난행(大膽天下去得 小心寸步難行) : 간이 크면 천하를 다 돌아다닐 수 있지만 소심하면 한 걸음도 다니기 힘들다.

⁑〈경세통언〉(警世通言)

수인지탁 충인지사(受人之託 忠人之事) : 남의 부탁을 받았으면 남의 일에 성의를 다하여야 한다. ⁑ 풍몽룡(馮夢龍)

기부(寄附)는 중요한 사회적 덕목(社會的 德目)

1단계 : 마음 속에 기부를 하고 싶지만 선뜻 행동에 옮기지 못함.

2단계 : 기부를 실천에 옮김.

3단계 : 기부했다는 생각이 남아 있음.

4단계 : 기부하고 난 후에는 잊어버림.

※우리나라에서 500년 이상 지속된 명문가의 비결은 한 마디로 적선지가 필유여경(積善之家 必有餘慶)이었다고 한다. 선조(先祖)가 뿌려놓은 적선이 수백 년 후에 후손에게 나타난다고 한다. ⁑ 퍼온 글

화회위현소천 덕행위현소귀(貨賄爲賢所賤 德行爲賢所貴) : 뇌물은 현명한 사람들이 천하게 여기고, 덕행은 현명한 사람들이 귀하게 여기는 바이다. ⁑ 장구령(張九齡)

석불정불좌(席不正不座) : 자리가 바르지 않으면 앉지 않는다. (자리도 골라서 앉아야 한다.) ⁑〈논어〉(論語)

시위소찬 난이성명(尸位素餐 難而成名) : 시동(尸童)처럼 자리만 지키어 밥만 먹으면 세상에 이름을 떨치기 어렵다. ⁑조식(曺植)

아비생이지지자 호고민이구지자야(我非生而知之者 好古敏以求之者也) : 나는 날 때부터 아는 사람이 아니라 옛것을 즐기고 민첩하게 추구하는 사람이다. ⁑〈논어〉(論語)

주봉지기천배소 화불투기반구다(酒逢知己千杯少 話不投機半句多) : 정다운 친구와 마시는 술은 천 잔도 적고, 의기투합하지 않는 친구와 나누는 말은 반 마디도 많다. ⁑구양수(歐陽脩)

위선즉 유방백세 위악즉 유취만년(爲善則 流芳百世 爲惡則 遺臭萬年) : 선한 일을 하면 백세에 향기를 풍기고, 악한 짓을 하면 만세에 악취를 풍긴다. ⁑정윤승(程允昇)

기자불립 과자불행(企者不立 跨者不行) : 발 뒤축을 들면 오래 서지 못하고 걸음을 너무 크게 디디면 오래 걷지 못한다. ⁑〈노자〉(老子)

소년등과 부득호사(少年登科 不得好事) : 너무 젊을 때에 출세하는 것은 좋은 일이 못된다. (젊은 나이는 자신을 냉철하게 볼 수 없고 교만하게 되고 사리판단에 무리수를 둘 수 있다.) ⁑정민 교수의 〈세설신어〉(世說新語)

선학자가인지장 이보기단(善學者假人之長 以補其短) : 배움에 능한 자는 남의 장점을 빌려서 자기의 단점을 메운다. ⁑〈여씨춘추〉(呂氏春秋)

인유욕즉무강 강즉불굴어욕(人有欲則無剛 剛則不屈於欲) : 사람에게 허욕이 있으면 강직하지 못하고 강직하면 허욕에 굴하지 않는다.

⁑〈정자〉(程子)

군자막대호 여인위선(君子莫大乎 輿人爲善) : 군자에게는 남과 함께 좋은 일을 하는 것보다 더 큰일이 없다. ⁑〈맹자〉(孟子)

생영사애 신몰명현(生榮死哀 身沒名顯) : 살아서는 영광 있고 죽어서는 애달프니 몸은 비록 죽어도 명성이 남아 있도다. ⁑ 왕발(王勃)

종수자 필배기근 종덕자 필양기심(種樹者 必培其根 種德者 必養其心) : 나무를 기르고자 하면 반드시 뿌리를 북돋아 주어야 하고, 덕을 기르고자 하면 마음을 닦아야 한다. ⁑ 왕수인(王守仁)

무진자 추전이불고후(務進者 趨前而不顧後) : 나아가고자 힘쓰는 사람은 앞만 볼 뿐, 뒤는 돌아보지 않는다. ⁑〈후한서〉(後漢書)

관불가격이노 청불가사이재(寬不可激而怒 淸不可事以財) : 속이 넓으면 어떠한 충격에도 노하지 아니하고, 마음이 맑으면 어떠한 뇌물에도 동하지 아니한다. ⁑〈위료자〉(尉繚 子)

흥진비래 식영허지유수(興盡悲來 識盈虛之有數) : 흥겨움이 다하면 슬픔이 닥치나니 성공과 실패는 다 운명에 달렸음을 알아야 한다.

⁑ 왕발(王勃)

기장불노력 백발이무지(旣壯不勞力 白髮而無知) : 젊어서 공부하지 않았더니 늙어서 아는 것이 없네. ⁑ 변계량(卞季良)

인무원려 필유근우(人無遠慮 必有近憂) : 사람에게 먼 앞날에 대한 걱정이 없으면 기필코 코앞의 근심이 닥치게 된다. ⁑〈논어〉(論語)

수대명어만세자 필선행지어견미지사(垂大名於萬世者 必先行之於縴微之事) : 명성을 만세에 날릴 사람은 반드시 먼저 작은 일부터 시행했다. ⁑ 육가(陸賈)

지자불혹 인자불우 용자불구(知者不惑 仁者不憂 勇者不懼) : 지혜로운 사람은 유혹에 넘어가지 않으며, 어진 사람은 근심하지 아니하며, 용기 있는 사람은 두려워하지 아니한다. ⁑〈논어〉(論語)

민이호학 불치하문(敏而好學 不恥下問) : 민첩하여 배우기를 좋아하고 아랫사람들에게 묻는 것을 수치로 여기지 않는다. ⁑〈논어〉(論語)

학이불화 비학야(學而不化 非學也) : 배우되 깨우침이 없으면 배운 것이 아니다. ⁑ 양만리(楊萬里)

사무사 신기독(思無邪 愼其獨) : 마음에서 악한 티끌이 없게 하고 홀로 있을 때에도 도리에 어긋나지 않도록 몸가짐을 삼가라. ⁑〈중용〉(中庸)

불괴어천 불외어인(不愧於天 不畏於人) : 하늘에 부끄럽지 않고 남들에게 두렵지 않다. ⁑〈시경〉(詩經)

역승빈 근승화 신승해 계승재(力勝貧 謹勝禍 愼勝害 戒勝災) : 힘써 일하여 빈곤을 이기고 조심하여 화를 면하고 신중하여 손해를 보지 않고 경계하여 재난을 방지한다. ⁑ 유향(劉向)

미미부복 호색혹심 용부초화 변구치앙(美味腐腹 好色惑心 勇夫招禍 辯口致殃) : 맛 좋은 음식은 배알이 썩고, 아름다운 여색에 마음이 현혹되고, 만용을 부리는 사내는 화를 자초하고, 달변의 입은 재앙을 불러온다.

⁑ 왕충(王充)

세불가사진 복불가향진 편의불가점진 총명불가용진(勢不可使盡 福不可享盡 便宜不可占盡 聰明不可用盡) : 권세는 다 사용하지 말아야 하고, 복은 다 누리지 말고, 편의도 다 쓰지 말고, 총명도 다 쓰지 말라.

⁑ 풍몽룡(馮夢龍)

임인지도 요재불의(任人之道 要在不疑) : 사람을 잘 거느리는 도리의 요체(要諦)는 의심을 함부로 하지 않는 데 있다.

⁑ 구양수(歐陽脩)

망인대은 기인소과(忘人大恩 記人小過) : 남의 큰 은혜는 몽땅 잊어버리고 남의 작은 허물은 몽땅 기억해 둔다. (매우 어리석은 일이다.)

⁑ 〈수호전〉(水滸傳)

자비어 안지어지락(子非魚 安知魚之樂) : 그대가 고기가 아닌데 어찌 고기의 즐거움을 알 수 있소? (남에 대하여 안다고 단정하면 그 자체가 문제일 수 있다.)

⁑ 〈장자〉(莊子)

학연후지부족 교연후지곤(學然後知不足 敎然後知困) : 배운 다음에 배움의 부족함을 알고, 가르친 다음에 가르침의 어려움을 안다.

⁑ 〈예기〉(禮記)

입대사자 불유유초세지재 역필대견인불발지지(立大事者 不惟有超世

之才 亦必大堅忍不拔之志) : 큰 일을 이룰 사람은 속인들보다 뛰어난 재능이 있을 뿐 아니라 견인불발(堅忍不拔)의 의지도 지니고 있다.

⁑ 소식(蘇軾)

흉중불학 유수중무전야(胸中不學 猶手中無錢也) : 흉중에 학문이 없으면 마치 수중에 금전이 없는 것과 같다. ⁑ 왕충(王充)

성인불능위시 시지역불가실야(聖人不能爲時 時至亦不可失也) : 성인이라 할지라도 시기를 만들 수는 없으니 시기가 오면 놓치지 말아야 한다. ⁑ 〈삼국지주〉(三國志註)

식모이강류자실형 조사이무사자실정(飾貌以强類者失形 調辭以務似者失情) : 모양을 억지로 꾸미고자 하면 참다운 제모습을 잃게 되고, 문장을 꾸며서 억지 명문이 되고자 하면 진솔한 제 감정을 잃게 된다.

⁑ 왕충(王充)

계영배(戒盈杯)

가득 차는 것을 경계하는 잔. 술이 어느 정도 차면 새나가도록 구멍이 있는 잔이다. 허즉욕(虛則欲) 중즉정(中則正) 만즉복(滿則覆) : 부족하면 기울고 알맞으면 바로서고 가득하면 넘어진다. 절주배(節酒杯) 또는 유좌지기(宥坐之器)로 불리운다. 항공(恒公)이 항상 옆에 놓고 보며 교훈을 삼았다고 한다. ⁑ 퍼온 글

군자오명지일어실(君子惡名之溢於實) : 군자는 명성이 실제보다 넘치는 것을 꺼린다. ⁑ 한유(韓愈)

탐재괴인 재다신약(貪財壞仁 財多身弱) : 재물을 탐하면 어질지 못하고, 재물이 많으면 몸이 상한다.

⁑ 퍼온 글

시비지위다개구 번뇌개인강출두(是非只爲多開口 煩惱皆因强出頭) : 시비거리는 입을 많이 여는 데서 생기고, 고민거리는 모두 우쭐하는 데서 생긴다.

⁑ 풍몽룡(馮夢龍)

장기대시 치어자헌(藏器待時 恥於自獻) : 그릇(포부)을 숨기고 때를 기다리면서 스스로 드러냄을 부끄러이 여겨야 한다. (큰 인물이 되자면 꾹 참고 기다릴 줄 알아야 한다. 조바심은 금물이다.)

⁑ 소식(蘇軾)

부지언 무이지인야(不知言 無以知人也) : 말을 가려 들을 줄 모르면 사람을 가려 볼 줄 모른다.

⁑ 〈논어〉(論語)

군자신시 차약호리 유지천리(君子愼始 差若毫釐 繆之千里) : 군자는 첫 단계를 신중히 한다. 한 치의 차이만 있어도 나중에는 천 리만큼 크게 달라진다.

⁑ 〈대대례기〉(大戴禮記)

성야자 여생구생야 정야자 안어물이생야(性也者 與生俱生也 情也者 按於物而生也) : 성품이란 태어나면서 생기고, 인정이란 물건을 주고 받는 데서 생긴다.

⁑ 한유(韓愈)

언오선자 부족위희 도오악자 부족위노(言吾善者 不足爲喜 道吾惡者 不足爲怒) : 나를 칭찬한다고 기뻐할 것이 아니고 나를 험담한다고 화낼 것 아니다.

⁑ 〈경세통론〉(警世通論)

구일신 일일신 우일신(苟日新 日日新 又日新) : 하루 하루 새롭게 하고 또 새롭게 하고 다시 새롭게 한다. (옛날 중국 고대 상(商)나라 성군(聖君) 탕왕(湯王)이 세숫대야에 새겨 놓은 글이다.) ⁑〈대학〉(大學)

조화지초계일영락 송백지무융동불쇠(朝華之草戒日零落 松栢之茂隆冬不衰) : 아침에 피는 화초는 이튿날을 못 넘길까 걱정하지만 꿋꿋한 소나무는 한겨울 추위에도 잎을 떨어내지 아니한다. ⁑보역(甫繹)

부부무격숙지구(夫婦無隔宿之仇) : 부부싸움은 밤을 넘기는 일이 없어야 한다. (밤을 넘기면 원수로 돌변할 수도 있다는 뜻이다.)

⁑〈유림외사〉(儒林外史)

박학이독지 절문이근사 인재기중(博學而篤志 切問而近思 仁在其中) : 널리 배우고, 뜻을 돈독히 하고, 깐깐이 물어보고, 가까운 데서 해법을 찾으면 인이 그 가운데 있다. ⁑〈논어〉(論語)

호시우행(虎視牛行) : 범처럼 예리하고 소처럼 우직하게 행동하라.

⁑정세균 국회의장의 사자성어(四字成語)

기호지세(騎虎之勢) : 호랑이를 타고 몰아가는 기세로 나아가자.

⁑이회창 국무총리의 사자성어(四字成語)

일죽일반당사래처불이 반사반루항념물력유난(一粥一飯當思來處不易 半絲半縷恒念物力維難) : 죽 한 사발 밥 한 그릇 들 때마다 농사의 어려움을 생각해야 하고, 실 한 가닥 천 한 조각을 걸칠 때마다 길쌈의 어려움을 생각해야 한다. ⁑주백려(朱栢慮)의 〈치가격언〉(治家格言)

자지부자현 자애부자귀(自知不自見 自愛不自貴) : 자신을 알려면 자기를 드러내지 말고, 자기가 사랑받으려면 자신을 귀하게 여기지 말라.

⁑〈노자〉(老子)

정본자 만사리 노어영자 일어사(正本者 萬事理 勞於永者 逸於使) : 근본을 바르게 하면 만사가 순리대로 풀리고, 앞날을 대비하면 일에 부대끼더라도 마음은 편하다. ⁑장구령(張九齡)

여인이실 수소필밀 여인이허 수척필소(輿人以實 雖疏必密 輿人以虛 雖戚必疏) : 남에게 온정을 베풀면 잘 모르는 사람도 가까워지고, 남에게 빈 말만 하면 가까운 사람도 멀어진다. ⁑〈한시외전〉(韓詩外傳)

대장부위자 궁당익견 노당익장(大丈夫爲者 窮當益堅 老當益壯) : 무릇 대장부가 뜻을 품었으면 어려울수록 굳세어야 하며 늙을수록 건강해야 한다. ⁑퍼온 글

일자기신 유즉개지 무즉가면(日者其身 有則改之 無則加勉) : 날마다 자기를 반성하여 잘못이 있으면 고치고 없으면 더욱 분발하라. ⁑퍼온 글

문인지과실(聞人之過實) : 남의 허물을 듣게 되면
여문부모지명(如聞父母之名) : 마치 부모의 이름을 들은 것처럼
이가득문(耳可得聞) : 귀로 들을지언정
구불가언야(口不可言也) : 입으로는 말하지 말라. ⁑〈명심보감〉(明心寶鑑)

도광양회(韜光養晦) : 재주를 감추고 때를 기다린다. ⁑〈삼국지〉(三國志)

시속인유이 불자문기과(時俗人有耳 不自聞其過) : 속세 사람들은 귀가 있어도 스스로 제 잘못을 들으려 하지 아니한다. ⁑한유(韓愈)

무욕속무견소리 욕속즉불원견 소리즉대사불성(無欲速無見小利 欲速則不遠見 小利則大事不成) : 급히 서둘지 말고 적은 이득을 꾀하지 말라. 서둘다 보면 달통하지 못하고 적은 이득을 탐하면 큰 일을 이루지 못한다. ⁑〈논어〉(論語)

인간사어(人間私語) 천청약뢰(天聽若雷) 암실기심(暗室欺心) 신목여전(神目如電) : 사람 사이의 사적인 말이라도 하늘이 듣는 것은 천둥과 같고, 어두운 방에서 마음을 속일지라도 귀신이 보는 것은 번개와 같으니라. 아무도 모를 거라고 생각하며 부끄러운 일을 하지만 언젠가는 세상이 모두 알게 된다. ⁑〈명심보감〉(明心寶鑑)

가빈상외객 신로전련아(家貧常畏客 身老轉憐兒) : 집안이 가난하니 손이 올까 두렵고, 이 몸이 늙어가니 손자들이 더욱 귀엽구나. ⁑퍼온 글

대객부득불풍 치가부득불검(對客不得不豊 治家不得不儉) : 손님 대접은 풍성히 해야 하고, 집안 살림은 검소하게 하여야 한다.

⁑〈명심보감〉(明心寶鑑)

인유희경 불가생투기심 인유화환 불가생희행심(人有喜慶 不可生妒忌心 人有禍患 不可生喜幸心) : 남에게 기쁨이 있을 때 투기하여서는 아니 되고, 남에게 불행한 일이 있을 때에 웃으며 좋아하여서는 아니 된다.

⁑〈치가격언〉(治家格言)

뜻과 행동은 나보다 나은 사람과 견주고, 분수와 복은 나보다 못한 사람과 비교한다. ⁑ 류성룡(柳成龍)의 좌우명(左右銘)

즐겁고 편한 생활 : 남이 나를 알아주고 이해하기를 바라지 말고, 내가 남을 이해하고 따라주고 적응하는 생활이 편안한 생활이다.

출허명이구실효(黜虛名而求實效) : 헛된 명성을 버리고 실제 효과를 추구하라. (허울뿐인 명성을 추구하다 평생을 허비한 사람들을 보면 안타깝다.) ⁑ 소식(蘇軾)

근위무가지보 신시호신지부(勤爲無價之寶 愼是護身之符) : 부지런함은 값을 매길 수 없는 보배이고, 신중함은 몸을 지키는 부적이다.

⁑ 〈명심보감〉(明心寶鑑)

애인자인항애지 경인자인항경지(愛人者人恒愛之 敬人者人恒敬之) : 남을 사랑하는 자가 남의 사랑을 받게 되고, 남을 존경하는 자가 남의 존경을 받게 된다. ⁑ 〈맹자〉(孟子)

대장부당용인 무위인소용(大丈夫當容人 無爲人所容) : 대장부라면 마땅히 남을 용서할지언정 남의 용서를 받는 사람은 되지 말아야 한다.

⁑ 〈명심보감〉(明心寶鑑)

견소포박 소사과욕(見素抱朴 少私寡欲) : 본디 그대로의 순박함을 잘 지키고 사사로운 마음과 헛된 욕망을 싹 버려야 한다. ⁑ 〈도덕경〉(道德經)

지족자빈천역락 부지족자부귀역우(知足者貧賤亦樂 不知足者富貴亦

憂) : 만족할 줄 아는 사람은 가난하고 신분이 천해도 또한 즐겁고, 만족할 줄 모르는 사람은 부유하고 신분이 귀해도 또한 근심을 한다.

⁑ 〈명심보감〉(明心寶鑑)

심원위로 필단위탄(心源爲爐 筆端爲炭) : 심중에 깃든 정이 활활 타오르는 화로가 되고, 종이 위를 달리는 붓끝이 석탄이 되어야 한다.

⁑ 유우석(劉禹錫)

중오지필찰언 중호지필찰언(衆惡之必察焉 衆好之必察焉) : 여러 사람이 미워하더라도 반드시 잘 살펴보고, 여러 사람이 좋아하더라도 반드시 잘 살펴보아야 한다.

⁑ 〈명심보감〉(明心寶鑑)

수구여병 방의여성(守口如甁 防意如城) : 입을 지키기를 병과 같이 하고 뜻을 지키기를 성과 같이 하라. (말을 조심하고 비밀을 지켜야 한다.)

⁑ 〈명심보감〉(明心寶鑑)

역승빈 근승화 신승해 계승재(力勝貧 謹勝禍 愼勝害 戒勝災) : 근면하면 가난을 극복하고, 조심하면 화를 면하고, 신중하면 폐해를 예방하고, 경계하면 재난을 방지한다.

⁑ 유향(劉向)

부부화이후 종도성(夫婦和而後 宗道成) : 부부가 화목하여야 집안이 번창하고 안정된다.

⁑ 정윤승(程允升)

쇠후원얼 도시성시작적(衰後冤孼 都是盛時作的) : 쇠망 후에 받는 원망과 죄악은 모두 흥성할 때 빚어 놓은 것이다.

⁑ 여씨(呂氏)

박시후망자부보 귀이망천자불구(薄施厚望者不報 貴而忘賤者不久) : 박하게 베풀고 후한 것을 바라는 사람에게는 보답이 없고, 귀하게 된 후에 비천했던 때를 잊는 사람은 그 귀함이 오래 가지 못한다. (성공한 후에는 어려웠던 시절을 잊지 말아야 한다.)

⁑ 명심보감(明心寶鑑)

복(福)을 부르는 삶

사람들은 오복(五福)을 바란다. 오복(五福)은 수 · 부 · 강녕 · 유호덕 · 고종명(壽 富 康寧 攸好德 考終命)을 가리킨다.

첫째는 장수(長壽)이다. 왕이나 권력자나 부자라 할지라도 일찍 죽으면 복된 사람이 아니다.

둘째는 부(富)이다. 일평생 가난하게 살아간다는 것은 복 받는 삶이라 할 수 없다.

셋째는 강녕(康寧)이다. 오래도록 부자로 살아가도 건강하지 못하면 불행하다.

넷째는 유호덕(攸好德)이다. 언제나 덕을 닦는 삶이다. 즉 덕을 지닌 삶이다. 《논어》(論語)에 보면 '덕불고 필유린'(德不孤 必有隣)이라는 말이 있다. 덕이 있으면 외롭지 않고 반드시 이웃이 있다는 것이다.

다섯째는 고종명(考終命)이다. 제 명대로 살다가 편히 죽는 것을 말한다. 고종명(考終命)이란 원망과 한을 남기지 않는 죽음이다.

장이태즉실시 노이해즉무명(壯而怠則失時 老而懈則無名) : 장년(壯年)에 게으르면 때를 잃게 되고 노년(老年)에 게으르면 명성을 얻지 못한다.

⁑ 〈여씨춘추〉(呂氏春秋)

수기이불책인즉면어난(修己而不責人則免於難) : 자기를 수양하고 남을 탓하지 아니하면 어려움에 처하는 일을 면하게 된다.

⁑〈춘추좌씨전〉(春秋左氏傳)

물경망 여태산교악(勿輕忘 如泰山喬嶽) : 몸가짐을 경망스레 하지 말고 태산같이 신중히 하라. (경거망동은 자신의 위신을 더럽히는 행동이다.) ⁑우곡(憂谷)

인불경절 지불경원(仁不輕絕 智不輕怨) : 어진 자는 쉽사리 남과 절교하지 않고, 지혜로운 자는 쉽사리 남을 원망하지 않는다. ⁑〈전국책〉(戰國策)

부불언자지덕 자부담부지과(父不言子之德 子不談父之過) : 아비는 자식을 자랑하지 않고 자식은 아버지의 허물을 말하지 않는다.

⁑〈명심보감〉(明心寶鑑)

일일불념선 제악개자기(一日不念善 諸惡皆自起) : 하루라도 착한 일을 하지 않으면 여러가지 악한 일이 저절로 일어난다. ⁑〈명심보감〉(明心寶鑑)

대인춘풍 지기추상 (待人春風 持己秋霜) : 타인에게는 봄바람처럼 따뜻하게 대하고 자신에게는 추상같이 엄격하게 한다. ⁑〈채근담〉(菜根譚)

의금상경(衣錦尙絅) : 비단옷 위에 홑겹의 경의(絅衣)를 입는다. (화려한 문채가 드러나는 것을 가리우기 위함이다. 군자의 도는 은은해도 날로 드러나고 밝아진다. 그러나 소인의 도는 선명하나 날로 시들해진다.)

⁑퍼온 글

간위명물리 적막현심원(艱危明物理 寂寞見深源) : 시련 속에 사물의 이치가 밝혀지고 적막한 가운데 마음의 근원이 드러난다. (역경 없이 순탄한 삶은 단조하고 무료하다. 고요 속에 자신을 돌아볼 줄 알아야 마음의 길이 비로소 선명해진다.) ⁑퍼온 글

출문여견대빈 입실여유인(出門如見大賓 入室如有人) : 밖에 나갈 때에는 큰 손님을 뵙는 것같이 하고 집에 들 때에는 사람이 있는 것같이 하라. (늘 곁에 손님이 있는 것처럼 바르게 행동하라.) ⁑〈명심보감〉(明心寶鑑)

발초첨풍(撥草瞻風) : 풀을 뽑고 바람을 바라본다.

험한 길을 거쳐서 선지식의 덕스러운 풍모를 어우른다는 뜻이다. 사람이 다니지 않는 숲길은 잡초와 잡목이 무성하다 새로운 경지를 열려면 막힌 길을 뚫고 새 길을 내야 한다. 이처럼 학인(學人 : 배움에 있는 사람)은 두 눈을 똑바로 떠서 자기 앞을 가로막는 미망(迷忘 : 마음 속의 헤매임)을 걷어 내고 가야 한다. ⁑퍼온 글

약청일면설 변견상리별(若聽一面說 便見相離別) : 만약 한쪽 말만 들으면 친한 사이가 멀어짐을 볼 것이다. ⁑〈명심보감〉(明心寶鑑)

수처작주(隨處作主) : 어디에 있든지 주인이 되라.

우리는 어디에 있든지 내가 주인이 되는 마음을 가져야 한다. 이것이 곧 가정이나 직장이나 나라를 위하는 길이다. ⁑임제(臨濟) 스님의 말

간군오의(諫君五義) : 충신이 왕에게 간(諫)하는 다섯 가지 유형(類型)

1. 휼간(譎諫) : 내놓고 말하지 않고 넌지시 돌려서 간하는 것.
2. 당간(戇諫) : 융통성 없이 고지식하고 꾸밈없이 대놓고 간하는 것.

3. 강간(降諫) : 자신을 낮추어 납작 엎드려 간하는 것.

4. 직간(直諫) : 앞 뒤 가리지 않고 곧게 간하는 것.

5. 풍간(諷諫) : 다른 일에 빗대어 풍자해서 간하는 것. ⁑〈논어〉(論語)

물이귀기이천인(勿以貴己而賤人) : 나를 귀하게 여기고 남을 천하게 여기지 말라. (항상 타인을 존중하라.)

물이자대이멸소(勿以自大而蔑小) : 스스로 크다고 작은 이를 업신여기지 말라. ⁑〈명심보감〉(明心寶鑑)

다문궐의(多聞闕疑) 신언기여(愼言其餘) : 많이 들어서 조금이라도 의심나면 그것을 풀고 나머지 믿을 만한 것은 조심 조심 살펴서 말하라.

⁑〈논어〉(論語)

삼불후(三不朽)

첫째는 입덕(立德)이다. (덕을 쌓아야 한다.)

둘째는 입공(立功)이다. (공을 세워야 한다.)

셋째는 입언(立言)이다. (훌륭한 말을 남겨야 한다.) ⁑〈춘추좌전〉(春秋左傳)

작비금시(昨非今是) : 어제가 잘못이고 오늘이 옳다.

사람은 이처럼 나날이 향상하는 삶을 살아야지 잘 나가다가 실족하는 작시금비(昨是今非)의 길을 가면 아니 된다. 날로 향상해야 한다.

소통법칙(疏通法則)

1. 앞에서 할 수 없는 일을 뒤에서 하지 말라.

2. 말을 독점하면 적이 많아진다.

3. 목소리가 높아질수록 뜻은 왜곡된다.

4. 귀를 훔치지 말고 가슴을 흔드는 말을 하라.

5. 내가 하고 싶어 하는 말보다 상대방이 듣고 싶은 말을 하라.

6. 칭찬하는 말에 발이 있다면 헐뜯는 말에는 날개가 달려 있다.

7. 뻔한 이야기보다 펀한 이야기를 하라.

8. 말을 혀로만 하지 말고 눈과 표정으로 말하라.

9. 입술의 30초가 마음의 30년이 된다.

10. 혀를 다스리는 건 나이지만 뱉어진 말은 나를 다스린다.

⁑ 〈동산의 샘〉(7권 18호) 개그맨 유재석

달지일적(達止逸適)

달(達) : 툭 터져 달관하는 마음이다.

지(止) : 있어야 할 곳에 그쳐 멈추는 것이다.

일(逸) : 새가 새장을 벗어나 창공을 날 듯, 훌훌 털고 숨는 것이다.

적(適) : 마음의 소리에 귀를 기울여 편안히 내맡기는 것이다.

⁑ 유언호(兪彦鎬) 〈임거사결〉(林居四訣)

인순고식(因循姑息)과 구차미봉(苟且彌縫)

인순고식(因循姑息)이란 낡은 습관 폐단을 벗어나지 못하고 눈앞에 안일(安逸)한 것만 취함을 이르고 구차미봉(苟且彌縫)은 궁색하여 임시 변통으로 얽어매어서 탈을 면하는 것을 이른다.

모든 것이 근본이 무너지면 나머지는 모두 일그러진다. 허물을 꾸며서 가리우면 안 된다. 꾸미려면 내 마음을 크게 해친다. 어쩔 수 없으니 한 번만 봐달라는 것이 구차(苟且)인데 그때 그때 대충 꿰매다 보면 미봉(彌縫)책이며 그러다가 한꺼번에 터져서 손 쓸 수가 없게 된다.

⁑ 퍼온 글

어묵찬금(語嘿囋噤) : 말하고 침묵하고 입을 열고 입을 닫는다.

⁂ 퍼온 글

바람직한 생활지침

1. 이야기를 읽고 교훈을 이해하라.
2. 반복하여 읽고 외우라.
3. 교훈을 수시로 외치라.
4. 에세이(수필 · 산문 · 수상)를 쓰고 경험을 나누라.
5. 실천할 수 있는 한 가지를 정하라.
6. 매일 실천하면서 확신하라.
7. 남에게 대하여 인(仁)을 실천하라.
8. 밝은 표정으로 좋게 하고 신용을 지키라.
9. 나에 대하여 자신을 경계하고 삼가라.
10. 정성을 다하라.
11. 곧게 행동하라.

⁂ 퍼온 글

이명비한(耳鳴鼻鼾) : 이명(耳鳴)은 저만 듣고 남은 못 듣는다. 반면 비한(鼻鼾, 코골이)은 남은 듣지만 본인은 못 듣는다. 이명(耳鳴)은 병인데도 남이 안 알아준다고 난리치고 코골이는 병이 아닌데도 남이 먼저 안다고 화를 낸다.

득실재아 훼예재인(得失在我 毁譽在人) : 얻고 잃는 것은 내게 달려 있고 헐뜯고 기리는 것은 남에게 달려 있다. 사람들은 칭찬에 인색해서 헐뜯고 비난하기 일쑤이다. 나 자신에게 떳떳한지 돌아보는 일이 먼저이다.

⁂ 퍼온 글

빌려 쓰는 인생

지금 내가 가지고 있는 모든 것들은 정말 내 것이 아닙니다. 살아 있는 동안 잠시 빌려 쓸 뿐입니다. 죽을 때는 가지고 가지 못합니다.

'나' 라고 하는 이 인간도 내 몸이 아닙니다. 이승을 하직할 때는 버리고 떠납니다. 내 것이라고는 영혼과 업보뿐입니다. 내 것이라고 집착하던 것들을 모두 놓아 버립시다. 내 자신마저도 놓아 버립시다…(이하 생략)…

⁑ '행복한 마음 아름다운 사람들' —운영자

인생(人生) 100세시대의 자기계발

공자(孔子)는 발분망식 낙이망우(發憤忘食 樂以忘憂)를 주장했다. 즉 알고자 하는 마음이 생기면 먹는 것조차 망각하고 즐거움으로 인해 근심조차 잊어버린다고 했다. 인생 백세시대를 살아가는 현대인에게 자기계발의 선택이 필수이다. 우리의 미래는 과거의 학력이 아닌 미래의 학력에 의해 결정된다. 스스로를 변모시키는 사람만이 진정한 미래의 경쟁력을 갖춘 사람이 될 수 있다.

행복은 언제나 내 안에 있다 : 인생은 행복한 생활을 원한다. 행복은 내 안에 있고 딴 곳에 있는 것이 아니다. 지나친 욕심을 버리지 못하면 행복을 얻지 못한다. 지족자(知足者)는 빈천역락(貧賤亦樂)이요, 부지족자(不知足者)는 부귀역우(富貴亦憂)라고 한다. 만족을 알아야 한다는 것이다.

사람의 욕심은 끝이 없어 주기보다 받기를, 손해보다 이익을, 노력하기보다 행운을, 기다리기보다 한 순간에 얻어지기를 바란다. 이러한 마음의 욕심 때문에 늘 행복하면서도 불행하다고 느낀다.

⁑ 퍼온 글

대장부 영가옥쇄 하능와전(大丈夫 寧可玉碎 何能瓦全) : 대장부가 차라리 옥처럼 부서질지언정 어찌 하찮은 기와가 되어 목숨을 부지하랴.

⁑ 〈북제서〉(北齊書) '원경안전' (元景安傳)

삼계(三戒), 삼업계(三業戒) : 몸(身), 입(口), 마음(意)을 항상 조심하라. 여색, 투쟁, 재물을 조심하라.

하나의 밀알

한 알의 밀알이 땅에 떨어지는 것은 희생한다는 것입니다. 자기를 부인하고 자기의 십자가를 지고 묵묵히 가는 것이 밀알의 삶입니다. 한 알의 밀알로 살 때 상상할 수 없는 부활의 열매가 맺을 것입니다.

⁑ 하용조 목사

의필사문 분필사난(疑必思問 忿必思難) : 의심스러운 게 있으면 반드시 물어볼 생각을 하고 화나는 일이 있으면 반드시 나중에 곤란해질 일이 생기지 않을까 생각하라.

⁑ 〈사자소학〉(四字小學)

성도(聖徒)의 소원(所願)

1. 절대로 부끄럽지 않게 산다. 가난은 절대로 부끄러움이 아니다.
2. 나는 절대로 담대하게 산다. 거짓이나 가식이 없는 사실 그대로 정직하게 산다.
3. 나는 언제나 그리스도를 섬기며 산다. 나이가 들수록 신심을 가지고 차분하고 이해하고 너그럽고 관대하여 성숙된 삶을 살아야 한다.

허심탄회(虛心坦懷) : 마음에 아무런 사념(邪念)이 없이 솔직한 태도로 임함.

좌식산공(坐食山空) : 일은 하지 아니하고 놀고 먹기만 하면 산과 같이 많은 재산도 결국 다 없어진다.

행필정직(行必正直) : 행실은 반드시 바르고 올곧아야 한다.

언즉신실(言則信實) : 말을 하면 곧 미덥고 진실하게 해야 한다.

⁑ 〈사자소학〉(四字小學)

시련(試練)과 성공(成功)

'스티브잡스' 를 보면 미혼모의 아들로 태어나 버려졌고, 가난한 집에 입양되어 배고프게 자랐고, 대학에는 채 일 년도 못 되어 중퇴하였지만 성공하였다. 큰 인물들은 밑바탕에 쓰라린 환경에서 태어나 처절한 고생을 하는 경우가 많다. 그들의 성공은 피와 땀과 눈물을 얼마나 많이 흘렸는가에서 결판이 난다.

〈맹자〉 고자장 하편(孟子 告子章 下篇)에는 다음과 같은 말이 있다.

천장강 대임어사인야(天將降 大任於斯人也) : 하늘이 장차 그 사람에게 큰 일을 맡기려고 하면

필선노기심지(必先勞其心志) : 반드시 그 마음과 뜻을 괴롭게 하고

고기근골(苦其筋骨) : 근육과 뼈를 깎는 고통을 주고

아기체부(餓其體膚) : 몸과 살을 굶주리게 하고

궁빈기신행(窮貧其身行) : 그 생활을 빈곤에 빠뜨리고

불란기소위(拂亂其所爲) : 하는 일마다 어지럽게 한다.

시고동심인성(是故動心忍性) : 이런 까닭에 마음을 흔들어 참을성을 기르게 하고

증익기소불능(增益其所不能) : 지금까지 할 수 없었던 일을 할 수 있게 한다.

⁑ 〈맹자〉(孟子)

삼인행필유아사(三人行必有我師) : 세 사람이 길을 가면 반드시 거기

에 나의 스승이 있다. 좋은 것은 본받고 나쁜 것은 경계함으로써 주위의 모든 사람이 나의 스승이 될 수 있다는 뜻이다. 이와 관련된 단어 '귀감'(龜鑑)과 '타산지석'(他山之石)이 있다. 귀감은 거울로 삼아 본받을 만한 본보기로 삼는 것을 말한다. 타산지석은 다른 산에서 나는 거칠고 나쁜 돌이라도 숫돌로 쓰면 자기의 옥을 갈 수 있으므로 다른 사람의 하찮은 언행도 자기에게는 도움이 됨을 이른다. '타산지석가이공옥'(他山之石可以攻玉)이라는 것이다.

⁑ 〈논어〉(論語) · 〈시경〉(詩經)

학문과 인격

학문(學問)과 인격(人格)은 개인의 합리주의적(合理主義的) 각성(覺醒)을 유도하는 원동력이라고 할 수 있다. 독립의 기력(氣力)이 없는 자는 남에게 의존하고 남에게 의존하는 자는 반드시 남을 두려워 하고 남을 두려워 하는 자는 반드시 남에게 아첨한다는 것이다. 외계(外界)에 대한 두려움을 개개인의 학문으로 극복함으로써 일신(一身)의 독립(獨立)을 통하여 하나의 인격(人格)을 독립(獨立)시켜야 한다.

⁑ 퍼온 글

극복(克服)하지 못할 난관은 없다.

미국 워싱턴주 상원(上院) 신호범 의원은 아버지를 모르는 편모에 의하여 7세까지 자라다가 어머니마저 헤어진 천애고아로 거지가 되어 말할 수 없는 온갖 고난을 겪다가 6.25 한국동란 때 요행히 어느 미군에 의하여 구제된 후 미국으로 따라가서 그 미군의 양자로 입양하여 18세의 나이에 고등학교 졸업 검정시험에 합격하여 대학과 대학원 등을 거쳐 석사 박사 학위를 얻고 상원 의원이 되었다. 그의 주장은 '극복하지 못할 난관은 없다' 이다. '모든 것을 긍정적으로 성실히 하면 된다. 안 될 것이 없다' 는 것이 그의 소신이었다.

⁑ 퍼온 글

시간관념(時間觀念)

시간이란 기다리는 사람에겐 너무 느리다. 걱정하는 사람에겐 너무 빠르다. 슬퍼하는 사람에겐 너무 길다. 기뻐하는 사람에겐 너무 짧다. 사랑하는 사람들에겐 영원하다.

봉인유구(逢人有求) : 사람을 보는 법

거시기소친(居視其所親) 평소 그 자가 가까이 하는 것을 보라.

부시기소여(富視其所與) 부유할 때 베푸는 것을 보라.

달시기소거(達視其所擧) 잘 나갈 때 그 천거하는 것을 보라.

궁시기소불위(窮視其所不爲) 아무리 궁해도 하지 않는 바를 보라.

빈시기소불취(貧視其所不取) 가난할 때 행하지 않는 바를 보라.

⁑ 중국 전국시대 이극(李克)이 위문후(魏文侯)에게 한 말. ⁑ 〈주자어류〉(朱子語類)

만고풍상(萬古風霜) : 오래 오래 겪어온 많은 쓰라린 고생을 이른다.

바람과 서리가 고생스럽기도 하지만 한편으로는 인생을 성숙시켜 주는 보약이기도 하다. 이 세상에 풍상을 맞지 않고 성공한 사람은 드물 것이다.

인자요산(仁者樂山) : 산의 기운은 사람을 어질게 만든다. 기운이 충만하면 화를 내지 않고 어질어진다. 기운이 없으면 화를 낸다. 산은 사람의 고달픈 원기를 보충하여 주는 작용을 한다. 어진 사람은 천명(天命)을 따라 욕심에 움직이지 않는 고요한 마음이 흡사 산(山)과 같아서 자연히 산을 좋아한다.

⁑ 〈논어〉(論語)

중후표산 취문성뢰(衆煦漂山 聚蚊成雷) : 뭇사람의 입김에 산이 떠내려가고 모기소리가 모여 우레(천둥)가 된다.

정치(政治)를 외면한 인사(人士)

중국(中國) 요순시대(堯舜時代)의 허유(許由)라는 선비는 나랏일을 맡아달라는 말을 듣고 달려가 귀를 씻었다. 소에게 물을 먹이던 소부(巢夫)도 귀를 씻는 물이 더럽다며 돌아섰다. 거지 철학자(哲學者) 디오게네스는 알렉산더대왕이 소원이 무어냐고 묻자 '햇볕을 가리지 말고 조금만 비켜달라' 고 했다. 그러나 19세기 역사가 몽탈랑베르는 '우리가 정치에 관련을 갖지 않으려 해도 허사다. 정치 쪽에서 놔두지 않는다' 고 했다. 인간은 정치와 결별하여 존재하기 어렵다. 정치에 대한 무관심은 정치를 타락케 한다.

⁂ 퍼온 글

성철(性徹)스님(1912~1993)의 모습

성철스님은 상좌불와(上坐不臥)의 옛 수도승의 길을 걸었다.

여러 차례 기워 누더기가 된 승복을 입고 살며 "나는 못났으니까" 라고 했다. 양말을 기워 신는 모습을 딱하게 여긴 제자가 질긴 나일론 양말을 선물하자 "이놈아 중이라면 기워 입고 살 줄 알아야지" 라고 호통을 쳤다. 성철스님은 자신에게 현실도피라는 비난이 일자 "내가 산중에 살면서 종정하는데 뭐꼬. 산중에 수행 중 하나 제대로 있는 꼴을 보여주는 것 아닌가" 라고 하였다. "산은 산이고 물은 물이로다" 라는 법어(法語)로 유명하다. 절주(節酒)하지 못하여 시간을 낭비하고 인생을 망치는 사람들이 있다.

⁂ 퍼온 글

낮에 마시는 술

사흘에 한 번 마시는 술은 금술이고, 밤에 마시는 술은 은술이고, 낮에 마시는 술은 독술이라 한다. 낮술에 취하면 애비도 몰라본다는 속담이 있다. 낮술은 입에 단내가 날 정도로 사람을 괴롭게 한다.

사행호시(蛇行虎視)

권세 있는 사람의 문간을 바삐 드나들면 자신은 영광스럽게 여겨도 남들은 몰래 욕을 한다. 남에게 욕을 먹더라도 큰 뜻(?)을 펴는 것이 중요하다. 그러나 그 큰 뜻이란 것이 뱀처럼 기어 제 잇속만 차리고 범처럼 으르렁대며 남의 것을 빼앗는 것이라면 슬픈 일이다.

⁑ 정민 교수의 〈세설신어〉(世說新語)

마하트마 간디의 교훈

"내일 죽을 것처럼 살고 영원히 살 것처럼 배우라."

수오탄비(羞惡歎悲) : 부끄러움 · 미움 · 탄식 · 슬픔

가난은 부끄러움이 아니다. 부끄러움은 가난하면서도 뜻이 없는 것이다.

천(賤)함은 미워할 만한 것이 아니고 못되고 무능한 것이다.

늙음은 탄식할 만한 것이 아니고 늙었어도 부끄러움을 모르는 것이다.

죽는 것은 슬픈 것이 못 되고 죽은 뒤에 아무 일컬음이 없는 것이다.

가난에서 굳세어지고 병중에서 고인(高人)의 뜻이 자라나고 가난과 질병은 선비의 정신마저 꺾지는 못한다. 늙을수록 더욱 씩씩하고 궁할수록 굳세져야 한다. 남이 알아주지 않는 것을 탄식 말고 남이 빼앗지 못할 뜻과 이름이 없는 것을 탄식하라. 늙고 병들어 죽는 것이 비탄한 것이 아니라 부끄러움을 모르고 망령 떨고 이룬 것 없이 큰소리치는 것이다.

⁑ 퍼온 글

승자와 패자

1. 승자는 행동으로 말을 증명하고 패자는 말로 행위를 변명한다.
2. 승자는 땀을 믿고 패자는 요행을 믿는다.

3. 승자는 나쁜 사람 속에서 좋은 점을 찾고 패자는 좋은 사람 속에서 나쁜 점을 찾는다. ⁑해리스의 명언

세간지락(世間之樂)

부귀가 무작정 자랑이 아니듯 빈천도 부끄럽기만 할 일은 아니다. 부귀에 취하고 빈천에 짓눌려 황폐해진 삶은 보기에 민망하다. 부족해도 부자로 사는 방법이 있다. 세간의 지극한 즐거움(世間之樂)은 마음으로 누리는 것이지 재물로 누리는 것이 아니다. ⁑〈아고수집〉(雅古搜輯)

과언무환(寡言無患) : 말이 적으면 근심이 없다.

신언무우(愼言無尤) : 말을 삼가면 허물이 없다. ⁑퍼온 글

욕기지락(浴沂之樂) : 욕기(浴沂)는 냇가에서 목욕하는 일이다. 명리(名利)를 잊고 청유자적(淸遊自適)함을 이른다. 속진(俗塵)을 떠나서 자연을 즐기는 것이다. 기(沂)는 기수(沂水)를 가리킨다. ⁑퍼온 글

질풍지경초(疾風知勁草) 엄상식정목(嚴霜識貞木) : 세찬 바람에 굳센 풀을 알고 된서리에 늘 푸른 나무를 안다. ⁑〈후한서〉(後漢書)

끽휴시복(喫虧是福) : 밑지는 것이 복이다. ⁑퍼온 글

교언령색선의인(巧言令色鮮矣仁) : 교묘하게 꾸며대는 말과 알랑거리는 낯빛을 한 사람치고 어진 사람이 드물다.

강의목눌근인(剛毅木訥近仁) : 강하고 굳세고 질박하고 어눌한 것이 인에 가깝다. ⁑〈논어〉(論語)

심장불로(深藏不露) : 깊이 감추고 드러내지 않는다.

고수(高手)들은 한 번에 자기의 인품이나 능력을 드러내지 않는다. 하수(下手)들은 얄팍한 재주를 믿고 함부로 행동한다. ⁑퍼온 글

도하청장(淘河青莊) : 도하(淘河)는 사다새(펠리칸)라고도 한다. 진흙과 뻘을 부리로 헤집고 부평초와 마름 같은 물풀을 뒤적이며 쉴새 없이 물고기를 찾아다닌다. 때문에 깃털과 부리까지 온갖 더러운 것을 뒤집어 쓴다. 허둥지둥 잠시도 가만히 있지 않고 부지런히 먹이를 찾아 헤맨다. 그러나 종일 고기 한 마리 못 잡고 늘 굶주린다.

청장(青莊)은 해오라기의 별명이다. 신천옹(信天翁)으로도 부른다. 이 새는 맑고 깨끗한 물가에 날개를 접은 채 붓박이로 서 있다. 한 번 자리를 잡으면 좀체로 옮기는 법이 없다. 게을러 꼼짝도 하기 싫은 모양으로 마냥 서 있다. 바람결에 들려오는 희미한 노랫가락에 귀를 기울이듯 아련한 표정으로 수문장처럼 꼼짝 않고 서 있다가 물고기가 멋모르고 앞을 지나가면 문득 생각났다는 듯이 고개를 숙여 날름 잡아 먹는다.

도하(淘河)는 죽을 고생을 해도 늘 허기를 면치 못한다. 청장(青莊)은 한가로우면서도 굶주리는 법이 없다. 세상에는 도하처럼 사는 사람도 있고 청장처럼 사는 사람도 있다. ⁑박지원(朴趾源)의 〈담연정기〉(澹然亭記)

적언찬(適言讚)

첫째는 식진(植眞)이다. 참됨을 심어야 한다. 사물은 참됨을 잃는 순간 껍데기가 된다. 본질을 깊숙이 응시하여 가짜에 현혹되지 말아야 한다.

둘째는 관명(觀命)이다. 운명을 살핀다. 처음부터 끝가지 한결같은 마음을 갖는 태도를 말한다.

셋째는 병효(病殽)이다. 마음을 다스려 잡다한 것에 현혹되지 않게 경

계한다. 여색과 재물, 능변과 모략 등에 휘둘리지 말아야 한다.

넷째는 둔훼(遯毁)이다. 헐뜯음으로부터 멀리 달아나는 것이다.

다섯째는 이령(怡靈)이다. 정신에 좋은 기운을 불어넣어주는 것이다. 가을 물과 봄 구름을 보면 마음의 눈이 활짝 열려 생각이 영롱해진다.

여섯째는 누진(耨陳)이다. 열린 마음 위에 낡고 진부해진 것을 끊임없이 털어내고 새것으로 가득 채운다.

일곱째는 간유(簡遊)이다. 교유하는 벗을 잘 선택할 필요가 있다. 배움을 북돋아주고 재주를 가르쳐 주고 잘못을 따끔히 꾸짖고 가난을 함께 건네줄 그런 동심의 벗이 필요하다.

여덟째는 희환(戱寰)이다. 말 그대로 우주 안에서 즐기며 노니는 것이다. 조급해 할 것도 성낼 것도 없이 하늘을 따라 즐길 뿐이다.

⁑ 이덕무(李德懋)

우공이산(愚公移山) : 우공이 산을 옮기다.

우공(愚公)은 이웃 사람들의 비웃음에도 불구하고 왕래를 불편하게 하는 두 산(山)을 옮기려 한 사람이다. 어떤 일이든지 끊임없이 노력하면 반드시 이룰 수 있음을 이른다. 일이 산적하여 엄두를 낼 수 없을 때 눈을 질끈 감고 우공(愚公)처럼 꾸준히 한다면 가능하다는 것이다.

⁑ 〈열자〉(列子)

당신의 분노(憤怒)

이유야 어디에 있든 화는 몸과 마음을 망친다. 화를 내면 뇌신경이 흥분하고 스트레스 호르몬이 흘러나온다. 그러면 심장이 더 빨리 뛰고 두근거리며 호흡이 가빠진다. 혈압이 높아지고 혈당도 높아져서 심혈관 질환이 일어나기 쉬워진다. 스트레스 호르몬은 기억력과 감정조절을 담당하는 뇌세포를 손상시킨다.

분노에 맛이 든 사람은 점점 사소한 자극에도 신경계가 강하게 흥분한다. 이성적 판단을 하는 전두엽의 조절기능이 약해져서 갈수록 더 파괴되고 충동조절이 안 된다. 분노의 조절은 나와 남을 보호하는 생존기술이다. 분노라는 감정의 노예가 되면 그 순간은 그것이 꼭 사실인 것처럼 느껴지지만 다시 생각하면 어리석은 한 순간일 수 있다. 과격한 분노는 결국 자기에게 되돌아오기 마련이다.

⁑ 퍼온 글

제심징려(齊心澄慮) : 마음을 가지런히 하고 생각을 맑게 함.

마음을 가지런히 하고 생각을 맑게 하면 약을 안 쓰고도 절로 효험이 있을 것이라는 것이다. 마음의 끝자락을 가지런히 모으고 마음의 찌꺼기를 걷어내라. 귀로 듣고 눈으로 보는 것은 헛것이 더 많다.

⁑ 〈우봉척독〉(牛峰尺牘) 조희룡(趙熙龍)

천적(天敵)

"나의 천적(天敵)은 나였던 것이다."

조병화 시인은 위와 같은 한 줄짜리 시에서 결국 자신의 천적은 자신이라고 하였다. 자신을 지배할 수 있는 사람만이 남을 지배할 수 있다는 의미심장한 메시지를 남겼다.

지유조심(只有操心) : 마음을 붙잡는 것이다.

조심(操心)은 두리번거리며 살피는 것이 아니라 내가 내 마음의 주인이 되는 것이다. 마음을 놓아버리면 외물(外物)이 그 자리를 차지하여 나는 얼빠진 허깨비가 된다.

⁑ 정민 교수의 〈세설신어〉(世說新語)

재계(齋戒) : 세심방환(洗心防患)

마음을 씻는 것이 재(齋)이고 근심을 막는 것이 계(戒)이다. 즉 세심왈재(洗心曰齋) 방환왈계(防患曰戒)이다. 마음이 깨끗해야 근심도 사라진다.

팔자운수

생(生)이 있으면 사(死)가 있듯이 영달(榮達)이 있으면 추락(墜落)도 있다.

인생(人生)에서 영달(榮達)의 기쁨은 잠깐이지만 추락(墜落)의 고통은 길고도 깊다. 추락(墜落)을 견디어 내면 내공이 쌓이지만 못 견디면 자살하는 데까지 간다. 자기를 되돌아보고 수신하는 위기지학(爲己之學)이 긴요하다. 정중한 인격자는 그 자리에서 하고 싶은 말이 목에까지 차오르더라도 꾹 참고 배속에 남겨둔다.

필관기란(必觀其瀾)이란 말이 있다. 흘러가는 물을 볼 때 반드시 그 굽이쳐서 물결치는 대목을 보라는 뜻이다. 평탄하게 흘러가는 대목은 볼거리가 없다. 급격히 물살이 꺾일 때 한 세상 살아가는 여러 가지 이치를 시사한다는 것이다.

⁑ 퍼온 글

수이불실(秀而不實)

싹이 파릇해서 기대했는데 대공을 올려 꽃을 못 피우고 결실이 없는 쭉정이가 되고 말았다는 것이다.

⁑ 〈논어〉(論語)

만초손 겸수익(滿招損 謙受益) : 교만하면 손해보고 겸손하면 이익을 얻는다는 것이다. 남보다 자기가 조금 높거나 돈이 많다 해서 우쭐하고 교만하면 안 된다. 잘 나갈 때에 겸손함이 필요하다.

⁑ 〈서경〉(書經)

성욕(性慾) : 조물주는 인간에게 종족보존(種族保存)의 수단으로 성욕(性慾)을 준 것이다. 성(性) 문제는 중요한 생리의 하나이고 함부로 그 목적을 벗어난 변태적 행위로 남용되어서는 아니 된다.

음주육폐(飮酒六弊)

1. 패덕상의(敗德喪儀) : 평소에 쌓아온 덕을 무너뜨리고 점잖던 거동을 잃게 만든다.

2. 기쟁생흔(起爭生釁) : 필요없는 다툼을 일으키고 공연한 사단을 부른다.

3. 폐시실사(廢時失事) : 때를 놓치고 할 일을 잃게 된다.

4. 초도생간(招盜生姦) : 도적이 들기 쉽고 간사한 일이 생긴다.

5. 손위실중(損威失重) : 위엄이 손상되고 무거움이 사라진다.

6. 전도착란(顚倒錯亂) : 앞으로 꼬꾸라지던지 뒤로 자빠지던지 분간을 못하고 일이 뒤죽박죽이 된다.

⁑ 퍼온 글

지만계영(持滿戒盈) : 가득찬 것을 유지하려면 넘치는 것을 경계하라. 이를 실천할 수 있는 사람은 자신의 욕구를 통제할 수 있는 사람이다. 세상에는 욕심이 지나쳐서 패가망신하는 사람이 많다.

재다신약(財多身弱)

재물이 많으면 몸이 약하다는 옛 사람들의 경구가 있다. 신약(身弱)을 보하는 방법은 다음과 같다. 첫째는 약보(藥補)이다. 체질의 약함을 보해주는 약품을 잘 알아야 한다. 다음은 지보(地補)라 한다. 자기와 궁합이 맞는 명당지를 찾아야 한다. 다음은 인보(人補)이다. 자신을 보완해주는 사람을 만나야 한다. 즉 인연보(人緣補)이다. 다음은 덕보(德補)이다. 없는 사람을 돕고 굶는 사람을 구원하는 것이다. 덕보(德補)가 가장 중요하다.

※ 퍼온 글

공생도사(空生徒死) : 바람 부는 대로 물결치는 대로 그럭저럭 평생을 살다가 죽는 것을 이른다. 취생몽사(醉生夢死)는 술 취해 살다가 꿈속에 죽는 것이다. 몸을 함부로 놀리는 것만 공생도사(空生徒死)가 아니라 권력(權力)의 주구(走狗)가 되고 재물의 노예가 되는 삶은 차라리 공생도사(空生徒死)만도 못하다.

옛 청(淸)나라 마실(馬實)이 친구 왕창(王暢)에게 헤어지자며 손을 잡고 말하였다.

"가장 좋은 것은 덕(德)을 세우는 것이요, 다음은 공을 세우는 것일세. 우리는 이 태평한 세월에 함께 태어나 벽돌이나 기왓장 같은 신세를 면하고 대장부의 몸을 받았으니 후세에 이름을 남겨야 할 것일세. 그럭저럭 살다가 그저 죽는 공생도사(空生徒死)의 삶을 살아 천지 사이를 어지럽혀서야 되겠는가."

※ 청(淸) 주량공(周亮公)

제 3 편

사회윤리와 국가윤리

제3편 사회윤리와 국가윤리

유도지주 이백성지심위심(有道之主 以百姓之心爲心) : 덕이 있는 지도자는 백성의 마음으로 자기의 마음을 삼는다. ⁂퍼온 글

국지폐흥 재어정사 정사득실 유호보좌(國之廢興 在於政事 政事得失 由乎輔佐) : 나라의 흥망은 정치에 달려 있고 정치의 득실은 보좌에 달려 있다. ⁂퍼온 글

인순고식구차미봉 천하만사종차수괴(因循姑息苟且彌縫 天下萬事從此隨壞) : 오래된 폐해를 고치지 않으면서 가까스로 임시변통으로 꾸며내면 천하의 모든 일이 이 때문에 무너진다. ⁂박지원(朴趾源)

의일인재상 천하필치(義一人在上 天下必治) : 의로운 사람이 위에 있으면 천하는 반드시 잘 다스려진다. ⁂〈묵자〉(墨子) '비명'(非命)편

봉일통 치우오음 관조석아 법도심엄 국이불급봉 영인단기(蜂一桶 置

于梧陰 觀朝夕衙 法度甚嚴 國而不及蜂 令人短氣) : 오동나무 그늘 아래 놓인 꿀벌통의 벌들이 무엇이 그리도 바쁜지 종일 잉잉거리고 그것이 제멋대로가 아니고 드나드는 차례와 모든 질서가 정연하다. 나라꼴이 벌만도 못하여 기운이 꺾이는구나. ⁑ 허준(許浚)

장기어신 대용어국자사야 사소이상지 소이돈학 소이명례 소이병의 소이긍렴 소이선치 이우불수어세야(藏器於身 待用於國者士也 士所以尙志 所以敦學 所以明禮 所以秉義 所以矜廉 所以善恥 而又不數於世也) : 몸에 역량을 간직하고 나라에 쓰이기를 기다리는 사람이 선비이다. 선비는 뜻을 숭상하고 배움을 두터이 하고 예의를 밝게 하고 의리를 잡고 청렴을 뽐내고 부끄러움을 알지만 세상에 흔치 않다. ⁑ 신흠(申欽)

상마실지수 상사실지빈(相馬失之瘦 相士失之貧) : 말을 살필 때는 삐쩍 마른 데서 놓치게 되고, 선비를 알아볼 때는 가난에서 실수가 생긴다. 삐쩍 말랐다고 사람들이 거들떠보지 않는 말 가운데 명마가 있고, 꾀제제한 겉모습 때문에 눈길 한 번 받지 못하는 숨은 선비가 있다.

⁑ 사마천(司馬遷) 〈사기〉(史記) 골계열전(滑稽列傳)

인욕자조 필수명경(人欲自照 必須明鏡) 주욕지과 필자충신(主欲知過 必藉忠臣) : 사람이 자신의 모습을 알려면 밝은 거울이 있어야 하고 군주가 자신의 과오를 알려면 반드시 충신에게 의거해야 한다.

⁑ 〈정관정요〉(貞觀政要)

법정즉민각 죄당즉민종(法正則民慤 罪當則民從) : 법이 바르면 백성이 성실하고 판결(처벌)이 바르면 백성이 따르게 된다. ⁑ 〈사기〉(史記)

경당교지이중 급당교지이완 편당교지이관(輕當矯之以重 急當矯之以緩 偏當矯之以寬) 조당교지이정 포당교지이화 추당교지이세(躁當矯之以靜 暴當矯之以和 麤當矯之以細) : 경박함은 중후함으로 바로잡고, 급한 성격은 느긋한 성격으로 바로잡고, 치우침은 너그러움으로 바로잡고, 조급함은 고요함으로 바로잡고, 사나움은 온화함으로 바로잡고, 거친 것은 세밀한 것으로 바로잡는다. ⁂ 상진(尙震)의 〈자경문〉(自警文)

향천하지리자 임천하지환(享天下之利者 任天下之患) 거천하지락자 동천하지우(居天下之樂者 同天下之憂) : 천하의 이득을 누린 자는 천하의 환란을 떠메게 되고, 천하의 즐거움을 가진 자는 천하의 근심을 함께 하게 된다. ⁂ 퍼온 글

이국요도 재어공평정직(理國要道 在於公平正直) : 나라를 다스리는 중요한 도리는 공평하고 정직함에 있다. ⁂ 〈정관정요〉(貞觀政要)

군지소이명자겸청야 기소이암자편신야(君之所以明者兼聽也 其所以暗者偏信也) : 군주가 명석하게 되는 것은 다른 편 의견을 겸해서 듣기 때문이며, 어리석게 되는 것은 한 쪽 말만 믿기 때문이다.

⁂ 〈정관정요〉(貞觀政要)

논덕이정차 양능이수관(論德而定次 量能而授官) : 공적을 따져서 차례를 정하고 능력을 헤아려 벼슬을 준다. ⁂ 〈예기〉(禮記)

심중천국(心中天國)과 지옥(地獄)

옛날 일본의 어느 승려가 스승에게 천당과 지옥의 실재를 물었다. 스승의 대답은 천당도 지옥도 있다는 것이었다. 지옥에는 수많은 진미가

긴 상 위에 차려져 있으며 지옥 사람들의 어깨에는 팔 길이 만한 젓가락이 있으나 그것이 구부러지지 않아서 그 진미를 먹을 수가 없다고 한다.

천당에도 긴 상 위에 천하 진미들이 진설되어 있고 천당에 있는 사람 역시 어깨에 팔 길이 만한 젓가락이 달려 있어도 역시 그 젓가락이 구부러지지 않아서 진미를 스스로 먹을 수 없다. 다만 서로 다른 것은 천당 사람들은 자기 젓가락으로 다른 사람에게 그 음식을 집어 먹여준다는 것이다.

"천국은 너희 안에 있느니라"(누가복음 7:21) 한 것은 바로 이것을 암시한다. 심중천국은 마음을 어떻게 쓰느냐에 따라 존재하는 것이다.

⁑ 퍼온 글

축광복육십오주년(祝光復六十五週年)

절당광복희심진(節當光復喜心眞)
육오년금경축신(六五年今慶祝新)
천리기용흉적계(天理豈容凶賊計)
주권갱립백의민(主權更立白衣民)
기양태극삼한지(旗揚太極三韓地)
화발무궁만세춘(花發無窮萬世春)
강토수분기필합(疆土雖分期必合)
기언왜구선교린(寄言倭寇善交隣)

⁑ 카페 gugjisan에서 퍼온 글

답설야중거 불수호란행(踏雪野中去 不須胡亂行) 금일아행적 수작후인정(今日我行跡 遂作後人程) : 눈 덮인 벌판을 갈 때 어찌 한 발자국인들 어지럽게 할 것인가. 오늘날 우리의 발자취는 후손들의 이정표가 될 것이다.

⁑ 서산대사(西山大師)

금준미주천인혈(金樽美酒千人血) 옥반가효만성고(玉盤佳肴萬姓膏)
촉루락시민루락(燭淚落時民淚落) 가성고처원성고(歌聲高處怨聲高)
금잔의 좋은 술은 천 사람의 피요, 옥쟁반의 좋은 안주는 만 백성의 기름이다.
촛물 떨어질 때 백성은 눈물을 흘리고, 노랫소리 높은 곳에 원성이 높도다.

⁂〈춘향전〉(春香傳)

불가(佛家)의 무재칠시(無財七施)

1. 안시(眼施) : 다정한 눈빛으로 행하고
2. 화안시(和顔施) : 환하고 밝은 얼굴로 행하고
3. 신시(身施) : 몸의 수고로 남을 돕고
4. 언사시(言辭施) : 자상하고 고운 말로 행하고
5. 심시(心施) : 남의 고통을 덜어주는 기도로 행하고
6. 좌상시(座牀施) : 노약자와 병자에게 자리를 양보하고
7. 방사시(房舍施) : 나그네에게 잠자리를 주는 것.

⁂〈잡보장경〉(雜寶藏經)

민자국지근야 의중기식 애기명(民子國之根也 宜重其食 愛其命) : 백성은 나라의 뿌리이니 그들의 먹을 것을 중히 여기고 그 생명을 아껴주어야 한다.

⁂퍼온 글

삼구(三懼)

임금이 두려워 해야 할 세 가지는 아랫사람의 말을 참고로 하지 않는 일, 교만(嬌慢)해지는 일, 듣기만 하고 행(行)하지 않는 일이다.

⁂퍼온 글

화간간접무(花間看蝶舞) : 꽃과 꽃 사이로 나비는 춤추며 날아 놀고

유상청앵성(柳上聽鶯聲) : 버드나무 위 꾀꼬리 노래소리에
군생개자락(羣生皆自樂) : 모든 생물이 다 즐거우니
최족애민정(最足愛民情) : 백성의 사랑스런 정이 흡족하구나 ⁂퍼온 글

호사진후 난처득(好事盡後 難處得) : 좋은 일이 지나면 어려운 일이 일어난다.
소년무향 이중경(少年無向 易中輕) : 소년이여 쉬운 일만 고르지 마오.
불위불가성(不爲不可成) : 성공 못할 일은 하지를 말고
불구불가득(不求不可得) : 얻지 못할 것은 바라지 말고
불처불가구(不處不可久) : 오래 있지 못할 곳에 머물지 말고
불행불가종(不行不可從) : 좇지 않아야 할 일은 행하지 말라. ⁂퍼온 글

수탁즉 무도미지어(水濁則 無棹尾之魚) 정가즉 무일락지사(政苛則 無逸樂之士) : 물이 흐리면 꼬리 젓는 고기가 없고, 정치가 가혹하면 마음 편할 선비가 없다. ⁂퍼온 글

지사석년 현인석일(志士惜年 賢人惜日) : 지사들은 한 해를, 현인은 하루를 통석(痛惜)한다. ⁂퍼온 글

형과불피대신 상선불유필부(刑過不避大臣 賞善不遺匹夫) : 잘못에 대한 벌은 고관이라도 피하지 말아야 하고, 어진 행위에 대한 상은 필부라도 빠트리지 말아야 한다. ⁂〈순자〉(荀子)

전기자고 거간자색(專己者孤 据諫者塞) 고색지정 망국지풍야(孤塞之政 亡國之風也) : 전횡하는 자는 고립되고, 간언을 막는 자는 앞길이 막히며, 고립되고 막힌 정치는 나라를 망칠 조짐이다. ⁂퍼온 글

삼군가탈수야 필부불가탈지야(三軍可奪帥也 匹夫不可奪志也) : 삼군의 장수는 빼앗을 수 있으나 필부의 굳은 뜻은 빼앗을 수 없다. 삼군은 장수를 빼앗길 수 있으나 필부는 지조를 빼앗기지 않는다. ⁑〈논어〉(論語)

리더십(지도력, 통솔력)

정책의 시대적 타당성, 판단의 합리성, 인사의 적합성, 조직의 장악력, 정치의 순발력, 민주적 포용력 등 어떠한 목표의 정당성에 대한 자신감을 불어 넣어주는 능력과 직책의 집합적 수행 능력이며 자신이 모범이 되고 그러한 영향력으로 다수를 지배할 수 있는 힘이다.

수대명어만세자 필선행지어미지사(垂大名於萬世者 必先行之於微之事) : 큰 명성을 만세에 빛낼 자는 반드시 작은 일부터 먼저 행해야 한다.

⁑퍼온 글

일구전(一口錢)과 석덤

옛 우리 조상들은 창호지에 '一口錢' 이라 써서 방에 붙여두고, 한 입의 밥을 남기어 탁발승(托鉢僧)에게 보시(布施)하면 탁발승은 그 고마움으로 만민의 복을 빌어주었다. 또 형편이 나은 집에서는 밥을 지을 때 세 사람분의 쌀을 덤으로 더하여 갑자기 찾아온 손님들(탁발승, 행려자, 장사꾼)을 대접하였다. 울타리 밑에는 개구멍이 있고 그 위쪽에는 석덤 구멍이 있어서 어려운 사람들에게 음식을 전하였다고 한다. ⁑퍼온 글

부지기자 시기우(不知其子 視其友) 부지기군 시기좌우(不知其君 視其左右) : 자식을 모르겠으면 그 친구를 보고 임금을 모르겠으면 그 측근들을 보라.

⁑퍼온 글

합어리이동(合於利而動) 불합어리이지(不合於利而止) : 이득이 있으면 공격하고 이득이 없으면 그만두어야 한다.

⁑〈손자병법〉(孫子兵法) 대정편(大政編)

법시어인 수소필신(法施於人 雖小必愼) : 사람들에게 법을 실시할 때에는 작은 것이라도 신중을 기해야 한다. ⁑퍼온 글

충언역이 감사이입(忠言逆耳 甘詞易入) : 충언은 귀에 거슬리고 달콤한 말은 쉽게 귀에 들어온다. ⁑장구령(張九齡)

겸청즉명 편청즉암(兼聽則明 偏聽則暗) : 여러 방면의 의견을 다 들으면 밝고 한쪽 의견만 들으면 어둡다. ⁑〈신당서〉(新唐書)

임관막여평(臨官莫如平) 임재막여렴(臨財莫如廉) : 벼슬하는 데는 공평한 것보다 나은 것이 없고 재물 앞에서는 청렴한 것보다 나은 것이 없다. ⁑퍼온 글

사물(四勿)

비례물시(非禮勿視) : 예가 아니면 보지 말고
비례물청(非禮勿聽) : 예가 아니면 듣지 말고
비례물언(非禮勿言) : 예가 아니면 말하지 말고
비례물동(非禮勿動) : 예가 아니면 행동하지 말라. ⁑〈논어〉(論語)

물경소인 소인적국(勿輕小人 小人賊國) : 소인을 가벼이 보지 말라. 그런 사람들이 나라를 도적질한다. ⁑퍼온 글

불총불명불능왕(不聰不明不能王) 불고불롱불능공(不瞽不聾不能公) : 귀와 눈이 밝지 못하면 임금 노릇 못하고, 눈 멀고 귀 먹지 않으면 시아비노릇 못한다.

⁑퍼온 글

이중인지력기사자(以衆人之力起事者) 무불성자(無不成者) : 뭇 사람의 힘으로 일을 일으킨 사람은 성공하지 못하는 자가 없다.

⁑퍼온 글

견의불위무용야(見義不爲無勇也) : 불의를 보고 행하지 않는 것은 용기가 없는 것이다.

⁑〈논어〉(論語)

지행만리자 부중도이철족(志行萬里者 不中途而輟足) 도사해자 비회세이해대(圖四海者 非懷細以害大) : 만 리에 뜻을 둔 자는 중도에 발걸음을 멈추지 않고, 천하를 도모하려는 자는 작은 속셈으로 큰 뜻을 그르치지 않는다.

⁑〈삼국지〉(三國志)

상하불화 수안필위(上下不和 雖安必危) : 상하가 불화하면 비록 평안하더라도 반드시 위태롭다.

⁑퍼온 글

병곤내중양의 세란이귀충정(病困乃重良醫 世亂而貴忠貞) : 병에 시달리면 양의를 중히 여기고, 세상이 어지러우면 충정을 귀히 여긴다.

⁑퍼온 글

언기시즉유공 언기비즉유죄(言其是則有功 言其非則有罪) : 옳은 일을 옳다고 하면 공을 세우게 되지만 그릇된 일을 그르다고 하면 죄가 될 수 있다.

⁑소철(蘇轍)

대안활흉경척건각(大眼活胸硬脊健脚) : 눈을 크게 뜨고 가슴을 활짝 펴고 척추를 꼿꼿이 강하게 하고 튼튼한 다리로 세상을 헤쳐 나가자.

⁑ 의암 유인석(毅菴 柳麟錫)

호면여인자 역호배이훼자(好面與人者 亦好背以毁者) : 앞에서 치켜세우기를 잘하는 자는 뒤에서 헐뜯기도 잘한다. ⁑ 퍼온 글

입천하지정위 행천하지대도(立天下之正位 行天下之大道) : 천하의 바른 자리에 서고 천하의 큰 도를 행한다. ⁑ 〈맹자〉(孟子)

막의아동경세월(莫倚兒童輕歲月) : 젊었다고 세월을 얕보지 말게나

장인증공이동년(丈人曾共爾同年) : 이 늙은이도 한때는 그대들 나이였다네. ⁑ 퍼온 글

장유비상지대사(將有非常之大事) : 장차 비상하게 큰 일이 있으면

필생희세지리인(必生希世之異人) : 반드시 세상에 보기 드문 인물이 나타난다. ⁑ 퍼온 글

명성약일월(名聲若日月) : 명성은 해와 달 같고

공적여천지(功績如天地) : 공적은 하늘과 땅 같네. ⁑ 퍼온 글

방민지구 심어방천(防民之口 甚於防川) : 백성의 입을 막는 것은 냇물을 막는 것보다 더 어렵다. ⁑ 〈국어〉(國語)

군군 신신 부부 자자(君君 臣臣 父父 子子) : 임금은 임금답고 신하는 신하답고 아버지는 아버지답고 자식은 자식다워야 한다. ⁑ 〈논어〉(論語)

견모이불투욕야(見侮而不鬪辱也) : 모욕을 당하고도 싸우지 않는 것, 그것이 치욕이다.

⁂ 퍼온 글

이직보원(以直報怨) : 원한에는 원칙으로 갚으라.

원칙이란 지극히 공평하고 사사로움이 없는 것이다. 덕을 덕으로 갚는 것은 당연하지만 원수를 덕으로 갚는 것은 당연하다고 할 수 없다는 것이다.

⁂ 〈논어〉(論語)

중심성성 중구삭금(衆心成城 衆口鑠金) : 민중이 한 마음이면 성을 쌓을 수 있고, 민중이 한 목소리라면 쇠까지도 녹일 수 있다.

⁂ 〈국어〉(國語)

인(仁)

공자(孔子)는 어떤 행위가 '인(仁)' 이냐는 제자의 질문에 대하여 ① 공손함(恭) ② 너그러움(寬) ③ 믿음(信) ④ 민첩(敏) ⑤ 은혜(惠)의 다섯 가지 덕(德)을 살릴 수 있으면 인(仁)이라고 답했다. 공손하면 경시당하지 않고, 관대하면 사람들이 모이고, 성실하면 신뢰를 받고, 근면하면 실적이 오르고, 자애로우면 사람들이 기꺼이 따른다는 것으로 해석할 수 있다.

도요촌(桃夭村)

옛날 중국에 도요촌이란 섬마을이 있었다. 이 섬에서는 해마다 미녀와 수재를 선발하여 등급을 매기고 1등은 1등끼리 꼴찌는 꼴찌끼리 짝을 지어 우성(優性) 인간을 번창시키고 열성(劣性) 인간을 도태시키는 이상향을 지향했다. 그러나 잘난 소수는 안하무인으로 못난 다수를 차별하고 멸시하여 갈등 끝에 도요촌은 멸망하고 말았다고 한다.

⁂ 〈자불어〉(子不語)

의불부심(義不負心) 충불고사(忠不顧死) : 의로운 자는 배신하지 않고 충성스러운 자는 죽음도 돌보지 않는다. ⁑〈삼국지〉(三國志)

취기일 불책기이 취기신 불구기구(取其一 不責其二 取其新 不究其舊) : 그의 한 가지만 취할 뿐 두 가지를 한꺼번에 질책하면 안 된다. 그의 새로운 면을 보아야지 지난날의 잘못을 추궁하면 안 된다. ⁑퍼온 글

적존멸화 적거소과(敵存滅禍 敵去召過) : 적이 있으면 화를 피할 수 있으나 적이 없어지면 과오를 자초한다. 밖에 적이 없으면 좋을 것 같지만 그렇게 되면 자신 속에 있는 적에게 굴복되어 자멸하는 수도 있다.

⁑허성도 교수의 글

비아이당자 오사야(非我而當者 吾師也) : 나의 잘못을 지적하는 것이 알맞다면 스승이고,

시아이당자 오우야(是我而當者 吾友也) : 나를 인정하는 것이 알맞다면 벗이요,

첨유아자 오적야(諂諛我者 吾賊也) : 나에게 아첨하는 자는 원수다.

⁑〈순자〉(荀子)

위정지요 유재득인(爲政之要 惟在得人) 용비기재 필난정치(用非其才 必難政治) : 정치의 요체는 오직 사람을 얻는 데 있고, 인재를 올바로 쓰지 않으면 바로 다스리기 어렵다. ⁑〈정관정요〉(貞觀政要)

청부정신(淸富精神)

조선시대의 선비사상은 청빈(淸貧)을 중시하였다. 비록 생활이 어렵

고 가난하지만 마음과 정신만은 깨끗하게 하여 부정부패를 배척하였다. 그러나 세상은 급속도로 변하고 청빈의 미덕만 강조하다 보면 설득력이 없게 된다. 이에 청부(淸富)의 유용성도 인식되어야 한다. 청부는 정직, 근면, 성실을 전제로 한 그대로의 청부(淸富)이어야 한다. 청렴하고도 부유한 것이 바람직한 것이다.

참초유근 봉춘재발(斬草留根 逢春再發) : 잡초를 벨 때 뿌리를 남기면 봄에 또 다시 자라게 된다. 부정부패는 그 뿌리를 뽑아야 한다.

⁂ 풍몽룡(馮夢龍)

견탁이류청 폐탐이립렴(蠲濁而流淸 廢貪而立廉) : 흐린 물을 없애야 맑은 물이 흐르듯 탐관을 없애야 청렴이 세워진다. ⁂ 퍼온 글

주과일언 이국잔명욕 위후세소(主過一言 而國殘名辱 爲後世笑) : 군주가 말 한 마디를 지나치게 하면 나라가 쇠잔하고 오명을 남겨 후세에 두고 두고 웃음거리가 된다. ⁂ 퍼온 글

현로당광이부당협(賢路當廣而不當狹) 언로당개이부당색(言路當開而不當塞) : 인재의 길은 넓어야지 좁아서는 아니 되며 직언의 길은 열려 있어야지 막혀서는 아니 된다. ⁂ 〈여씨춘추〉(呂氏春秋)

혼인논재 이로지도(婚姻論財 夷虜之徒) : 혼인에 재물을 따지는 것은 오랑캐들이나 하는 짓이다.

지옥루자재우하(知屋漏者在宇下) 지정실자재초야(知政失者在草野) : 집이 새는 줄을 아는 자는 지붕 밑에 있고, 정치의 잘못을 아는 자는 초

야에 있다. ⁑ 상담정사 blog에서 퍼온 글

일견폐형 백견폐성(一犬吠形 百犬吠聲) : 개 한 마리가 형체만 보고 짖으면 저 백 마리의 개가 소리만 듣고도 짖는다. ⁑〈시골농부〉 blog에서 퍼온 글

근로지사 장필선(勤勞之事 將必先) : 수고롭고 고된 일은 반드시 장수부터 앞장서야 한다. (윗 사람이 솔선수범해야 한다.) ⁑ 퍼온 글

노년(老年)의 지혜(智慧)

장년(壯年)에는 신념을 갖고 살아야 하고, 옳고 그른 것을 가려야 하고, 신실(信實)과 허위가 무엇인가를 가려야 하고, 일시적인 것과 영구적인 것이 무엇인가를 가려야 한다. 노년(老年)이 되면 많은 경험에서 얻은 지혜가 있어야 한다. 지혜를 갖추지 못한 노인들은 인생을 실패한 것이다. 세상에서 가장 쓸모 없는 인생은 지혜 없는 노인들에게 나타난다. 백발이 영광이 아니라 지혜가 영광이다.

부재자진즉유재자지로쇠(不才者進則有才者之路衰) : 재능 없는 자가 벼슬길에 나아가면 재능 있는 자의 길이 막힌다. ⁑ 퍼온 글

행덕즉흥 배덕측붕(行德則興 背德則崩) : 덕을 베풀면 흥성하고 덕을 저버리면 무너진다. ⁑ 퍼온 글

세불가사진 복불가향진(勢不可使盡 福不可享盡) : 권세는 다 부리지 말고 복은 다 누리지 말아야 한다. ⁑〈알기 쉬운 이야기 백가지〉 송원스님

성즉공후 패즉적(成則公候 敗則賊) : 성공하면 제후가 되고, 실패하면

도적이 된다. ⁑〈홍루몽〉(紅淚夢)

성사불설 수사불간 기왕불구(成事不說 遂事不諫 旣往不咎) : 이루어진 일에 대해서는 논하지 말고, 끝난 일에 대해서는 직언하지 말고, 지난 일에 대해서는 허물하지 말라. ⁑〈논어〉(論語)

신지장패자 필불납충간지언(身之將敗者 必不納忠諫之言) : 장차 저절로 패망할 자는 충언과 직언을 받아들이지 않는다. ⁑퍼온 글

이권리합자 권리진이교소(以權利合者 權利盡而交疏) : 권력과 이득을 보고 모여든 자는 그것이 없어지면 멀어지게 마련이다.

⁑김정희(金正喜)의 〈세한도〉(歲寒圖) 발문(跋文) 중에서

교일지군무충신 구혜지인무필신(驕溢之君無忠臣 口慧之人無必信) : 교만스러운 군주에게는 충실한 신하가 없으며, 말재간이 빼어난 자에게는 믿음성이 없다. ⁑〈회남자〉(淮南子)

관이제맹 맹이제관 정시이화(寬以濟猛 猛以濟寬 政是以和) : 너그러움으로 냉엄함을 보충하고, 냉엄한 것으로 너그러움을 보충하면, 정치가 조화롭게 된다. ⁑〈춘추좌전〉(春秋左傳)

위천자 결지사도 위민자 선지사언(爲川者 決之使導 爲民者 宣之使言) : 물을 다스리는 사람은 물길을 터서 흐르게 하고, 나라를 다스리는 자는 백성들이 툭 터놓고 말할 수 있게 하라. ⁑〈국어〉(國語)

약안천하 필수선정기신(若安天下 必須先正其身) : 천하를 안정시키려

면 반드시 제 몸부터 바르게 해야 한다.

미유신정이영곡(未有身正而影曲) 상치이하란자(上治而下亂者) : 제 몸이 바른데 그림자가 굽을 리 없고, 위에서 다스려졌는데 아래서 어지러울 리 없다.

⁑ 〈정관정요〉(貞觀政要)

봉생마중불부이직(蓬生麻中不扶而直) 백사재니여지개흑(白沙在泥與之皆黑) : 삼밭 속의 다북쑥은 절로 곧게 자라고, 개흙 속의 흰 모래는 그와 함께 검어진다.

⁑ 〈순자〉(荀子)

국장망 본필선전 이후지엽종지(國將亡 本必先顚 而後技葉從之) : 나라가 망하려면 근본이 먼저 넘어지고 가지와 잎이 그 다음이다.

⁑ 〈춘추좌씨전〉(春秋左氏傳)

성인능보시 불능위시(聖人能輔時 不能違時) : 성인이라 할지라도 시대의 추세를 도울 수는 있을 뿐, 시대의 추세를 어기지는 못한다.

⁑ 〈관자〉(管子)

명고훼소집 언교지난방(名高毁所集 言巧智難防) : 이름이 나서 인기가 높아지면 험담이 모여들고, 말이 교묘한 모략은 지혜로운 이도 막아내기 어렵다.

당축자이주혐 이퇴신자이위예(當軸者易主嫌 而退身者易爲譽) : 권력을 잡고 있는 자는 욕을 먹기 쉽고, 물러나 있는 자는 명성을 얻기 쉽다.

⁑ 유우석(劉禹錫)

예이순인심위본(禮以順人心爲本) : 예(禮)는 다른 사람의 마음을 따르는 것을 근본으로 한다.

⁑ 〈순자〉(荀子)

백인지송 본상어하 이말고어상(百仞之松 本傷於下 而末槀於上) : 낙락장송도 밑에서 뿌리가 상하면 위에서 잎사귀가 시들어진다. (크든 작든 조직은 나무와 같은 점이 있다. 조직을 잘 발전시키려면 나무의 경우에서 지혜를 찾아야 한다.)

⁑〈여씨춘추〉(呂氏春秋)

천금하족석 일사고난구(千金何足惜 一士固難求) : 천금이 어찌 아까운가. 인재 한 사람을 얻기는 실로 어렵다.

부이인소단 기기소장(不以人所短 棄其所長) : 그 사람의 단점으로 그 사람의 장점을 버리지 말라.

⁑〈삼국지〉(三國志)

반목질시(反目嫉視)

"냇가의 해오라기 무슨 일로 서 있는가.
무심한 저 고기를 엿보아 무엇하랴.
아마도 한물에 있거니 잊어버린들 어떠리."

(냇물에 평화로이 노는 물고기를 잡아먹기 위하여 노려보는 해오라기를 비유하여, 반목질시(反目嫉視)하며 정쟁(政爭)을 일삼는 정치인들의 행태를 경계하는 시(詩)이다.)

⁑신흠(申欽)

일인향우 만좌불락(一人向隅 萬坐不樂) : 한 사람이 돌아서 모퉁이를 향하고 있으면 모든 사람의 마음이 편하지 않다.

⁑퍼온 글

상종이공면(相從而共勉) : 서로 따르며 함께 힘써라.

⁑퍼온 글

이령솔인 불약신선(以令率人 不若身先) : 명령으로 남을 거느리는 것은 몸소 앞장서는 것만 못하다.

⁑〈구양수진공신도비명〉(歐陽脩進公神道碑銘)

이세교자 세경즉절(以勢交者 勢傾則絶) : 권력을 보고 사귄 사람은 권력이 사라지면 발길을 돌리고

이리교자 이궁즉산(以利交者 利窮則散) : 재물을 보고 사귄 자는 재물이 없어지면 발길을 돌린다. ⁑ 〈안씨가훈〉(顔氏家訓), 문중자(文中子)

예상내왕 왕이불래 비례야(禮尙來往 往而不來 非禮也) : 예의는 오고 가는 것이 중요하다. 가는 것이 있고 오는 것이 없으면 예의가 아니다.

내이불왕 역비례야(來而不往 亦非禮也) : 또한 오는 것이 있고 가는 것이 없으면 역시 예의가 아니다. ⁑ 〈예기〉(禮記)

이인동심 기리단금(二人同心 其利斷金) 동심지언 기취여란(同心之言 其臭如蘭) : 두 사람이 마음을 같이하면 쇠도 끊을 수 있고 같은 마음에서 나오는 말은 난초보다 향기롭다. 금란지교(金蘭之交)란 말이 있다.

⁑ 〈역경〉(易經)

쇠세호신귀 우인호구복(衰世好信鬼 愚人好求福) : 망할 세상에는 사람들이 귀신 믿기를 좋아하고, 미련한 사람은 복 구하기를 좋아한다.

⁑ 퍼온 글

불보금옥 이충신이위보(不寶金玉 而忠信以爲寶) : 황금과 주옥을 보배로 여기지 아니하고, 충성과 신임을 보배로 여긴다. ⁑ 〈예기〉(禮記)

호령불허출 상벌불남행(號令不虛出 賞罰不濫行) : 호령은 헛되이 내리지 말고, 상벌을 함부로 행하지 말라. ⁑ 퍼온 글

심한패국 면한불해(心恨敗國 面恨不害) : 마음이 독하면 나라를 망치

지만 얼굴은 독해도 해롭지 않다. ⁑퍼온 글

무학경독이외고명(無虐煢獨而畏高明) : 외로운 사람을 학대하지 말고 거들먹거리는 권세가를 두려워 말라. ⁑〈서경〉(書經), 홍범구주(洪範九疇)

거일강중목장 이일기만사휴(擧一綱衆目張 弛一機萬事隳) : 벼리 하나만 들어 올리면 그물이 펼쳐지고, 기회는 한 번만 잃으면 만사가 뒤틀어진다. ⁑퍼온 글

욕패도 종패례(欲敗道 從敗禮) : 욕망은 법도를 망가뜨리고, 방종은 예의를 망가뜨린다. ⁑퍼온 글

육도 팔징지법(六韜八徵之法)

1. 상(詳) : 탁월한 전문능력
2. 변(變) : 위기 관리능력
3. 성(誠) : 주위 여론에 따른 성실성
4. 덕(德) : 인격, 덕망
5. 염(廉) : 청렴
6. 정(貞) : 곧음
7. 용(勇) : 용기
8. 태(態) : 태도(특히 음주행위)

⁑강태공(姜太公)

인사오법(人事五法)

1. 지(智) : 실력
2. 신(信) : 신뢰
3. 인(仁) : 남을 배려하고 존중함

4. 용(勇) : 정의에 서는 용기, 위기에서의 용감

5. 엄(嚴) : 공사의 구별 ※(인재등용의 요령) ⁑퍼온 글

맹구지환(猛狗之患) : 사나운 개가 있는 가게에는 손님이 오지 않는다.

⁑〈한비자〉(韓非子)

이국요도 재어공평정직(理國要道 在於公平正直) : 나라를 다스리는 중요한 도리는 공평하고 정직한 데 있다. ⁑〈정관정요〉(貞觀政要)

수성귀하 농민귀리(水性歸下 農民歸利) : 물의 성질은 낮은 데로 쏠리고, 농민의 마음은 이익 있는 데에 쏠린다. ⁑퍼온 글

염라대왕(閻羅大王)의 네 가지 심판

1. 구난공덕(救難功德) : 헐벗은 자에게 옷, 굶주린 자에게 음식 공덕 하였는가.
2. 월천공덕(越川功德) : 깊은 물에 다리 놓아 건너다니게 하였는가.
3. 활인공덕(活人功德) : 병든 자에게 약을 주어 치료하게 하였는가.
4. 행인공덕(行人功德) : 좋은 곳에 집을 지어 행인을 도왔는가.

⁑퍼온 글

가회이덕 난굴이력(可懷以德 難屈以力) : 덕으로 회유할 수는 있어도 힘으로 굽히기는 힘들다. ⁑〈위춘추〉(魏春秋)

지기추상 대인춘풍(持己秋霜 待人春風) : 자기에 대하여는 서릿발같이 하고, 남을 대할 때는 봄바람처럼 대하라. ⁑〈채근담〉(菜根譚)

제이풍 불여양지박야(祭而豊 不如養之薄也) : 제사를 풍성히 지내는 것이 생전에 변변치 못한 봉양보다 못하다. ⁑ 구양수(歐陽脩)

인지수요재원기 국지장단유풍속(人之壽夭在元氣 國之長短有風俗) : 사람의 목숨은 원기에 달려 있고, 나라의 흥망은 풍속에 달려 있다.

⁑ 소식(蘇軾)

만량황금용이득 지심일개야난구(萬兩黃金容易得 知心一個也難求) : 만량의 황금은 구하기 쉬워도 마음이 통하는 진정한 벗은 얻기 어렵다.

⁑ 〈홍루몽〉(紅樓夢)

정자정야(政者正也) : 정치는 바르게 하는 것이다. ⁑ 〈논어〉(論語)

정무구신 이편민의본(政無舊新 以便民意本) : 정치에는 옛것(보수)과 새것(진보)이 따로 없고, 백성을 편안하게 하는 것이 근본일 따름이다.

⁑ 소철(蘇轍)

화수통속방전원 어필관풍시동인(話須通俗方傳遠 語必關風始動人) : 말은 통속적이어야 멀리 전해질 수 있고 언어는 세상물정에 관계되어야 사람의 심금을 움직일 수 있다. ⁑ 퍼온 글

의인자위 신인자욕(依人者危 臣人者辱) : 남에게 의지하는 자는 위험하고 남의 신하 노릇하는 자는 욕을 보기 마련이다.

⁑ 〈동주열국지〉(東周列國志)

득도자다조 실도자과조(得道者多助 失道者寡助) : 올바른 길을 가는

사람에게는 도와주는 사람이 많고 그릇된 길을 가는 자에게는 도와주는 자가 적다. ⁑〈맹자〉(孟子)

건대공어천하자 필선수어규문지내(建大功於天下者 必先修於閨門之內) : 천하에 큰 공을 세울 사람은 반드시 먼저 안방에서 수양되어 나온다. ⁑ 육가(陸賈)

임중자책역중(任重者責亦重) : 중임을 맡아 보는 자는 책임도 그만큼 무겁다. ⁑ 풍몽룡(馮夢龍)

벌불위강대 상불화친근(罰不諱强大 賞不和親近) : 벌을 줄 때에는 강대한 자를 피하지 말고, 상을 줄 때에는 친근한 자를 편애하지 말라. ⁑〈전국책〉(戰國策)

불환위지부존 이환덕지불숭(不患位之不尊 而患德之不崇) : 지위가 높지 않음을 걱정하지 말고 덕이 높지 않음을 걱정하라. ⁑〈장형전〉(張衡傳)

제간견쌍 제적견장(提奸見雙 提賊見贓) : 간통범을 잡으려면 쌍으로 잡아야 하고, 도둑을 잡으려면 장물을 확보해야 한다. ⁑ 풍몽룡(馮夢龍)

가는 말이 고우면 오는 말도 곱고 오는 말이 악하면 가는 말도 악하다. ⁑〈열자〉(列子)

절정인래소 고송학불군(絶頂人來少 高松鶴不群) : 산꼭대기에는 사람의 발길이 드물고, 높은 소나무는 학이 무리를 짓지 아니한다. ⁑ 가도(賈島)

공정무사 일언이만민제(公正無私 一言而萬民齊) : 공정하고 사사로움이 없어야 말 한 마디에 만 백성이 따른다. ⁑〈회남자〉(淮南子)

병귀신속(兵貴神速) : 전쟁에서는 귀신같이 빠름이 으뜸이다.

⁑〈삼국지〉(三國志)

의불부심 충불고사(義不負心 忠不顧死) : 의로운 자는 배신하지 않고 충성스러운 자는 죽음도 아랑곳하지 않는다. ⁑〈삼국지〉(三國志)

작록생어공 주벌생어죄(爵祿生於功 誅罰生於罪) : 공에서 녹봉이 생기고, 죄에서 처벌이 생긴다. ⁑〈한비자〉(韓非子)

신지장패자 필불납충간지언(身之將敗者 必不納忠諫之言) : 장차 저절로 패망할 자는 기필코 충성스런 간언을 받아들이지 아니한다.

⁑〈유자〉(劉子)

현군택인위좌 현신역택주이보(賢君擇人爲佐 賢臣亦擇主而輔) : 현명한 군주는 사람을 골라서 보좌로 삼으며 현명한 신하도 군주를 골라서 보필한다. ⁑풍몽룡(馮夢龍)

성즉공후 패즉적자(成則公候 敗則賊子) : 성공하면 제후가 되고 실패하면 역적이 된다. ⁑〈홍루몽〉(紅樓夢)

사당이공 명문어세(士當以功 名聞於世) : 선비는 마땅히 공을 세워 세상에 이름을 남겨야 한다. ⁑소식(蘇軾)

포선록공국지령전(褒善錄功國之令典) : 선행을 표창하고 공훈을 기록해 두는 것은 나라의 훌륭한 법전이다. ⁑ 왕안석(王安石)

천하수평 불감망전(天下雖平 不敢忘戰) : 천하가 태평스러워도 전쟁을 잊으면 아니 된다. ⁑ 소식(蘇軾)

비사지난 처사지난야(非死之難 處死之難也) : 죽음이 어려운 것이 아니라 죽음을 분별하는 일이 어려운 것이다. (어떤 일에 목숨을 바친다는 것은 아무나 할 수 있는 일이 아니다.) ⁑ 〈삼국지〉(三國志)

애다자즉법불립 위과자즉하침상(愛多者則法不立 威寡者則下侵上) : 정실에 치우치면 기강을 세울 수 없고, 위엄이 없으면 아랫사람들이 얕보게 된다. ⁑ 〈한비자〉(韓非子)

탐옥자파석발옥 선사자기악취선(探玉者破石拔玉 選士者棄惡取善) : 옥을 캐는 사람은 돌을 깨트려서 옥을 빼내고, 인재를 뽑는 사람은 악한 자를 버리고 착한 자를 취한다. ⁑ 왕충(王充)

군자수언이달총명(君子受言以達聰明) : 군자는 남의 말을 받아들여서 총명하게 된다. ⁑ 위원(魏源)

자불장병 의불주재(慈不掌兵 義不主財) : 자비심으로 군사를 장악할 수 없고, 정의감으로는 재물을 소유할 수 없다. ⁑ 퍼온 글

언이족지 문이족언(言以足志 文以足言) : 말로 뜻을 충분히 나타낼 수

있어야 하고, 글로 말을 충분히 표현할 수 있어야 한다.

⁑〈춘추좌전〉(春秋左傳)

인신사주 순지심이 오정우난(人臣事主 順旨甚易 忤情尤難) : 군주를 섬기는 신하로서 군주의 뜻을 따르기는 쉬워도 그 마음을 거스르기는 실로 어렵다. ⁑퍼온 글

명성지선악 존호인(名聲之善惡 存乎人) : 명성이 좋고 나쁨은 다른 사람들의 입에 달려 있다. ⁑한유(韓愈)

가기당세지인 이불가기후(可欺當世之人 而不可欺後) : 당대 사람은 속일 수 있지만 후세 사람은 속일 수 없다. ⁑구양수(歐陽脩)

마사무충성 화번경부실(靡辭無忠誠 華繁竟不實) : 말이 화려하면 충성이 없고 꽃이 번성하면 열매가 없다. ⁑공융(孔融)

천하흥학취사 선덕행부전문사(天下興學取士 先德行不專文辭) : 천하(나라)에서 학문을 장려하고 선비를 등용할 때 덕행을 먼저 본 후에 글솜씨를 고려한다. ⁑구양수(歐陽脩)

명성약일월 공적여천지(名聲若日月 功績如天地) : 명성은 해와 달 같고 공적은 하늘과 땅 같다. ⁑〈순자〉(荀子)

대행불고세근 대례불사소양(大行不顧細謹 大禮不辭小讓) : 큰 일을 할 때에는 작은 것을 돌보지 말고, 큰 예를 베풀 때에는 작은 양보도 사양하지 마라. ⁑〈사기〉(史記)

살인이자생 망인이자존 군자불위야(殺人以自生 亡人以自存 君子不爲也) : 남을 죽이고 저는 잘 살고, 남을 망치고 저만 잘 되는, 그런 일을 군자는 하지 않는다. ⁂〈춘추공양전〉(春秋公羊傳)

무위융수불역선(毋爲戎首不亦善) : 싸움의 우두머리가 되지 않는 것도 착함이 아니랴. ⁂〈예기〉(禮記)

노불구례 병불구례(老不拘禮 病不拘禮) : 노인은 예의에 구애받지 않고 병자도 예의에 구애받지 않는다. (예의에도 예외가 있어야 한다.)

⁂〈유림외사〉(儒林外史)

심위만사지주 동이무절즉란(心爲萬事之主 動而無節卽亂) : 만사의 주체인 마음을 씀에 절도가 없으면 혼란이 생긴다. ⁂〈정관정요〉(貞觀政要)

용병공전지본 재호일민(用兵功戰之本 在乎壹民) : 군사를 사용하여 전쟁을 벌이는 근본은 백성을 하나로 뭉치게 하는 데 있다. ⁂〈순자〉(荀子)

불이인소단기기소장(不以人所短棄其所長) : 그 사람의 약점으로 그의 장점을 버려서는 아니 된다. (사람은 완전무결이 없고 단점이 있으면 장점도 있기 마련이다. 이를 잘 알아두면 훌륭한 지도자가 된다.)

⁂〈삼국지〉(三國志)

천금하족석 일사고난구(千金何足惜 一士固難求) : 황금 천 냥을 아낄 것이 무어냐. 한 사람의 인재를 얻기란 어렵네. ⁂내현(迺賢)

왕자이민위천(王者以民爲天) : 왕노릇 하는 자는 백성을 하늘로 여겨야 한다.

⁑〈사기〉(史記)

국지폐흥 재어정사 정사득실 유호보좌(國之廢興 在於政事 政事得失 由乎輔佐) : 나라의 흥망은 정치에 달려 있고 정치의 득실은 보좌에 달려 있다.

⁑〈후한서〉(後漢書)

세인결교수황금 황금부다교불심(世人結交須黃金 黃金不多交不深) : 세상 사람들의 교제는 오로지 황금에 달렸다. 황금이 적으면 교제도 깊지 않다.

⁑장위(張渭)

치신막선어효 치국막선어공(治身莫先於孝 治國莫先於公) : 자기 몸을 다스림에는 효보다 앞서는 것이 없고, 나라를 다스림에는 공변됨보다 앞서는 것이 없다.

⁑소식(蘇軾)

풍운지회(風雲之會) : 영명(英明)한 군주와 현신(賢臣)이 서로 만나는 일이다. 영웅(英雄)과 호걸이 때를 얻어 뜻을 이룰 좋은 기회이다.

⁑두보(杜甫)

지피지기(知彼知己) 백전불태(百戰不殆) : 나를 알고 적을 알면 모든 싸움에서 위태롭지 않다.

⁑〈손자병법〉(孫子兵法)

인범선악지인 각이유류취(人凡善惡之人 各以類類聚) : 선한 자와 악한 자는 대개 끼리끼리 모인다. (그의 친구를 보면 그 사람의 됨됨을 알 수 있는 까닭이다.)

⁑퍼온 글

인지환재호위인사(人之患在好爲人師) : 사람의 근심은 남의 스승이

되기를 즐기는 데 있다. (스승은 아무나 되는 것이 아니다.) ⁑〈맹자〉(孟子)

첨유재측 선의장새 즉국위의(諂諛在側 善議障塞 則國危矣) : 아부하는 자들이 임금 곁에 있어서 올곧은 직언이 가로 막히면 나라가 위태롭게 된다. ⁑〈묵자〉(墨子)

유연천리래상회 무연대면불상봉(有緣千里來相會 無緣對面不相逢) : 인연이 있으면 천 리를 떨어져도 서로 알게 되고, 인연이 없으면 마주치더라도 서로 만나지 못한다. ⁑〈수호전〉(水滸傳)

겸청즉명 편청즉암(兼聽則明 偏聽則暗) : 양측 의견을 들으면 밝게 되지만 한쪽 의견만 들으면 어둡게 된다. ⁑〈자치통감〉(資治通鑑)

도사자란 도법자치(道私者亂 道法者治) : 사(私)를 따르면 어지러워지고 법(法)을 따르면 다스려진다. ⁑〈한비자〉(韓非子)

장실일령이군파신사(將失一令而軍破身死) : 장군이 명령 한 마디 잘못 내리면 군사가 파멸되고 제 몸도 잃게 된다. ⁑〈여씨춘추〉(呂氏春秋)

용욕승천수부운 인지사진대중인(龍欲昇天須浮雲 人之士進待中人) : 용이 하늘에 오르려면 반드시 구름을 타야 하고, 사람이 벼슬길에 오르려면 천거하는 사람을 기다려야 한다. ⁑조식(曹植)

낙민지락자 민역락기락(樂民之樂者 民亦樂其樂) : 백성의 즐거움을 지도자가 즐거워 하면 백성들도 그의 즐거움을 즐거워 한다. ⁑〈맹자〉(孟子)

양불교부지과 교불엄사지타(養不教父之過 教不嚴師之惰) : 길러주되 가르치지 않으면 아버지의 잘못이요, 가르치되 엄격하지 않으면 스승의 게으름 탓이다. (교육열이 강한 부모님과 엄격한 스승이 있어야 큰 인물이 나온다.) ⁑ 〈삼자경〉(三字經)

장부개관사시정(丈夫蓋棺事始定) : 대장부는 관 뚜껑이 덮인 뒤에야 그가 한 일에 대한 평가가 내려진다. ⁑ 두보(杜甫)

위국유삼계 유만세지계 유일시지계 유부종 월지계(爲國有三計 有萬世之計 有一時之計 有不終月之計) : 나라를 위한 세 가지 계책이 있으니 만 년의 계책, 한 때의 계책, 한 달의 계책이 그것이다. ⁑ 소식(蘇軾)

지애신이후지애인 지애인이후지보천하(知愛身而後知愛人 知愛人而後知保天下) : 자신을 사랑할 줄 안 다음에야 남을 사랑할 줄 알게 되고, 남을 사랑할 줄 안 다음에야 나라를 보존할 줄 알게 된다. ⁑ 소철(蘇轍)

지자불위중이거사 인자불위의이요명(智者不危衆以擧事 仁者不違義以要名) : 총명한 자는 위험한 무리로 거사하지 않고, 어진 이는 의리를 저버리면서 명성을 구하지 않는다. ⁑ 〈후한서〉(後漢書)

성인능보시 불능위시(聖人能輔時 不能違時) : 성인은 시대의 추세를 도울 수는 있을 뿐, 시대의 추세를 어길 수는 없다. ⁑ 〈관자〉(管子)

사자소이 전도수업해혹야(師者所以 傳道授業解惑也) : 스승이란 이치를 가르쳐 주고 지식을 강습하며 의혹을 풀어주는 사람이다.

⁑ 한유(韓愈) 〈사설〉(師說)

학불필박 요지유용(學不必博 要之有用) : 배움에 있어서 박식할 필요는 없으나 반드시 쓸모가 있어야 한다. ⁑ 나대경(羅大經)

백성소이양국가야 미문이국가양백성자야(百姓所以養國家也 未聞以國家養百姓者也) : 백성이 나라를 먹여 살리는 것이지 나라가 백성을 먹여 살린다는 말은 들어보지 못했다. ⁑ 〈효경〉(孝經)

자리이타(自利利他) : 자신에게 이로우며 남에게도 이롭다.

이타(利他)정신을 가지고 우선 남을 생각하고 자신은 이에 대한 보람(自利)을 느끼는 것이 성공한 삶이다. 인생의 종말에 이르러서는 그 살아온 모습을 심판대 거울(業鏡臺) 앞에 드러내 보이게 된다. 이타(利他)로 자리(自利)를 느끼는 생활은 새 사람이 되는 길이요, 구원에 이르는 길이다. ⁑ 퍼온 글

국궁진췌 사이후이(鞠躬盡悴 死而後已) : 국가와 사회의 위기 상황에서 온몸이 부서질 때까지 노력하고 죽음에 이르도록 정성을 다 할 것이다. ⁑ 제갈량(諸葛亮)의 〈출사표〉(出師表)

거안사위 사즉유비 유비무환(居安思危 思則有備 有備無患) : 안전한 상태일 때 위태로운 일을 생각하고, 생각을 하면 대비를 하고, 대비하면 걱정거리가 없다. ⁑ 〈좌전〉(左傳)

군지소이명자겸청야 기소이암자편신야(君之所以明者兼聽也 其所以暗者偏信也) : 군주가 총명하게 되는 것은 여러 의견을 고루 듣기 때문이며, 암둔하게 되는 것은 한쪽 말만 믿기 때문이다.

⁑ 왕부(王符)의 〈잠천론〉(潛夭論)

존불망망 안필려위(存不忘亡 安必慮危) : 존재해 있을 때 멸망할 수도 있음을 잊지 말고, 안전하게 있을 때 반드시 위험할 수도 있음을 염려해야 한다. ⁑〈삼국지〉(三國志)

정지소흥재순민심 정지소폐재역민심(政之所興在順民心 政之所廢在逆民心) : 정치는 민심을 따르는 데서 흥성하고, 민심을 거스르는 데서 쇠망한다. ⁑〈관자〉(管子)

위치유체 상하불가상침(爲治有體 上下不可相侵) : 다스림에는 체제가 있는 법이라서 상하가 서로 범하여서는 아니 된다. ⁑〈삼국연의〉(三國演義)

공숭유지 업광유근(功崇惟志 業廣惟勤) : 공적이 높은 것은 뜻이 있기 때문이며, 업적이 많은 것은 부지런하기 때문이다. ⁑〈상서〉(尙書)

국이망가 공이망사(國耳忘家 公耳忘私) : 나라 일에는 가정 일을 잊어야 하고, 공적인 일에는 사적인 일을 잊어야 한다. ⁑〈한서〉(漢書)

취천하여수천하 무기불능(取天下與守天下 無機不能) : 천하를 얻는 것도 천하를 지키는 것도 기회가 없이는 안 된다. ⁑소순(蘇洵)

이어국자애지 해어국자오지(利於國者愛之 害於國者惡之) : 나라에 이로운 것을 사랑하고 나라에 해로운 것을 미워한다. ⁑〈안자〉(晏子)

지출천하 이청어지우(智出天下 而聽於至愚) : 천하에서 가장 특출하게 총명한 사람도 어리석은 사람의 말을 들어야 할 때가 있다. ⁑소식(蘇軾)

불의이부차귀 어아여부운(不義而富且貴 於我如浮雲) : 의롭지 못한 행위로 부귀하게 되는 것이 나에게는 뜬구름과 같도다. (결과보다 절차가 중요하다. 옳지 못한 과정으로 부자가 되면 뒤탈이 생기게 마련이다.)

⁑ 〈논어〉(論語)

호관필불애전(好官必不愛錢) : 훌륭한 공직자는 정녕 돈에 아랑곳하지 않는다. (돈을 지나치게 좋아하면 뒤탈이 생긴다.) ⁑ 오여륜(吳汝綸)

천하수평 불감망전(天下雖平 不敢忘戰) : 천하가 태평스러워도 전쟁을 잊으면 안 된다. ⁑ 소식(蘇軾)

임관막여평 임재막여렴(臨官莫如平 臨財莫如廉) : 벼슬하는 데는 공평한 것보다 나은 것이 없고, 재물 앞에서는 청렴한 것보다 나은 것이 없다. ⁑ 퍼온 글

거간자색 전기자고(距諫者塞 專己者孤) : 직언을 멀리하면 앞길이 막히고, 혼자만을 오로지 하면 외롭게 된다. ⁑ 항관(恒寬)

재난지탄 고금공지(才難之嘆 古今共之) : 인재를 얻기 어렵다는 한탄은 옛날이나 지금이나 마찬가지다. ⁑ 소식(蘇軾)

양희필다일미지언 양로필다일악지언(兩喜必多溢美之言 兩怒必多溢惡之言) : 쌍방이 다 기뻐하면 찬사가 오가고, 쌍방이 다 노하면 욕설이 오간다. ⁑ 〈장자〉(莊子)

가회이덕 난굴이력(可懷以德 難屈以力) : 덕으로 회유할 수는 있어도

힘으로 굴하게 하기는 어렵다. ⁑〈위씨춘추〉(魏氏春秋)

중불부자 인부족야 부이불치자 의부족야(衆不附者 仁不足也 附而不治者 義不足也) : 사람들이 잘 따르지 않는 것은 인(仁)이 부족하기 때문이며, 따르는 자를 잘 이끌지 못하는 것은 의(義)가 부족하기 때문이다.

⁑〈삼국지〉(三國志)

국가가 나를 위하여 무엇을 해야 하는가를 묻지 말고 내가 국가를 위하여 무엇을 할 것인지 물어보라. ⁑미국 케네디 대통령의 취임사에서(1961년)

불인자재고위 시파기악어중야(不仁者在高位 是播其惡於衆也) : 어질지 못한 자가 높은 자리에 있는 것은 악덕을 뭇 사람에게 퍼지게 하는 것이다. ⁑〈맹자〉(孟子)

고인지소이자표현어후야자 이유언어문장야(故人之所以自表見於後也者 以有言語文章也) : 옛 사람들이 후세에 그 명성이 전해지고 있는 것은 말을 문장으로 남겼기 때문이다. ⁑퍼온 글

위지어미유 치지어미란(爲之於未有 治之於未亂) : 문제가 생기기 전에 방지하고 난리가 일어나기 전에 다스려야 한다. (일이 생기기 전에 예방하는 것이 상책이다.) ⁑〈노자〉(老子)

천하치란출어하정지통새(天下治亂出於下情之通塞) : 천하의 안정과 어지러움은 민정이 통하는가 막히는가에 달려 있다. ⁑소식(蘇軾)

순지자창 역지자불사즉망(順之者昌 逆之者不死則亡) : 순응하는 자는

창성하고 거역하는 자는 죽지 않으면 망한다. ⁑〈사기〉(史記)

겸청측명 편청즉암(兼聽則明 偏聽則暗) : 양쪽 의견을 다 들으면 밝게 되지만 한쪽 의견만 들으면 어둡게 된다. ⁑〈자치통감〉(資治通鑑)

상하불화 수안필위(上下不和 雖安必危) : 상하가 화합하지 않으면 비록 겉으로는 무사한 것 같아도 언제인가는 위태하게 된다. ⁑〈관자〉(管子)

입기국자종기속 입기가자피기휘(入其國者從其俗 入其家者避其諱) : 다른 나라에 들어서면 그 나라 풍속을 따라야 하고, 다른 집 대문에 들어서면 그 집에서 꺼리는 것을 피해야 한다. ⁑〈회남자〉(淮南子)

인지수요재원기 국지장단재풍속(人之壽夭在元氣 國之長短在風俗) : 사람의 수명은 원기에 달려 있고, 나라의 흥망은 풍속에 달려 있다.

⁑ 소식(蘇軾)

다산승 불산불승(多算勝不算不勝) : 미리 미리 따져보아야 이길 수 있고, 따져보지 않고 덤비면 실패하기 쉽다. ⁑〈손자병법〉(孫子兵法)

가급인족 천하대치(家給人足 天下大治) : 집집마다 부유하고 사람마다 넉넉하면 천하가 잘 다스려진다. ⁑ 왕안석(王安石)

도근도 음근살(賭近盜 淫近殺) : 도박에 빠진 자는 절도범에 가깝고 음란한 자는 살인범에 가깝다. ⁑ 풍몽룡(馮夢龍)

황금유가 신예무가(黃金有價 信譽無價) : 황금은 정해진 값이 있으나

신망은 정해진 값이 없다. ⁑ 속담(俗談)

권출일자강 권출이자약(權出一者强 權出二者弱) : 권력이 한 사람에서 나오는 나라는 강하고 권력이 두 사람에게서 나오는 나라는 약하다.

⁑ 〈순자〉(荀子)

천하비일인지천하야 천하지천하야(天下非一人之天下也 天下之天下也) : 천하는 한 사람의 천하가 아니라 천하 사람의 천하다.

⁑ 〈여씨춘추〉(呂氏春秋)

양배물종 예졸물공 이병물식(佯北勿從 銳卒勿攻 餌兵勿食) : 거짓 패배한 군사는 쫓지를 말고, 사기 오른 군사는 치지를 말고, 미끼로 던진 군사는 탐내지 말라. ⁑ 〈손자〉(孫子)

언기시즉유공 언기비즉유죄(言其是則有功 言其非則有罪) : 옳은 일을 옳다 하면 공을 세우지만 그릇된 일을 그릇되다고 하면 죄가 된다. (옳은 말이라도 부정적인 내용은 심사숙고해야 한다.) ⁑ 소철(蘇轍)

군자불폐인지미 불언인지악(君子不蔽人之美 不言人之惡) : 군자는 남의 미행(선행)을 숨기지 아니하고, 남의 악행을 입에 담지 아니한다.

⁑ 〈한비자〉(韓非子)

낙함정불일인수구 반제지우하석언(落陷穽不一引手救 反擠之又下石焉) : 함정에 빠진 사람에게 손을 내밀어 구원하기는커녕 오히려 떠밀어 넣고 게다가 돌까지 던진다. (세상에는 너무 무자비한 일도 있다.)

⁑ 한유(韓愈)

사불필달 요지무괴(仕不必達 要之無愧) : 벼슬을 함에 있어서 반드시 큰 업적을 달성할 필요는 없으나 스스로에게 부끄러움은 없어야 한다.

⁑ 〈학림옥로〉(鶴林玉露)

중상지하 필유용부(重賞之下 必有勇夫) : 푸짐한 상이 있는 곳에 반드시 용맹한 사나이들이 몰려든다. ⁑ 〈손자병법〉(孫子兵法)

선사용능 불구장유(選士用能 不拘長幼) : 선비를 선발하고 유능한 자를 등용함에 있어서 나이 많고 적음에 구애되지 않아야 한다.

⁑ 〈삼국지〉(三國志)

도사자란 도법자치(道私者亂 道法者治) : 사사로움을 따르면 어지러워지고, 법을 따르면 다스려진다. ⁑ 〈한비자〉(韓非子)

고지용인 무택어세(古之用人 無擇於勢) : 옛날에는 사람을 등용함에 있어서 그 세력을 보고 등용하지 않았다. (실력과 세력 가운데 무엇을 보고 사람을 쓰느냐가 문제이다.) ⁑ 소순(蘇洵)

통즉불통 불통즉통(通則不痛 不通則痛) : 통하면 아프지 않고 통하지 아니하면 아프다. 기가 통해야 건강하다. 기가 막히면 병이 난다. (바른 말 하는 직신(直臣)이 있어야 통하고 아양을 떠는 유신(諛臣) 때문에 변고가 난다.) ⁑ 〈한의서〉(漢醫書)

덕미이위존 지소이모대 무화자선의(德微而位尊 智小而謀大 無禍者鮮矣) : 덕이 적으면서 지위가 높고 지혜가 없으면서 꾀하는 것이 크다면 화를 당하지 않는 사람이 없느니라. ⁑ 〈명심보감〉(明心寶鑑)

천하지환 막대어부지기연이연(天下之患 莫大於不知其然而然) : 천하의 환란 가운데 그 이유를 모르는 것보다 더 큰 재난은 없다. ⁑소철(蘇轍)

여인이실 수소필밀(與人以實 雖疏必密) : 남에게 진실로 베풀면 비록 멀어도 가까운 사이가 된다. ⁑〈한시외전〉(漢詩外傳)

족식족병 민신지의(足食足兵 民信之矣) : 양식이 풍족하고 군사력이 잘 갖추어지면 백성이 위정자를 믿는다. ⁑〈논어〉(論語)

백인백색(百人百色)

자신만 옳고 정의롭고 다른 사람은 그렇지 않다고 생각하는 사람이야말로 화를 부르고 불행하게 된다. 서로 다르다는 것을 알고 깨닫는 사람은 지혜롭고 슬기로운 사람이다. 모든 이가 함께 공존하면서 살아가는 지혜와 슬기가 필요하다.

예장(禮將) 역장(力將) 지욕장(止欲將)

문왕이 태공에게 물었다. "전중에서 장수의 명령 한 마디에 두려움 없이 적진으로 뛰어들게 하려면 어떻게 해야 하는가?"

태공(太公)이 이에 답하였다.

"장수는 추운 겨울철에도 혼자 털가죽 옷을 입지 않고 무더운 여름철에도 혼자서 부채를 잡지 않으며 비가 내리더라도 혼자 우산을 펴지 않는 장수를 예장(禮將)이라 하고, 좁고 험한 길을 행군하거나 진흙탕을 지나가야 할 때 수레나 말에서 내려 함께 걸으며 병사들과 더불어 괴로움을 나누어야 하며 모든 힘을 같이하는 장수를 역장(力將)이라 하고, 군사들이 앉기 전에 미리 앉지 아니하며 군사들이 먹기 전에 먼저 먹지 아니하며 추위와 더위를 반드시 군사들과 같이하며 모든 욕심을 절제하는 장수를 지욕장(止欲將)이라 합니다."

(즉 병사에게 예를 갖추고, 병사와 같이 힘을 쓰고, 욕심을 절제하는 장수를 말한다.) ⁑퍼온 글

치관막약평 임재막약렴(治官莫若平 臨財莫若廉) : 벼슬을 다스림에는 공평해야 하고 재물에 임하여는 청렴하여야 한다. ⁑〈명심보감〉(明心寶鑑)

지도자의 한자성어(漢字成語)

인유학식 연후 사상급언론 자연고명(人有學識 然後 思想及言論 自然高明) : 학식이 있고 난 뒤에야 사상과 언론이 자연스럽게 높고 밝아진다. ⁑이승만 대통령(李承晩 大統領, 1960)

혁명완수(革命完遂, 1966) 도약(跳躍, 1967) 유비무환(有備無患, 1972) 국론통일(國論統一, 1978) ⁑박정희 대통령(朴正熙 大統領, 1962)

유시유종(有始有終) : 시작할 때부터 끝날 때까지 변함이 없음. 제심합력(齊心合力) : 마음과 힘을 모아 나아가자. ⁑김영삼 대통령(金泳三 大統領)

새 천년(千年) 새 희망(希望) ⁑김대중 대통령(金大中 大統領)

부위정경(扶危定傾) : 위험과 기울어짐을 극복하자. 일로영일(一勞永逸) : 현재의 노고로 영원히 안락을 누린다. 일기가성(一氣呵成) 단숨에 일을 해내자. ⁑이명박 대통령(李明博 大統領)

호질기의(護疾忌醫) : 질병을 숨기고 고치려 하지 않음. 방기곡경(旁

岐曲徑) : 바른 길로 순탄히 가지 않고 되지 않을 방법으로 억지를 씀. (2009) 장두로미(藏頭露尾) (2010) 꼬리는 노출한 채 머리만 숨김.

⁑ 교수신문(敎授新聞) 정부 정책에 대한 충고.

민심지욕 천필종지(民心之欲 天必從之) : 백성이 원하는 곳으로 하늘이 따른다.

⁑ 〈서경〉(書經)

봉생마중 불부자직(蓬生麻中 不扶自直) : 쑥이 삼밭 가운데 자라면 도와주지 않아도 곧게 자란다.

⁑ 〈사자소학〉(四字小學)

지하철에서 일어난 패륜의 모습

얼마 전 한 주부가 자기 아이를 만졌다며 할머니 얼굴을 페트병으로 때리는 사건이 알려졌다. 그 후 며칠 지나서 역시 지하철 내에서 "다리를 꼬고 앉지 말라" 고 말한 노인에게 수십 번 욕설하는 젊은 남자 모습이 보였다. 노인세대는 요즘의 버릇 없는 젊은 세대가 개탄스럽고, 젊은 이들은 남의 일에 참견하는 노인들이 못마땅할 수 있다. 앞에서 말한 두 지하철 사건에서 몸을 던져 싸움을 말린 것은 또 다른 노인이었다.

교자이의(敎子以義) : 자식을 올바로 가르치기

부모는 자녀들이 올바르게 자라서 올바르게 세상을 살아갈 수 있게 잘 가르치고 바로잡아 주어야 한다. 학교에서 아동이 잘못을 저질러 벌을 받으면 그 부모가 학교로 찾아가서 교사를 폭행하고 난동을 부리는 것은 교육을 망치는 행위이다.

⁑ 정민 교수의 〈세설신어〉(世說新語)

필패지가(必敗之家)

1. 요직을 차지하고 앉아서 말 만들기를 좋아하고 손님을 청하여 집

앞에 수레와 말이 법석이는 자는 반드시 망한다.

2. 무뢰배(無賴輩), 건달이나 이득을 챙기려는 무리를 모아다가 일의 향방을 따지고 이문이나 챙기는 자는 망한다.

3. 높은 지위에 있으면서 정객이나 잡술가(雜術家)를 청해다가 공사간에 길흉 묻기를 좋아하는 자는 망한다.

4. 공연히 백성을 사랑하고 아랫사람을 대속(代贖)한다는 명예를 얻고 싶어서 거짓으로 말과 행동을 꾸며 유자(儒者)인 체하는 자도 망한다.

5. 이것 저것 서로 엮어 아침의 말과 낮의 행동이 다른 자는 망한다.

6. 으슥한 길에서 서로 작당하여 사대부와 서로 사귀기를 좋아하는 자는 망한다.

7. 언제나 윗자리에 앉아야만 직성이 풀리는 자는 망한다.

⁂ 정민 교수의 〈세설신어〉(世說新語)

정치인과 기저귀

정치인과 기저귀는 자주 갈아야 한다. 왜 그런가? 똑같기 때문이다. 정치인들을 빗댄 글들이 많다. 민주주의는 당신이 가장 덜 싫어하는 후보에게 투표함으로써 굴러간다. 정치인은 주인이 되기 위해 하인의 시늉을 한다. 정치인은 자신의 자리를 지키기 위해서 무엇이든지 가리지 않고 하는 사람들이다.

⁂ 퍼온 글

중국(中國)의 효자(孝子) 백 만 명 만들기

배금주의(拜金主義) 풍조 속에 패륜범죄의 확산으로 골머리를 앓던 중국이 5년 내에 효자 백 만 명을 키우는 운동을 시작했다. 요즈음의 효도는 흔히 물질적인 부양에 그치고 있는데 이는 개나 말도 하는 견마지양(犬馬之養)이라고 한다.

효의 으뜸은 부모를 마음으로부터 공경하는 것이다. 다음에는 부모를 욕되지 않게 하는 것이고 다음에는 부모를 물질적으로 부양하는 것이다. 중국에는 옛날에 모범을 보여주는 효자가 많았다. 초나라 노래자(老萊子)는 나이가 70세이었으나 90세 넘은 부모님을 즐겁게 하려고 집에서 늘 색동옷을 입고 어린이처럼 재롱을 피웠다고 한다. 왕상(王祥)은 병석의 어머님을 위해 꽁꽁 언 강에 나가서 옷을 벗고 체온으로 얼음을 녹이자 잉어 두 마리가 얼음 위로 튀어 올라왔다고 한다.

쟁신(諍臣) 쟁자(諍子) 쟁우(諍友)

천자(天子)는 간쟁(諫諍)하는 신하가 일곱 명만 있어도 천하를 잃지 않고, 제후(諸侯)는 5명, 대부(大夫)는 3명, 아비는 바른 말하는 자식이 있다면 불의함에 빠지지 않는다고 한다. 쟁우(諍友)는 친구의 실족(失足)을 막아준다.

⁑〈효경〉(孝經)

삼인성호(三人成虎) : 세 사람의 입이 있지도 않은 호랑이를 만들어낸다.

⁑〈한비자〉(韓非子)

적우침주(積羽沈舟) : 새털도 쌓이면 배를 가라앉게 한다.

⁑〈전국책〉(戰國策)

수정장점(隨定粧點) : 정해진 바에 따라 꾸며 보탠다.

역사는 승자의 기록이다. 이긴 자는 미화되고 진 자는 악하거나 무능하게 그려진다. 결과만으로 선악과 시비를 단정해서 판단해선 안 된다. 이긴 자가 늘 선하거나 옳은 것은 아니다. 졌다 해서 그가 악했거나 옳지 않았던 것도 아니다. 천하의 일은 놓인 형세가 가장 중요하고, 운의 좋고 나쁨은 그 다음이며 옳고 그름은 가장 아래가 된다. 우리는 너무 함부로 말하며 멋대로 판단한다. 그래서 실수를 반복하고 화를 자초한다. 자기 말은 항상 옳다고 우기는 사람이 제일 무섭다.

⁂ 정민 교수의 〈세설신어〉(世說新語)

오탁(五濁) : 세상의 다섯 가지 더러운 일. 오재(五滓), 오혼(五渾)

명탁(命濁)—인생의 수명이 짧아서 백년(百年)을 채우지 못하는 일.

중생탁(衆生濁)—중생의 죄악(罪惡)이 많아서 의리(義理)를 모르는 일.

번뇌탁(煩惱濁)—애욕(愛慾)을 탐하여 마음을 괴롭히는 일.

견탁(見濁)—봄으로써 생기는 더러운 일.

겁탁(劫濁)—기근 · 질병 · 전쟁의 연달음으로 인한 고통.

⁂ 원효대사(元曉大師)

승영시식(蠅營豕息) : 파리처럼 분주하고 돼지처럼 씩씩거린다.

청정하던 땅에 갑자기 똥을 버리면 파리떼가 몰려들어 내쫓아도 다시 달라붙는다. 세상 사람들이 권세와 이익을 따르는 것도 이와 같다. 권세와 이익을 향한 집착은 똥덩이를 향해 달라붙는 파리떼와 같고 먹이를 향해 꿀꿀대며 달려드는 돼지와도 같다.

⁂ 정약용(丁若鏞). 왕간(王侃)

오교삼흔(五交三釁)

우정에는 소교(素交)와 이교(利交)가 있다. 소교(素交)는 비바람 눈보라의 역경에서도 흔들리지 않는 현인달사(賢人達士)의 변함없는 우정이다. 이교(利交)는 속임수와 탐욕을 바탕에 깔아 험악하기 짝이 없고 변화무쌍한 것이다. 소교(素交)가 사라지고 이교(利交)가 일어나면서 천하는 어지러워지고 천지의 운행이 조화를 잃게 되었다. 이교에는 다섯가지가 있다.

첫째, 세교(勢交)이다. 권문세가에게 바짝 붙어서 못하는 짓이 없는 사귐이다.

둘째, 회교(賄交)이다. 재물 있는 자에게 찰싹 붙어서 떡고물을 주워 먹으려는 사귐이다.

셋째, 담교(談交)이다. 권력자의 주변을 맴돌면서 입으로 한 몫 보려는 행태이다. 입으로 못할 일이 없다.

넷째, 궁교(窮交)이다. 궁할 때 동병상련으로 서로 위해 주는 듯하다가 한순간에 등을 돌리어 제 이속을 챙기는 배은망덕의 사귐이다.

다섯째, 양교(量交)이다. 말 그대로 근량을 재는 우정이다. 이해관계가 좌우한다.

다섯 가지 이교(利交)에서 다시 삼흔(三釁－세 가지 문제)이 발생한다.

1. 패덕진의(敗德珍義) 금수상약(禽獸相若)이니 덕과 의리를 무너뜨려 금수(禽獸)와 같은 행위를 하는 것이다.

2. 난고이휴(難固易攜) 수송소취(讎訟所聚)이니 우정을 굳게 하기는 커녕 쉽게 떨어져 마침내 원수가 되어 서로 소송질이나 하는 것이다.

3. 명함도철(名陷饕餮) 정개소수(貞介所羞)이니 탐욕의 수렁에 빠져 뜻 있는 사람의 손가락질을 받게 되는 것이다.

⁑ 중국 남조 유준(劉峻)의 〈광절교론〉(廣絶交論). 한양대 정민 교수.

만이불일(滿而不溢) : 가득하지만 넘치지는 않는다.

윗 자리에 있으면서 교만하지 않으면 지위가 높아도 위태롭지 않다. 절제하고 아끼고 법도를 지키고 살아가면 가득차도 넘치지 않는다. 기세를 낮추고 도량을 넓혀 겸양으로 처신하는 것이 부귀와 자리를 오래 가지는 비결이다.

⁑ 〈효경〉(孝經)

추연가슬(墜淵加膝) : 군자가 사람을 쓸 때에는 마치 무릎 위에라도 앉힐 듯이 대하다가 물리칠 때에는 깊은 연못에 밀어칠 듯한다. (예쁠 때에는 살뜰하게 굴다가 내칠 때에는 뒤도 안 돌아본다는 의미이다.)

⁑ 〈예기〉(禮記)

이매망량(魑魅魍魎) : 산 속의 요괴와 물속의 괴물

두억시니(사나운 귀신) 또는 도깨비를 이른다. 이매망량은 음허(陰虛)한 기운과 목석(木石)의 정기(精氣)가 변화해서 된, 사람도 아니고 귀신도 아니고 이승과 저승에도 속하지 않는 존재라고 본다. 이매망량은 음습한 곳에 숨어 있다가 사람을 홀려서 비정상적 행동을 하게 만든다. 사람이 갑자기 비정상적 행동을 하는 것을 도깨비의 장난이라고 한다. 이를 피하기 위해서는 마음의 맑은 상태를 유지하는 것이 관건이고 욕심과 탐욕이 끼어들면 맑음은 어두움으로 변한다. 어두움은 정신을 이매망량(魑魅魍魎)의 놀이터로 만든다.

⁑ 한양대 정민 교수의 글

도유우불(都兪吁咈) : 임금과 신하들간에 정사를 토론할 때 찬성과 반대의견을 거리낌 없이 펼치고 허물없이 받아들였던 일을 두고 하는 말이다. 도(都)는 찬미의 뜻이고, 유(兪)는 동의하여 호응함을 뜻하고, 우(吁)는 생각이 다른 것이고, 불(咈)은 반대의 뜻이라 한다.

⁑ 〈서경〉(書經)

세족(洗足)과 탁족(濯足)

교황(敎皇) 프란치스코는 소년원 재소자(少年院 在所者)의 발을 씻어주고 그 발에 입맞추는 세족식(洗足式)을 가졌다 한다. 발은 더럽고 냄새나는 부위이다. 이는 성(聖)과 속(俗)의 교환이다.

한자문화권(漢字文化圈)에는 탁족이라는 말이 있다. 흐르는 강물이나

계곡에 발을 담그는 것을 말한다. 탁족을 본디 혼탁한 세상에서 벼슬하지 않고 물러난다는 뜻으로 쓴 말이다. ⁑굴원(屈原)의 〈어부사〉(漁父詞)

지인지감(知人之鑑) : 사람의 됨됨이를 보고 판단할 수 있는 능력

상위직(上位職) 또는 지도층(指導層)에 있는 사람에게는 만기친람형(萬機親覽型)이 있고 인사만사형(人事萬事型)이 있다고 한다. 만기친람형(萬機親覽型)은 모든 일을 직접 챙겨야만 직성이 풀린다는 스타일이고 인사만사형(人事萬事型)은 아랫사람을 제대로 뽑아놓으면 만사가 제대로 돌아간다고 믿는 스타일이다. 대부분의 사람들은 배신당하는 곤욕을 겪어본 뒤에 사람을 보는 안목이 배양된다고 한다. ⁑조용헌 교수

사회를 구원할 두 가지 선물

'제우스신' 은 전령자 '에로메스' 를 불러 인간사회를 구원할 두 가지 선물을 내려보냈다. 그 하나는 부끄러움 혹은 염치를 뜻하는 '아이토스' 의 신이고 또 하나는 정의를 뜻하는 '다케' 의 신이다. 사법부 로고의 저울을 든 여신이 '다케' 의 신이라 한다. 부끄러움과 염치란 창피하고 부끄러운 짓을 하였을 때 느끼는 감정이 아니라 부귀한 자가 빈천한 자를 보고 느끼는 감정을 말한다.

우리에게 주어진 부와 재능과 명성은 어쩌다 우리에게 잠시 머물고 있는 우연한 행운이지 당연한 권리가 아니라는 것이다. 그래서 그 행운을 누리지 못하는 다른 사람들 앞에 부끄러움을 느껴야 한다는 것이다. 세상에는 하고 싶어도 할 수 없는 일이 있고 할 수 있어도 하지 않는 일이 있다. 여기서 우리가 지켜야 할 것은 후자의 미덕이다. 공자가 말한 충서(忠恕)도 이와 상통한다. ⁑퍼온 글

무료불평(無聊不平) : 즐길 만한 일이 아무것도 없다는 뜻이다.

꿈이 있고 할 수 있는 의지와 능력이 있는데 세상은 나를 외면하고, 쓸모없는 사람취급을 한다. 이때 생기는 마음이 무료불평이다. 마음에 맞는 일이 없어 무료하고 끝에 남는 것이 불평이다. 하지만 무료불평을 창조적 에너지로 쏟아 부울 때 예상을 뛰어 넘는 성과를 거둘 수 있다. 한 사회의 건강성은 구성원이 무료불평을 어떻게 창조적 에너지의 동력으로 삼느냐에 달려 있다. 무료불평을 행패로 풀게 하면 안 된다. 시스템의 마련 뿐만 아니라 개인의 자발적 의지가 중요하다.

⁂ 정민 교수의 〈세설신어〉(世說新語)

성사원방(省事遠謗) : 일을 잘 살펴서 비방을 멀리한다.

마땅히 멀리하고 끊어야 할 것은 딱 끊어야 한다. 큰일을 하자면 멀리해야 할 것은 따져서 가늠하고(심찰소원, 審察疏遠), 일을 살펴 비방을 멀리하고(성사원방, 省事遠謗), 몸가짐을 무겁게 하고 사리와 사람을 잘 가려야 한다.

송(宋)나라 때 방관(房琯)이란 사람은 재상의 반열까지 올랐는데 거문고 악사 황정란(黃庭蘭)을 가까이 두고 출입하게 하였다가 그의 말에 혹하여 일을 그르치는 바람에 명성에 큰 누가 되었다 한다.

왕자(王子)의 사부(師傅) 민백형(閔伯亨)은 분매(盆梅)를 길렀는데 그가 외직(外職)으로 떠나게 되자 왕자가 임금에게 바친다며 그 분매를 달라고 요청하자 '바깥사람들이 왕자가 바친 것으로 알지 못하고 자신이 임금에게 총애를 얻으려 아첨하는 것이라 비웃을 터이니 분매를 드릴 수 없다' 고 하였다. 그는 일을 잘 살펴 비방을 멀리하는 성사원방(省事遠謗)의 이치를 잘 알았다고 할 만하다. ⁂ 〈효빈잡기〉(效顰雜記)

부록 1

나(하곡)의 등대

부록1 나(하곡)의 등대

《나의 등대(燈臺)》: 임관하여 청주를 떠날 때 받은 격려의 글

어느 날 책장 구석에서 나의 장년기에 승진(昇進)하여 서울로 전근(轉勤)할 때 청주교도소에서 고락을 함께 하던 직장 선후배님들의 승진축하와 격려 등이 담긴 비망록을 발견하였다.

그것은 단기 4293년(서기 1960년)도의 것으로서 55년 전의 것이며 지금에 와서 그 내용을 하나하나 살펴보면 온정이 흠뻑 담긴 축하와 격려 등으로 가득찬 것이어서 깊은 감회에 잠기게 한다. 그 당시에 교정직(矯正職) 동료들의 필자에 대한 축하와 격려는 존경스러웠고 나에게는 금언(金言)과 같은 것이었다. 몇 가지를 소개하면 다음과 같다.

석벽춘풍(石壁春風)

봄바람과 같이 화기애애하면서도 돌벽과 같이 굳은 의리를 가져라.

⁑ 이창교 부장(李昌敎 部長)

영국인(英國人)은 생각한 후에 뛰지 않고, 뛴 후에 생각하지 않고, 걸으면서 생각한다. ⁑ 김태오 부장(金泰旿 部長)

노력(努力)의 대가(代價) 축임관(祝任官)

온건한 성품(性品)의 소유자(所有者)인 지 간수장(池看守長). 행형(行刑)의 초석(礎石)이 되려고 믿음직한 체격의 양견(兩肩)에는 초순(初旬)달이 비치었습니다. 불원장래(不遠將來) 보름달이 비칠 것이니 만천하(滿天下)에 광명(光明)을 주시기를 기원(祈願)합니다. 천리만리(千里萬里)를 가나 잊지 맙시다. 붕우유신(朋友有信). 지 간수장(池看守長)의 옥안(玉顔)을 그리며 울적한 심회(心懷)로 단기 4293년 5월 20일 午前 3시.

⁑ 막걸리 대장 이종운(李鍾云), 간수장(看守長)은 현재의 교감(矯監)

노력(努力)은 성공(成功)의 근원(根源)

굳은 의지(意志)와 송죽(松竹) 같은 절개를 지키고 일로(一路) 전옥(典獄, 지금의 교정이사관)의 앞날에 서광(曙光)이 비치기를 기원(祈願)합니다. ⁑ 박임삼 박정규 부장(朴林森 朴政圭 部長)

인생(人生)은 자연(自然) 속의 살랑바람에 나부끼는 갈대에 지나지 않습니다. 그러나 그것은 생각하는 갈대입니다.

⁑ 파스칼의 〈명상록〉(瞑想錄)에서 편호순(片浩純)

소양(小羊)과 더불어 잠자고 종달새와 더불어 일어나라. 신념(信念)은 산(山)이라도 동(動)케 한다. ⁑ 전교덕(全敎德)

가는 길… 김소월(金素月)

그립다 말을 할까 하니 그리워/ 그냥 갈까 그래도 다시 더 한 번/ 저 산에는 가마귀 들에 가마귀/ 서산에는 해 진다고/ 해 진다고 지저귑니다/ 앞강물 뒷강물 흐르는 물은/ 어서 따라 오라고 따라 가자고/ 흘러도 연달아 흐릅디다려.

⁑ 조병현(趙炳鉉)

가고파

내 고향 남쪽 바다/ 그 파란 물 눈에 보이네/ 꿈엔들 잊으리요 그 잔잔한 고향바다/ 지금도 그 물새들 날으리/ 가고파라 가고파/ 어릴 때 같이 놀던/ 그 동무들 그리워라/ 어디 간들 잊으리요/ 그 뛰놀던 고향 동무/ 지금은 다 무얼하는고 보고파라 보고파/ 가서 한 데 얼려 옛날같이/ 살고 지고/ 내 마음 색동옷 입혀/ 웃고 울고 지내과저/ 그날 그 눈물 없던 때를/ 찾아갈까 찾아가.

⁑ 유광선(柳光善)

축임관(祝任官)

떠나가시는 데 웃으운 말을 하겠습니다. 재직시(在職時)에는 자미(滋味)있는 말을 하지 못하였는데 여기서 툭 털어 놓겠습니다. 6~7월에는 수박이 맞물이라지요. 특히 서울에는 수박이 많이 있다지요. 수박대장 이규상을 불러 주세요. 형(兄)은 임관(任官)하여 영전(榮轉)하여 좋겠지만 수박대장은 수박이 나와야 좋지 않겠습니까. 형(兄)! 수박대장을 꼭 청주에 오시면 찾아주세요. 그런데 형(兄)은 영전(榮轉)하여 수박 한 통으로 웃겨주세요. 끝으로 행복(幸福)을 기원하면서….

⁑ 수박대장 이규상

축하(祝賀)

끝없이 푸른 오월(五月)의 하늘도 힘차게 솟아오르는 아침 햇빛도 오직 영예(榮譽)의 몸 간수장(看守長)님을 위하여 있는 듯합니다. 한 직장(職場)에서 수년(數年)을 살아온 제가 어찌 이 일을 기쁘다 아니 하리요.

인생(人生), 그것은 헛된 것이 아니니 내일(來日)의 벅찬 희망(希望)과 거듭 빛나는 영예(榮譽)의 몸이 되실 간수장(看守長)님께 그 얼마나 아름다운 것이겠습니까.

'산은 높으나 끊임없이 걸어라.' 이 말은 누구를 위하여 한 말입니까. 아름다운 인간수업(人間修業)과 빛나는 내일(來日)의 영예(榮譽)를 위하여 더욱 노력(努力)하시고 더욱 귀(貴)하신 몸이 될 간수장(看守長)님께만 알맞은 말인 듯 생각됩니다. 한 직원(職員)으로서 아니 험(險)한 인생(人生)의 한 벗으로서 저는 진심(眞心)으로 오늘의 빛나는 영예(榮譽)를 축하하는 바입니다.

⁑ 지창옥(池昌玉)

뼈에 사무치도록
생활(生活)은 슬퍼도 좋다.
저문 들길에 서서
푸른 별을 바라보자.
푸른 별을 바라보는 것은
거룩한 나의 일과(日課)이거니

⁑ 홍춘기(洪春基), 신석정(辛夕汀)의 〈들길에 서서〉 후단(後端)

축임관(祝任官)

때는 먼동이 텄습니다. 밝은 천지(天地)에 광명(光明)의 빛이시기를 하나님께 복기(伏祈)하나이다. 5. 26

⁑ 털털대장 안중권(安重權)

만인(萬人)에게 물어서 만인(萬人)마다 원하는 한 가지가 있으니 이것은 즉 복(福)이라 하겠다. 처(妻)를 잘 보면 처복(妻福)이라 하고 자식(子息)을 잘 보면 자식복(子息福)이라 하겠다. 나는 복(福)보다 지 간수장

(池看守長)님께 원(願)하는 한 가지가 있으니 그것은 즉 인화(人和)로써 공무(公務)에 충실(忠實)하여 주기 바랍니다.

지 간수장(池看守長)님의 건강(健康)을 빌며….

⁑ 계호과 야근 김윤경(戒護課 夜勤 金允經)

형(兄)님은 원(願)대로 가시나이까. 형(兄)님이 가시는 길은 얼마나 좋으신 길인가요. 같이는 갈 수 없을까요. 형(兄)님이 가시는 길은 영광(榮光)의 길이겠지요. 그러나 이 어린 동생(同生)은 어미 잃은 송아지처럼 울고만 싶습니다만은 갈래야 갈 수 없는 길이기에 형님의 영광(榮光)만을 두 손 모아 축복(祝福)합니다.

⁑ 김성배(金成培)

오늘의 기쁜 마음 영원(永遠)토록 가시지 말고, 오늘이 영원(永遠)토록 계속되어 행형(行刑)의 왕관(王冠)을 받으시기를 빕니다. 영광(榮光)의 임관통지(任官通知)를 회상하면서….

⁑ 박병근(朴炳根)

군자(君子)는 유어의(喩於義)하고 소인(小人)은 유어리(喩於利)하나니 유인자(唯仁者)라야 능호인(能好人)하고 능애인(能愛人)하나니 만인(萬人)의 정(情)을 항시(恒時) 지실(知悉)하시고 중정(衆情)이 충족(充足)함을 아시라.

⁑ 송대섭(宋大燮)

형설지공(螢雪之功) : 이것만이 금일(今日)의 임관(任官)을 축하(祝賀)할 근본(根本)인가 합니다. 앞날의 건승(健勝)과 행운(幸運)을 축원(祝願)합니다.

⁑ 하동식(河東植) 4293. 5. 20

가일층 노력공부(加一層 努力工夫)

노력(努力)과 인내(忍耐)로 지 간수장(池看守長)님의 성공(成功)의 길이 왔습니다. 공자(孔子) 같은 성인(聖人)과 맹자(孟子) 같은 철인(哲人)도 노력(努力)으로 인생도(人生道)를 찾으셨다 합니다. 지 간수장(池看守長)님도 노력(努力)과 인내(忍耐)를 다하여 더한층 성공(成功)의 길을 찾으시오. 인생(人生)의 인도(引導)와 지도(指導)의 길을 가일층(加一層) 노력(努力)하여 공부(工夫)하시기를 축원(祝願)하면서…. 단기(檀紀) 4293년 5월 20일 ⁑지홍규(池洪圭)

꽃은 피면 지고 인간(人間)은 만나면 이별하는 자연법칙(自然法則)을 누가 이기겠습니까. 부장(部長)님과 어언간 4개년(四個年)이라는 세월(歲月)을 보내며 많은 지도(指導)를 받아오다가 작별(作別)하게 되니 한편으로는 영예(榮譽)스러운 임관(任官)을 축복(祝福)하면서도 작별(作別)하게 되니 섭섭한 마음 금(禁)치 못하며, 주제넘게 부탁할 것은 서울에는 미녀가 많음으로 미남(美男)이신 부장(部長)님은 주색(酒色)을 조심하시고 앞날에 더 큰 희망(希望)과 포부(抱負)를 가지시기를 바랍니다. ⁑기연(基然) 올림

전략(前略)

맑고 푸른 창공(蒼空)에 종달이 노래와 五月의 수평선(水平線) 꽃구름도 아름답게 깃드는 이때 지 선생(池先生)님은 청운(靑雲)의 꿈을 안고 수도(首都) 서울로 영전(榮轉)하시는 오늘 저희는 무한(無限)한 감격(感激)에 넘칩니다. 정신일도하사불성(精神一到何事不成)이라는 옛 격언(格言)도 있습니다. 부디 건강(健康)에 주의하시와 입신양명(立身揚名)하시기를 기원(祈願)합니다. ⁑조명래(趙明來)

근면(勤勉) 4293. 4. 11 ⁑우상신(禹相信)

인생과 성공. "우주는 무대요, 인생은 배우라." 어젯날의 희망과 소원이 오늘날에 성취되니 성공이 아니고 무엇이오리까? 근면(勤勉)은 부(富)의 근원(根源)이요, 초지일관(初志一貫) 실천궁행(實踐躬行)은 성공(成功)의 근원(根源)이 될 것입니다.

⁑ 오외분(吳外分)

무상(無常)

사람은 만나면 헤어진다는 것은 한 자연법칙(自然法則)인 것 같습니다. 불과일개유여성상(不過一個有餘星霜) 짧은 세월(歲月)이었지만 부장(部長)님께서는 매사(每事)를 수행(遂行)함에 있어 공정무사(公正無事)하게 직무(職務)를 집행(執行)하여 다른 동지(同志)들의 귀감(龜鑑)이 되시어 청형(淸刑)의 혜성(彗星)이라는 추앙(追仰)을 받는 부장(部長)님이 영예(榮譽)의 임관(任官)을 하여 이곳을 떠나시니 축하(祝賀)해 마지 않는 한편 섭섭하기 측량(測量)할 수 없습니다. 인생항로(人生航路)는 결(決)코 평탄(平坦)한 것이 아니오니 현실(現實)에 만족(萬足)하시지 말고 앞날의 더 큰 희망(希望)과 포부(抱負)를 가지시고 대한행형(大韓行刑)의 거성(巨星)이 되시기를 축복(祝福)하오며….

⁑ 기수(箕秀) 올림

전략(前略)

속담(俗談)에 '가는 사람은 등을 떠밀고 오는 사람은 손을 잡으라' 했다. 이제 형(兄)님의 영전(榮轉)의 길을 잡지 않고 나는 웃으며 등을 밀어 보내리라. 그래놓고 못 잊어 자꾸만 생각이 나면 어떻게 해야 할까? 이별(離別)이란 슬프다고. 그런 기성관념(旣成觀念)에서가 아니라 아무리 영전(榮轉)해 가신다 해도 섭섭함은 금(禁)할 길 없노라. 만난 지 불과 아홉 순 밖에 안 되고 짧은 세월이지만 그 사이 한 계절이 바뀌었으니 이 또한 의미(意味) 깊지 않다고 할 것이냐? 퍽이나 연하여 산들바람에 흔들리는 갈대는 강한 바람에 부러지는 법이 없고 굳은 체하는 소나무는 솔바람에는 견디나 강한 바람에는 부러지는 법이다. 형(兄)이여! 무어라 이별(離別)의 인사(人事)를 할까? ⁑김남훈(金南薰)

교옥인형전(敎玉仁兄前)

기쁘면서도 한 편은 섭섭합니다. 먼저 인형(仁兄)의 생(生)에 따뜻한 보금자리 깃들기를 축원(祝願)합니다. 오랜 기간(期間)은 못 되오나 3개월 동안 사랑의 손길 감사(感謝)하였습니다. 욕심 같아서는 좀더 모시고 싶은 날뿐이오나 인형(仁兄)의 가시는 길을 재촉합니다. 이것이 아우로서 하고 싶은 전부(全部)라고 할까요?

잘 이해(理解) 못했습니다만은 좀더 명랑(明朗)하신 편(便)을 택해 주셨으면 좋겠는데요. 서울거리를 활보하시오며 시골의 청주(清州)를 잊으시면 하는 쓸데없는 걱정이 되옵니다만은 종종 즐거운 소식(消息)이나 잊지 마세요. 적은 희구(希求)를 쌓아주심은 물론 부디 건강(健康)에 주의(注意)하시와 웃음의 얼굴을 잊지 마시기 바라오며 뵙는 날까지 안녕(安寧)하시기를 바랍니다. 단기 4293년 5월 18일 서운동(瑞雲洞) 30의 7호에서 자라나는 아우 ⁑박병희(朴炳熙)

별을 바라보며

1. 인내(忍耐)는 쓰나 그 열매는 달다.

2. 강(江)이 넓어야 물결이 유순(流順)하고 산(山)이 높아야 골짝이 깊다.

3. 우리 사람은 영원(永遠)히 행복(幸福)하기만은 누릴 수 없다.

당초에 인간이 창조될 때 웃음과 울음을 주었으며 웃고 웃는 도정(道程)에 인간(人間)의 역사(歷史)는 점철(點綴)되는 것이다. 웃음만 인간

(人間)의 전부(全部)가 될 수 없고 더군다나 울음은 인간(人間)의 전부(全部)가 아닌 것이다. 웃음은 울음을 싣고 오고 울음은 웃음을 싣고 가는 일종(一種)의 기약(期約) 없는 연락선(連絡船)인 것이다. 우리들은 연락선의 출항(出港)과 기항(寄港)을 바라보며 살고 있는 항구(港口)의 시민(市民)들인 것이다. 불 꺼진 항구(港口)인 우리 사회(社會)를 밝힐 수 있는 등대(燈臺)의 주인공(主人公)이 되어주소서. 청주(淸州)에서 길손….

⁂ 정일영(鄭一永)

축임관(祝任官)

인형(仁兄)의 건승(健勝)을 비오며 앞으로 절대로 변두리로 가지 말고 기왕이면 누각(樓閣)으로 가십시다. 풍경소리 장단 맞추어 술 마실 적에 나도 한 잔만? 꼭 부탁합니다.

⁂ 안경잽이 목사 전두철(目四 全斗喆)

비재천학(菲才淺學)한 저를 음(陰)으로 양(陽)으로 훈도(訓導)와 지도편달(指導鞭撻)하여 주신 데 대하여 심심(深深)이 사의(謝意)를 표하는 바입니다. 떠나가시는 데 주제 없게도 부탁(付託)은 꼬박 꼬박 붙박이식도 좋지만은 얼토당토도 좋지 않을까요? 가급적이면 둥글게 지나는 것이 좋지요. 물론(勿論) 제가 말씀 드리지 않아도 형님(兄任)께서는 잘 하실 줄 믿고 안심(安心)하고 졸병 생활(生活)하겠습니다. (이하생략)

⁂ 윤창호(尹昌鎬)

축임관(祝任官)

지프차 달리듯이 영전(榮轉)하시기를 빕니다.

앞날의 행형계(行刑界) 지프차식으로 전옥(典獄)이 되시어서 운전공(運轉工)을 하게 하여 주시오. …(이하생략)…

⁂ 이상귀(李相貴)

축임관(祝任官)

형(兄)님은 좋겠습니다. 그러나 여기에 있는 동안은 너무나 꼬박꼬박 하시었지요. 앞날을 위하여는 꼬박꼬박 해야 하는 것을 저도 잘 압니다. 여하튼 꼬박꼬박 하시어야지요. 저도 꼬박꼬박 하겠습니다. 4293. 5. 19.

⁑ 박성권(朴成權)

축임관(祝任官)

최후(最後)의 선(線)까지 진격(進擊)하오, 진격(進擊). 부산행 십이열차(釜山行 十二列車)가 달리듯이 최후선(最後線)에 도달시(到達時)까지 하나님께 기원(祈願)하오.

⁑ 스데키(すてき) 하용봉(河龍鳳) 5월 12일

축임관(祝任官)

굳은 의지(意志)와 송죽(松竹) 같은 절개로 변(變)함 없이 매진(邁進)하여 최후(最後) 목적(目的) 달성시(達成時)까지 분투노력(奮鬪努力)하시기를 두 손 모아 칠성(七星)님께 기원(祈願)하나이다. …(이하생략)…

⁑ 이종선(李鍾先)

《나의 등대(燈臺)》가 주는 소감(所感)

필자의 장년기(壯年期)였던 1960년대의 《나의 등대(燈臺)》가 비쳐주는 내용은 하나하나 되새겨 보면 나에게도 아름다운 꽃을 피우는 희망찬 한 때가 있었음을 느끼는 한 편 좀더 견실(堅實)한 열매를 맺지 못하고 인생의 석양길에 와서 후회스러움만 남는다.

《나의 등대(燈臺)》에서 보여주신 선후배님들의 충언(忠言)과 격려(激勵)는 내 인생의 성패를 좌우하는 중요한 교훈(敎訓)이었고 특히 필자의 성격(性格)을 지적하여 "꼬박꼬박 붙박이도 좋지만 둥글둥글 지내는 것도 좋지 않은가" 라고 충고한 것을 생각하여 보면 역시 나는 융통성 없는

'우직(愚直)스러운 사나이' 였다는 생각을 하게 되며 《나의 등대(燈臺)》를 몇 번이고 되새겨 음미(吟味)하며 과거를 아쉬워하며 나름대로 불의는 용납하지 못하는 일생이었다고 자위(自慰)하여 본다.

이제는 자신의 존재마저도 인정받기 힘든 노령의 끝자락에서 인생이란 무엇인가, 자신은 무엇인가를 사색(思索)하며 〈사(死)의 찬미〉에서 '광막한 평야를/ 달리는 인생아/ 너는 무엇을 찾으려 헤매나/ 이래도 한 평생/ 저래도 한 세상/ 돈도 명예도/ 사랑도 다 싫다' 라는 부질없는 인생의 한탄스러움과, 조오현 스님의 〈내가 나를 바라보며〉에서 '기는 벌레 한 마리가/ 꿈틀 꿈틀 기며/ 온갖 것 다 갉아 먹고/ 배설하며 알을 슬기도 하더라' 라는 인생의 단면을 헤아리게 된다.

그럼에도 불구하고 나는 인생을 마감할 때까지 인간사회를 아름답고 빛나고 자랑스러운 지상천국처럼 살아가기 위한 생활태도가 바람직하다고 생각되기도 한다.

필자(筆者)의 호(號)

본명 이외로 쓰이는 호(號)는 타인(他人)으로부터 불리우는 별명(別名)이요 인칭대명사(人稱代名詞)이다. 필자(筆者)의 호(號)는 자칭(自稱) 하곡(夏谷)이다. 하곡(夏谷)이란 호(號)의 연유는 고향땅인 충북 증평군 서북쪽에 있는 웅장한 두타산 대아봉(頭陀山 大雅峰) 밑에 있는 사곡(沙谷)과 아버님 항렬자(行列字)인 하자(夏字)와도 상통한다.

하곡(夏谷)이란 언제나 청정(淸淨)한 계곡물이 졸졸 노래하며 흐르고 각종 생물(生物)들이 공생하는 하나의 낙원(樂園)이다.

나는 산골짜기처럼 모든 것을 포용(包容)하고 공생(共生)하며 맑고 깨끗한 생명수가 노래하는 인간사회(人間社會)를 동경(憧憬)한다.

하곡(夏谷)은 이와 같은 필자(筆者)의 성정(性情)의 표현(表現)이다.

부록 2

나의 수상(隨想)

부록2 나의 수상(隨想)

낙엽(落葉)의 수상(隨想)

낙엽은 내팽개쳐진 쓰레기가 아니다. 떨어진 잎은 비바람 추위로부터 토양을 보호하고 수분 증발을 막아주며 썩어서는 영양분을 공급한다. 거룩한 희생의 표상이다. 낙엽귀근(落葉歸根)이라는 말이 있다.

(2003. 11)

낙엽추사(落葉秋思)

황갈색의 아름다운 낙엽. 덧없이 버림받고 땅위에 떨어져 뒹군다. 언젠가는 우리도 낙엽이 될 것이라는 우수 때문에 잠 못 이룰 때가 있다.

인생무상 제행무상(人生無常 諸行無常)이라. 슬픔도 가고 기쁨도 가고 사랑하는 사람도 미워하는 사람도 모두 다시 오지 못할 곳으로 가고야 말 것이다. 복과 불행도 가고 돈과 명예도 가고 어느 날에는 인생 전부가 갈 것이다. 그러나 세상이 너무나 비정하고 쌀쌀해도 가을의 우수가 뼈를 깎는다 해도 우리의 인생은 알차게 살아야 한다. 낙엽으로 져버릴 인생의 숙명 앞에서 과욕을 부린들 무슨 소용이 있겠는가. 언젠가는 물거품처럼 사라져 버릴 재물과 영예와 권력이다. (2003. 11)

심금(心琴)

채근담(菜根譚)에 '지탄유현금 부지탄무현금'(知彈有絃琴 不知彈無絃琴)이라는 글귀가 나온다. 이 말은 형체에만 얽매어 있어 '줄 있는 거문고만 탈 줄 알고 우리 주위에 있는 줄 없는 거문고는 탈 줄 모른다'는 것이다.

지저귀는 새소리, 졸졸 흐르는 시냇물소리, 대숲에서 불어오는 바람소리도 사람을 감동시키는 악기이다. 또한 사람의 마음도 악기가 될 수 있다. 마음의 거문고를 뜻하는 심금(心琴)이라는 말이 있다. 그렇다면 이 세상에서 가장 훌륭한 연주자는 누구일까? 아마 심금을 울릴 줄 아는 사람이 아닐까. 심금을 울리려면 사람의 마음을 감동시켜야 하는데 사람의 마음을 감동시키는 데는 선행보다 더 좋은 것이 없다.

※〈조일(朝日) 실용한자 심금(心琴)〉에서 '생태장단이생락자율원'(生態長短而生樂自律原)이란 사견(私見)을 밝힌 바 있다.) (2003.12)

피아(彼我)의 갈등과 조화

우리 인생은 안으로는 가족들과 밖으로는 이웃들과 더불어 살며 활동범위에 따라 여러 지역 사람들과 접촉하고 교류하며 서로 어울리어 살아간다. 더불어 살아가는 공동사회에서는 개인 또는 집단적인 교류와 어울림을 통해서 연합하고 의지하고 상생하고 연마하여 삶을 발전시키고 빛을 내게 된다. 그러나 저마다의 사유, 가치판단, 욕구, 이해, 성격, 환경 등에 따른 차이로 의합하고 상반되며, 투합하고 갈등하는 양상을 보인다.

나와는 상반됨을 불용하고 반목하여 융합하지 못하고 자신의 주장만을 고집하고 조화를 이루지 못한다면 서로가 불편하고 적대하는 경향도 나타나게 되고 심하면 심할수록 갈등은 격화된다. 갈등은 서로를 불화하게 하고 분열하여 파멸로 몰아갈 수 있는 씨앗이 될 수 있다.

갈등은 어떠한 방법으로라도 이성적이고 합리적인 수단에 의하여 극복되어야 할 과제이다. 우리의 하나하나의 행동이나 언사는 잠재하고 있는 내심의 표출이며 자신의 소양이고 인격의 표현이라 할 수 있다. 서로의 관계에서 갈등을 극복하고 원만한 관계를 유지하고 즐기는 것도 자신의 아량과 도량이고 삶의 슬기로운 지혜라 할 수 있다. 타협적이지 못하고 일방적이라면 남에 대한 최소한의 예의나 배려도 없게 되고 갈등은 심화할 수밖에 없다. 고음, 중음, 저음 등이 조화를 이루어 어우러졌을 때는 아름다운 화음으로 나타난다. 반면 조화를 이루지 못하는 음이나 엇박자는 듣기에도 역겨운 소음이 될 수밖에 없다.

우리의 삶의 과정에 있어서도 서로의 주장이 다르고 목소리가 다를 수 있으나 이를 조화롭게 융합하면 아름답고 행복하고 살맛나는 생활이 될 수 있지만 그렇지 못하면 분열되어 갈등이 올 수밖에 없을 것이다. 피아의 갈등 요인은 다양하여 일일이 거론하기 어려우나 이와 관련한 우리 겨레의 삶의 슬기와 본을 삼았던 고사 등을 참고로 살펴보는 것도 도움이 될 것으로 생각된다.

"두 사람의 마음이 합하면 쇠라도 자를 수 있는 힘이 되고 두 사람의 화기어린 말들은 난초보다 향기롭다"(二人同心其利斷金 同心之言其臭如蘭)는 말은 인류역사의 생활체험에서 얻어진 진리이다. 마땅히 말해야 할 때에는 말하지 않고 묵묵히 있다가 뒷자리에서는 불평을 늘어놓고 험담하는 것은 매우 잘못된 일로서 서로의 불화와 갈등 요인이 될 수밖에 없다. 중지를 모아 합리적인 결론에 이르기 위해서는 자신의 주장을 접을 줄 알아야 하고 중론을 존중할 줄도 알아야 한다. 자신의 소신 또는 주관도 없이 어떠한 관계로 이해관계에 치우쳐서 그른 것을 옳다 하고, 옳은 것을 그르다 함은 개인윤리나 사회윤리에 배반된 행위로서 심한 갈등이나 혼란을 조성할 수밖에 없다.

도덕률이 타락한 오늘날 자신의 이해에 따라서는 부끄러움도 모르고 아무 짓이나 서슴지 않는 경향이 많다. 욕구는 발전의 요인이라는 이론이 있으나 지나친 욕구는 선과 악의 혼동을 가져올 수 있으며 사람이 어떠한 성취욕에 집착하는 것과는 달리 양심을 저버리고 비위(非違)까지도 서슴지 않는 탐욕은 자신뿐만 아니라 타인까지 파멸케 하는 경우도 있다.

인간사회에는 더불어 살기 위한 규범이 있다. 규범이 지켜지지 않으면 혼란이 오고 잘못된 사리를 일리가 있다고 인정한다면 그것은 기존 질서나 규범을 뒤엎는 것일 수밖에 없다. 나의 모든 태도를 타인의 눈으로 바라보며 과격 · 치우침 · 사나움 · 거칠음을 느긋함 · 너그러움 · 온화함으로 가다듬고, 과격한 마음을 참기 위해서는 가슴 위에 칼을 놓고 마음의 충동을 제압하는 자세와 인내가 따라야 한다. 자기의 주장과 고집을 접고 중론(衆論)에 의합하는 것은 패배나 수치가 아니며 이는 마치 풍랑을 잠재우는 것과 같은 것이고, 한 발 물러섬은 바다보다 넓고 광활한 도량을 보이는 것이다.

우리의 민족 정서가 담긴 순박한 민요 '아리랑타령' 의 한 구절을 들어보자. "아리 아리 쓰리 쓰리 아라리요, 아리 아리 고개로 넘어간다. 흙물의 연꽃은 곱기만 하다. 세상이 흐려도 나 살 탓이지" 에서 후절은 간명하면서도 겨레의 순결과 곧은 의지가 숨겨져 있다.

남도 민요의 춘향가 중 "본관 사또 괄시 마라, 사또 아니면 열녀 춘향 어데서 날까" 라는 대목은 하나의 역설(逆說)을 통하여 우리 민족의 관후한 정서와 포용력을 보여준다.

나의 속마음을 채우기 위하여 남을 무시하고 비난하고 공격하는 행위 등은 마치 도적이 주인을 미워하는 것과 같은 무도한 행위이다.

"남을 사랑하고 불쌍히 여기기를 내 몸같이 하라. 남을 탓하지 말고 자신에게서 그 원인을 찾으라"는 것은 민족의 풍부한 애린(愛隣) 정서와 모든 잘못을 남의 탓으로 여기지 않고 스스로 부족함을 자책하는 관용과 포용력의 정서이다.

주위 사람을 배려하지 못하는 옹색한 마음을 '새가슴'이라고 하는데, 이는 매우 적절한 비유인 것 같다. 강물은 낮은 곳으로 흐르며 온갖 시냇물을 포용하여 대하(大河)가 되는 것은 자기를 낮추기 때문이다.

속 좁은 소인들이 진실과는 다르게 껍데기의 어느 일부분을 확대하고 어림잡아 짐작으로 말하는 경우를 보는데 이러한 경망스런 언동은 스스로를 비하하는 짓이요, 관련자들을 불쾌하게 하고 듣는 사람들을 힘들게 할 수 있다. 잘 알고 있을지라도 침묵하는 것은 신중을 기하는 증후함이다. 말이 많으면 실수도 하게 되고 일단 발설하면 주워 담을 수 없다.

연합하고 상생하는 말과 불화하고 갈등하는 말이 있다면 어느 편에 설 것인가. 말에는 예사로우면서도 뼈가 있음을 상기할 때 모름지기 '실없는 말 송사 건다'는 속담을 상기하고 신중해야 할 것이다. '입과 혀는 일신을 멸하는 도끼'라는 경구가 있다. 축복된 말은 축복으로, 저주의 말은 저주로 되돌아오는 것을 알고 있다면 한 마디의 말이라도 아무렇지 않게 함부로 할 것이 아니고 인정과 덕의 향내가 넘치게 해야 할 것이다.

행복한 삶과 불행한 삶이 엇갈리어 교차하는 전환점은 피아간의 의사소통이라 여겨진다. 남을 칭찬하기에는 백 마디의 말도 부족하나 남을 비방하는 말은 반 마디의 말도 남음이 있다는 경구가 있다.

공손, 너그러움, 믿음, 민첩, 은혜를 신중히 한다면 경시되지 않고, 관대한 자에게는 사람이 모이고, 진실한 자는 신뢰를 받고, 근면한 자는 실적이 오르고, 자애로이 대하는 자에게는 사람들이 기꺼이 따른다.

남이 자기를 사랑하기를 원한다면 먼저 남을 사랑하라. 삶의 상처를 감싸주고 마음을 터놓고 대화할 수 있는 공동체의 삶은 우리의 바람이요, 갈등을 극복하는 아름다운 삶이다. 우리의 삶의 태도는 언제나 정의의 편에 서고, 청렴을 지키고, 부끄러움을 알며, 남에 대하여는 완전무결하기를 바라지 말고 자신에게 모자람이 없는지를 살펴보고 서로의 차이를 인정하고 보다 높은 차원에서 이해하고 포용한다면 삶에서 나타나는 갈등을 극복할 수 있다.

요즘 일부의 계층에서는 땀 흘리는 것을 멸시하는 경향이 짙고 개인의 향락이나 나만의 만족 또는 행복만을 추구하는 개인주의가 만연하고 있다. 일반 시정(市井)은 물론이고 정가에 이르기까지 갈등과 분열이 심각하고 부끄러운 숨은 거래가 성행되고 있는 현실을 보게 된다. 이 때문에 개인윤리와 사회윤리가 깨어지고 사회가 혼돈에 빠진다.

인생은 헌신하는 가운데 아름다움과 명예가 나타나고 땀 흘리고 수고하는 가운데 풍성함이 오고 은혜와 사랑 가운데 감사가 나타난다. 이런 가운데 피아의 갈등은 극복되고 조화가 이루어진다. (2004. 6. 5)

임 찾아 가는 길 _ 하곡(夏谷)

한국병원 입원실, 임 찾아 가던 길
구불구불 이어간 좁은 고샅 길
낯선 그 길 잘못 들어 헤매던 길
그대의 아픈 시련 애태우면서
계절이 바뀌도록 하루 같던 길

지금도 그 길 옆에 다가선다면
지난 날의 그대 시련 떠오르면서
뭉클한 아픈 가슴 눈시울 젖고
괴로움도 슬픔도 함께 나누던
그래도 그 시절이 행복하였지

그대는 이 가슴에 상처 남기고
그처럼 무정하게 떠나야 했나
하염없는 수심과 고적에 잠긴
노을 진 석양 길 나 홀로 두고
나 몰라라 무정히 떠나갔는가.

(2014. 10. 07)

무상(無常) _ 하곡(夏谷)

황량한 사막 저 편
신기루 찾아 헤매는
피눈물 얼룩진 나그네의 길
동반자 의지하여
손잡고 헤매던 길

가슴에 품고 온 황홀한 무지개
그것은 한낱 허상이었나?
부질없는 그 길 비켜 먼저 간 그대
나를 두고 떠나버린 무정함이여
그대는 그다지도 급하였던가

삶의 여정 가슴마다
나름의 오색(五色) 구름 손짓하는데
이 가슴엔 외로움만 덧쌓이느니
누가 말했던가
인생은 허무하다고

(2015. 07. 05)

궂은비 _ 하곡(夏谷)

무더운 여름 저녁
어두움 깔리는데
소리 없이 내리는 궂은비
창틀 촉촉이 적시며
뚝뚝 떨어지는 낙수……
한 많은 이 세상
두고 간 님들의 눈물이던가
그리움 지우지 못한 나의 외로움
창밖에 내리는 궂은비 따라
촉촉이 촉촉이
젖어만 든다
촉촉이 촉촉이
젖어만 든다

(2015. 07. 07)

태극기 _ 하곡(夏谷)

제헌절 앞둔
거리 거리
태극기 물결치며
아름답게 휘날린다.

춤추듯 펄럭이는 저 태극기
자유, 평화, 사랑
대한민국의 표상(表象)
삼천리 강토의 정기(精氣)
겨레의 기개(氣槪)

펄펄 휘날리는
태극기 물결 따라
이 마음 출렁이며
벅찬 가슴 쿵쿵
용솟음 친다

태극기 흔들면서
노래 부르고
대한민국 만만세
크게 외치며
뛰고
또 뛰고
뛰고 싶어라

(2015. 07. 15)

부록3

눈물과 땀과 격동의 세월

부록3 눈물과 땀과 격동의 세월

머리말

나는 일제강점기의 농촌에서 태어나서 어린 시절부터 굶주리고 헐벗으며 성장하였고 20세 성년이 되어서는 일본군으로 강제 동원되어 군인생활 중 하마터면 생명을 잃을 뻔하기도 하였다.

1945년 8월 15일, 일본은 자신들이 저지른 2차 세계대전에서 연합군에게 무조건 항복함으로써 우리 민족은 일본의 억압에서 벗어날 수 있었다. 일본의 억압된 생활에서 벗어난 우리 민족은 무질서한 생활로 한때 혼란스러웠고 자유민주주의와 공산주의 사상으로 분열되어 유혈사태가 일어나는 경우도 예사이었다.

광복 후의 이러한 혼란 속에서 1948년 8월 15일, 대한민국 정부가 수립되었으나 숨을 고르기도 전에 1950년 6월 25일, 북한의 남침으로 동족상잔의 전란이 일어나서 많은 인명피해를 빚고 국가시설이 파괴되고 1953년 7월 27일 정전협정이 체결되었다.

그 이후에도 4.19의거, 5.16혁명과 같은 격동기를 거치면서 우리 민족은 애국 애족의 심혈을 기울여 오늘날에 와서는 선진산업국가로 발전하고 풍요로운 대한민국으로 발돋움하였다.

이처럼 일제의 쇠사슬에서 풀려난 지 70년의 세월이 흘러가고 자랑스러운 대한민국이 건설되기까지 우리 민족의 눈물겨운 아픔과 뼈를 깎는 노력의 단면을 되돌아보며 국가민족의 장래를 위하여 자신을 반성하고 참회하는 마음으로 이 글을 쓴다.

눈물과 피땀과 격동의 세월

— 우리는 이렇게 살아왔다

제1장. 일제강점기의 생활

1-1. 일제하 우리 민족의 수난

우리나라는 1910년 이후 악랄한 일본제국주의의 강점으로 민족의 유일한 생활자원인 농산물과 임산자원과 각종 지하자원을 착취당하고 젊은 인력은 징병(徵兵)과 징용(徵用)으로 강제 동원되어 희생되고, 미혼 여성들은 소위 정신대(挺身隊, 종군위안부)라는 명목으로 끌려가 일본군의 위안부로 희생되는 등, 말할 수 없는 고통 속에 살아왔다.

나는 우리나라가 일본의 식민지로 강점된 지 15년 후인 1925년 농촌에서 태어났다. 소작농으로 겨우 지내고 있는 농민들은 누구나 기근을 면하기 어려웠다.

특히 태평양전쟁이 발발한 이후로는 일본에게 곡식을 공출로 바치는 것뿐만 아니라 밥그릇과 수저까지 바치고 밤새워 가마니를 쳐서 바치기도 하였다. 아이들은 영양실조로 온몸에 종기가 나고 공부보다는 근로봉사에 동원되는 시간이 많았다. 모심기, 보리베기, 벼베기, 솔뿌리 캐기, 송진 따기, 풀베기가 일과였고 전염병도 많았다. 나는 일제의 교육을 받으며 성장하면서 보고 듣고 배우는 것들이 모두 일본 군국주의의 사회생활과 가치관에 젖어 있었다.

이것은 피할 수 없는 당시의 형편이었으며 이러한 잘못된 생활은 1945년 8월 15일 조국이 광복되기까지 계속되었다.

1-2. 강제 동원된 징병생활

나는 1945년 1월 초순 일본군 징병으로 징집되어 평양 제42부대에서 뼈가 빠질 정도로 혹독한 군사훈련을 받다가 갑자기 현해탄을 건너 일본 본토에 있는 아이치켄(愛知縣) 오카사키(岡埼)로 이동하였다. 이 당시 일본 본토의 크고 작은 도시는 연합군의 공습으로 모두 잿더미가 되다시피 황폐하여 있었다. 그 후 일본의 전세는 완전히 기울어져서 연합군이 오키나와 섬까지 점령하여 일본 본토가 위험에 빠지자 우리 부대를 이동시킨 것으로 보였다.

나는 어느 날 오카사키 역에 군수물자 수송을 위한 사역에 나갔다가 미공군 전투기의 맹렬한 사격을 받고 급히 화물차 밑으로 기어들어가 은신하여 가까스로 살아남았다.

우리 부대는 몇 달 후 다시 야마나시켄(山梨縣)으로 이동하였다가 그곳에서 일본의 무조건 항복으로 군에서 풀려나 귀국하게 되었는데 당시 나는 귀국하기까지 말로 다 할 수 없는 고통을 겪었다.

제2장. 8.15광복과 혼란

2-3. 8.15광복과 군정

1945년 8월 15일, 광복을 맞이한 우리나라는 불행하게도 북위 38도선을 경계로 남쪽은 미군, 북쪽은 소련군의 군정에 들어갔다. 당초에는 일본군의 무장해제를 위한 것이었지만 불행하게도 국토의 분단과 이념의 갈등을 조성하게 되었다. 나는 당시 온 민족과 더불어 군정과 신탁 통치를 반대하는 시위에 가담하기도 하였다.

2-4. 해외 민족 지도자의 입국과 정치활동

조국이 광복되자 해외 망명지 미국에서 이승만 박사가 입국하고 중국에서 대한민국 임시정부를 이끌어오던 김구 선생을 비롯한 많은 지도자들이 속속 입국하여 정부수립운동에 나섰고 북한에는 김일성이 나타나 공산국가 건국을 위한 주역에 나섰다. 귀국한 애국지사들은 뜻을 함께 하기가 어려웠고 정부수립은 지연되었다.

2-5. 사상분열과 혼란

군정하의 우리 민족은 민주주의와 공산주의 사상으로 분열되어 혼란에 빠졌다. 그 주요원인은 소련 군정하에 있는 북한의 공산주의 사상이 남한에까지 확산된 것이었다.

공산주의자들은 민족고유의 미풍양속의 하나인 충효사상도 땅에 떨어트리고 자기 아버지도 '동무'로 부르는 것이었다. 더욱이 이들의 난동 행위는 미군정 당국과 유혈충돌도 불사하고, 멋모르고 이에 동조하는 농민들조차 삽, 쇠스랑, 괭이 등 농기구를 들고 시위하는 일까지 벌어졌다. 이로 인하여 군정 당국에서는 그와 같은 소란행위를 금지하는 포고령을 공포하고 허가 없는 단체행위를 엄단하였다.

한편 북한에서 공산주의체제를 피하여 월남한 청년들은 '서북청년단' 을 조직하여 공산주의 극렬분자들을 색출하여 그들의 소란행위를 단속하였다.

나는 당시 대한청년단에 소속하여 있었는데 어느 날 농촌에 계신 부모님을 찾아뵈려고 집을 나섰다가 도중에 해가 져서 땅거미가 질 무렵 갑자기 충북선 오근장역 근방에서 사람들이 큰 소리와 함께 때려 부수는 것 같은 소란스러운 소리를 듣고 놀라서 길 옆으로 잠시 피신하였다. 소란이 멈춘 후에 궁금한 생각이 들어 경찰관 파출소를 찾아가서 그 진상을 알아보니 서북청년원들이 좌익 극렬분자들의 난동행위를 추궁하면서 일어난 일이라고 하였다.

2-6. 미국의 원조

우리나라는 일제가 물러간 후에도 극심한 빈곤을 면치 못하였다. 지난 시절을 되돌아보면 연못이나 봇도랑에 자라는 줄(다년생 식물)을 뽑아먹고, 칡뿌리와 메뿌리도 찾아다니며 캐어먹은 기억이 난다. 이때 우리는 아침에는 콩비지 또는 밀기울, 보리 겨, 쑥 등을 혼합한 밥을 먹었고, 해가 짧은 겨울철에는 점심을 거르고 저녁을 일찍 먹을 때도 있었는데 저녁에는 멀건 시래기죽이나 콩나물죽이었다.

이와 같은 식생활의 어려움은 미국의 원조로 많은 도움이 되었다. 원조물자는 쌀(안남미)과 설탕, 의류 등인데 대개는 통(統), 반(班)의 조직을 통하여 분배되었다.

나는 우리의 빈곤을 도와주는 미국에 대하여 감사한 마음이 들었고, 외국의 원조를 받아야 하는 우리 민족의 약소함과 가련함을 느껴보기도 하였다.

제3장. 나의 도전

3-7. 도약의 꿈

나는 1947년쯤 당시의 사회적 환경과 자신의 처지에서 이렇다 할 보람과 목표도 없이 세월을 낭비하는 안타까움에서 국가사회가 필요로 하는 삶이 되었으면 하는 꿈을 꾸던 중, 때마침 경찰관 채용시험이 있다는 것을 알게 되었고, 사회의 안녕과 질서를 담당하는 직무에 호기심을 가지고 이에 응시할 것을 마음에 굳히고 준비에 들어갔다.

드디어 시험 날짜가 왔다. 응시자들은 대개 해방 후 일정한 직업 없이 무의미한 생활로 소일하는 젊은 청년들이었으나 그 외모나 수준이 나보다는 훨씬 우월한 위치에 있는 늠름한 청년들로 보여서 나는 위축감을 느꼈다.

당시 청주경찰서에서 경찰관 채용시험을 치르고 난 3~4일 후 나는 알게 모르게 나에 대한 신원 조회가 있는 것을 감지하게 되었고 10여 일 후에는 경찰관 합격통지를 받게 되었다. 이어서 경찰학교 입교시일도 약 1주일 후로 임박하고 있었다.

나는 앞으로의 공직생활의 꿈에 부풀어 올랐다. 나는 이러한 사실을 고향에 계신 부모님께 알려 드리기 위하여 농촌에 계신 부모님께 찾아가 뵙고 경찰관 시험에 합격하여 1주일 후에는 경찰학교에 입교하게 된다는 사실을 말씀드렸다.

그러나 기뻐하실 줄 알았던 짐작과는 달리 아버님은 오히려 걱정스러운 꾸중을 하시는 것이었다. 그 당시 여수 · 순천 지방에 반란사건이 일어나서 좌익극렬 폭도들이 경찰관들에게 무차별한 만행을 저질렀다는 풍문이 자자하였기 때문이었다. 아버님은 “이러한 난시에는 나부대지 말고 조용히 묻히어 지내는 것이 좋으니라” 하시며 경찰학교 입교를 만류하시었다.

이때 나는 한 마디의 변명도 없이 아버님의 말씀에 순종하여 경찰학교 입교를 포기하고 말았다. 나는 아버님의 말씀에 순종하는 것이 당연한 자식의 도리로 알았고 만일 거역하면 절대로 안 된다는 것이 나의 신념이요 가치관이었다. 아버님은 항상 나를 많이 가르치지 못하고 일찍부터 객지로 떠돌며 고생하게 만들었다고 자책하며 나에게 항상 미안한 마음을 품고 계시다는 것을 나는 잘 알고 있었다. 아버님의 자식사랑은 성스러운 것이었다.

3-8. 대한민국 정부 수립

일제강점에서 해방된 우리는 미군정 하에서 국민의 사상 분열과 혼란을 겪으며 유엔의 감시 하에 총선거를 실시하여 1948년 8월 15일 대한민국 정부를 수립하였다.

대한민국 정부가 수립되자 미군정 당국은 그 임무가 끝나면서 한국에서 완전히 철수하였다. 그러나 북한을 포함한 통일정부가 아니라 남한만의 정부가 수립된 것은 가슴 아픈 일이었다. 그 원인은 북한에서는 신탁통치를 찬성하고 공산 통일정부를 수립할 것을 원하며 유엔 감시 하에 실시하는 총선거를 거부하였기 때문이었다.

3-9. 도약의 재시도

나는 경찰관 진출을 포기하고 약 1년이 지난 1948년까지 일정한 직업을 얻지 못하였기 때문에 무엇인가 안정된 직업을 가지는 것이 소망이었고 때로는 경찰관 진출을 포기한 것이 후회되기도 하였다.

나는 1948년 늦은 여름 어느 날, 부모님이 계신 농촌마을에 다녀오려고 나선 길목에서 흰 제복을 입고 긴 백통 칼을 허리에 길게 차고 가는 청년을 보았다. 후에 알고 보니 그 멋지게 보였던 청년은 형무소에 근무하는 형무관(刑務官)이었다. 내가 처음 보는 그 형무관은 아주 멋지고 화려하고 훌륭하게 보였다.

그 후 8촌 처남이 형무관이라는 말을 듣고 그 처남이 거주하는 외덕동에 찾아가서 보니 처남이 거처하는 방에도 어느 날 고향 가는 길에서 보았던 멋있는 제복이 걸려 있었다. 나는 이때 걸려 있는 제복을 보고 더 한층 형무관에 대한 관심을 가지고 그 처남에게 형무관이 되려면 어떤 과정을 거쳐야 하는지 알아 본 결과 1년에 몇 차례씩 법무부에서 시행하는 형무관 채용시험에 합격한 후 형무관학교에서 일정기간 교육을 받아야 한다는 것이었다.

나는 그 후 언제나 흰 제복과(형무관의 하복) 긴 백통 칼이 머릿속에 스쳐가곤 하였다. 그러면서 나는 산을 헤매면서 땔나무를 져 나르고, 건축공사 잡부 등 무슨 일이든지 닥치는 대로 가리지 않고 열심을 다하여 살아가야 했다. 1948년 당시 나에게는 두 살 되는 어린 자식이 있었는데 처는 그 어린 것을 등에 업고 다니며 화장품 장사를 하는 등 어려운 빈곤 생활에서 벗어나지 못하고 있는 처지여서 나는 보처자(補妻子)도 못하는 자괴감을 느끼는 경우가 많았다.

나는 다음 해인 1949년 2월 초순 쯤, 우연히 청주시 탑동에 있는 청주형무소 앞을 지나다가 게시판에서 형무관 모집공고를 보고 정신이 번쩍 들었다. 나는 마음이 설레었다. 시험날짜는 일주일 후로 임박하여 있었는데 나는 이 채용시험에 응시할 것을 결심하고 급히 응시원서를 작성하여 다음날 청주형무소에 제출하였다.

시험 당일 청주형무소에 나가 보니 응시자가 40여 명 정도 모여 있었고 이들은 모두 미끈미끈한 청년들이고 어떤 면으로 보아도 나는 이들과 겨루기에 힘겨워 보였다.

이때 청주형무소에서 1차 시험에 합격한 자는 응시자의 약 10분의2에도 미치지 못하였으나 나는 요행히 합격자 7명의 명단에 포함되어 있었다. 그러나 청주형무소에서 치른 시험은 1차 시험이고 2차 시험은 다음 날 대전형무소에서 실시되었다.

우리 1차 시험 합격자 7명은 당일 대전으로 가서 같은 여관에서 그날 밤을 자고 그 다음날 아침에 대전형무소로 집결하였다. 이때 대전형무소에서 응시자들은 수백 명 정도가 운집하여 있었는데 법무부에서 파견된 시험관은 이 응시자들에게 대전형무소 외벽을 한 바퀴 뛰어서 돌아오도록 경주를 시켜서 선착순으로 약 50명을 따로 세워놓고 나머지 전원을 시험에서 제외하여 귀가조치하였다. 그 많은 지원자들을 시험관리하기에 어려움이 따라서 그처럼 조치한 것으로 여겨졌다.

이 당시 대전형무소에서는 면직 공장에서 생산되는 필목 등을 매월 직원들의 후생으로 1필씩 지원한 것으로 알려져서 해방 후 필목이 귀하던 시절이라 대전 시내에서는 형무관들을 부러워하고 인기도 대단하였다고 한다. 심지어는 형무관이 아니면 사위를 삼지 않겠다는 풍설이 돌기도 하였다는 것이다.

대전에서는 이와 같이 인기 있는 형무관에 응시하려고 모여드는 청년들이 많았던 것 같았다. 여기서 나는 60여 년 전, 필목 한 필이 그처럼 대단하였던 것을 미루어 볼 때 우리 국민들의 생활 실상이 얼마나 빈곤하였는지를 눈으로 보는 것처럼 머리를 스친다.

청주형무소 1차 시험 합격자 7명 가운데 2차 시험에 합격한 자는 4명이었고 3명은 탈락하였다. 다행스럽게도 나는 합격자 4명에 포함되어 있었다.

합격자들은 1949년 4월 14일, 서울 서대문구에 있는 국립형무관학교에 입교하였고, 우리 입교생 200여 명은 30여 명 단위로 나뉘어 6개 소대가 편성되었는데 나는 1소대장으로 선발되었다. 소대장의 선발은 군인 출신 중에서 총검술을 실시하여 그중 성적이 좋은 자를 뽑은 것이었다. 각 소대장들은 흰 바탕 완장에 녹색선이 두 줄로 그어지고 흑색으로 1소대장 또는 2, 3, 4, 5, 6, 7소대장으로 수놓은 완장을 찼다.

학교의 교과목으로는 헌법, 형법, 형사소송법, 행형법, 행형법시행령, 재정법, 개인 식별법 등이었고, 실무교육 과목으로는 포승술, 총기조작법, 도수훈련, 유도등 외에 저명인사의 특강이 있었다.

아침에는 언제나 인왕산을 오르내리고 각 소대 순으로 보조를 맞추어 행진하면서 형무관의 노래 또는 군가를 불렀다. 우리는 형무관학교에서 3개월 10일 간의 교육을 받은 후 일선 형무소로 발령되었는데 나는 청주 형무소에 부임하여 계호과(戒護課)에 배치되었다.

3-10. 형무관 생활

초임으로 근무하게 된 계호과의 업무는 재소자들의 보안업무를 담당하는 부서인데 형무소 전체 직원의 약 70~80%가 계호과 소속 직원이었다.

근무 첫날, 나는 형무소 구내가 한눈에 드러나 보이는 형무소 외벽 밖의 동쪽 구릉에 위치한 제1감시 초소에서 입초 근무를 하게 되었다. 주위에는 누구 하나 대화상대도 없고 나 홀로만의 근무가 그처럼 고적하고 지루할 수가 없었다. 새장 안의 새처럼 한정된 범위 내에서 한 발자국도 이탈할 수 없었다. 이때 나는 형무소의 앞길을 오가는 자유인들이 무척 부러웠다. 야간 근무 장소도 형무소 외벽에 붙어있는 약 10m 가까운 높이의 감시대였다.

우리 야간 근무자는 다음 날 아침 9시에 출근하는 당번 직원들과 근무를 교대하고 비번으로 퇴근하였다. 아침 9시에 출근하여 다음날 아침 9

시에 퇴근하는 격일제 근무였다.

나는 형무관이 되기 이전, 이들의 복장과 외모만을 보고 매우 멋진 직업으로 알았으나 실제로 경험해 보니 그와는 상반된 매우 힘들고 외롭고 만만치 않은 직업임을 깨달았다. 항간에서는 수형자 있는 곳에 형무관이 따르게 되어 '형무관 10년이면 징역 5년' 이라는 말도 떠돌고 있었다.

제4장. 6.25사변과 피란생활

4-11. 6.25사변과 형무소 철수

지루하고 고통스러운 형무관 생활에 들어선 지 1년 남짓한 1950년 6월 25일, 북한은 3.8선을 뚫고 남침하여 왔다. 이 무렵 한국에 주둔하고 있던 미군은 한국의 독립정부가 수립된 후, 본국으로 철수하고 난 뒤이었다.

이때에 우리 한국군은 병기도 부실하고 예상하지도 못한 북한 인민군의 남침에 밀려서 후퇴에 후퇴가 계속되고 남쪽으로 향한 피란민 행렬이 길을 가득 메우고 있었다.

이로 인하여 우리 형무관들은 전원 비상 대기하며 가정과의 아무런 연락도 할 수 없이 직장에 매달리고 있었다. 전화가 가설된 가정은 거의 하나도 없었다.

북한 인민군은 물밀듯이 밀려와 6월 28일경에는 서울 근방까지 침입하여 위기를 맞았다. 이 무렵 청주형무소에 수감 중인 경범의 단기수(短期囚)는 일시적으로 석방되었고 장기수들은 대전형무소로 이송된 후, 나를 포함한 7명의 직원들이 남아서 형무소를 지키고 있었다.

7월 13일경에는 인민군의 포성이 가까이에서 들려왔고 이때 우리 잔류 형무관은 지키고 있던 형무소를 떠나 교외에 있는 김학례 동료의 집에 머물고 있었다.

이때에 한국군 복장을 한 군인들이 오가며 우리의 동정을 살펴보는 듯한 감을 느낄 수 있었으나 국군의 낙오병으로만 알았는데 후에 알고 보니 그들은 국군으로 위장한 인민군의 척후병이었고 이때 이미 인민군의 일부는 청주까지 들어와 있었다.

4-12. 피란길에 오른 잔류 형무관

청주형무소에 남아서 직장을 지키고 있던 7명의 우리 동료들은 청주까지 인민군이 침입하였다는 말을 듣고 당황한 나머지 7월 14일 이른 아침에 민간인 복장으로 피란길에 올랐다.

우리의 피란길은 황급히 청주를 벗어나 남쪽만을 향하여 가는 것이었고 구체적인 계획도 목표도 없었다. 우리는 당일 피반령의 지름길인 내리막 비탈길에서 앞서가던 직원이 뒤따르던 직원의 발에 걸려 굴러 내리는 낙석(落石)에 맞아 부상을 당하는 일도 있었다.

무턱대고 남쪽만을 향하여 걸어가다 보니 전북 금산 근처까지 이르렀고 이곳까지 인민군이 침입하여 왔다는 소식에 당황하여 다시 충북의 영동 쪽으로 발길을 돌렸다.

4-13. 한밤에 일어난 소동

우리 일행은 7월 17일 경, 금산 근처에서 영동 쪽으로 가다가 해가 저물어 어느 초등학교의 강당에서 피곤한 여정을 풀고 밤을 지내게 되었다. 우리들과 마찬가지로 인민군을 피하여 쏟아져 나온 피란민 행렬은 거리를 메우고 있었고 이들과 함께 한 강당은 초만원을 이루었다.

밤이 깊어가자 잠에 곯아떨어진 피란민들이 많았지만 아직 잠들지 못하고 두런거리는 작은 말소리가 여기저기서 들려오고 있는 강당 한구석에서 갑자기 고함소리와 함께 왁자지껄한 소란이 일어나며 잠에 취해 있던 피란민들은 무슨 영문인지도 모른 채 앞을 다투어 밖으로 튀어 나가는 소동이 벌어졌다. 이리하여 땅에 엎어지고 발에 밟혀서 부상을 입은 사람이 많았다.

나는 이때 등짐을 챙길 여유도 없이 황급히 밖으로 뛰어 나갔다. 얼핏 떠오르는 생각에 인민군이 급습하였거나 아니면 좌익 극렬분자들이 소동을 일으킨 것이 아닌지 불안하기도 하였다. 그러나 후에 알고 보니 어느 피란민 한 사람이 잠꼬대로 큰 소리를 지르자 옆에 있던 사람들이 놀라서 밖으로 뛰어나가는 것을 보고 서로 놀라 앞을 다투어 뛰어나간 사건이었다.

우리는 피란길에서 때가 되어도 제 때에 식사를 하지 못하고 일정한 곳에 이르러서야 등짐을 풀고 떠나올 때 준비해 온 쌀로 밥을 짓고 반찬도 없이 소금을 찍어 먹었다. 점심은 아침을 지을 때 주먹밥 몇 덩이를 만들어 가지고 가며 때가 되면 끼니로 때웠다. 식사는 계속하여 같은 방법으로 해결하였고 간식이라고는 전혀 할 수 없는 형편이었다.

우리는 피로에 지친 무거운 발걸음을 쉴 틈도 없이 걸어서 7월 19일경, 영동역에 도착해 보니 김천으로 가는 기차를 타려고 많은 피란민들이 기다리고 있었는데 얼마 후에 기차가 영동역에 도착하였다.

이때 피란민들이 타고 갈 차량은 화물을 실어 나르는 곳간차(화물차)였으나 그래도 너무나 다행한 일이어서 서로 먼저 오르려고 야단법석이었다. 차량은 3량밖에 되지 않아서 사람들은 콩나물시루처럼 남녀노소가 몸과 몸을 밀착한 상태였기 때문에 혹시 발을 잠시라도 들었다가는 다시 발을 디딜 틈이 없었다.

그러나 기차를 타고 간다는 것이 불행 중 다행스럽기만 하였다. 만약 김천까지 걸어서 간다면 피로와 부어오른 다리로 며칠이 걸릴지도 모르는 형편이었다.

기차에 탄 지 수 시간 만에 김천역에 도착하여 모두 하차하였다. 만약 기차에서 내리지 않고 대구나 부산까지 갈 수 있다면 얼마나 좋았을까! 그것은 바랄 수 없는 일이었다.

4-14. 김천에서 대구로

우리는 열차에서 내려서 역 부근 평화동에 위치한 김천소년형무소를 찾아갔다. 김천소년형무소에는 벌써 춘천과 서울 · 경기 지역의 많은 피란 형무관들이 찾아와서 북적이고 있었다. 이때 나는 김천형무소가 친척집처럼 정겨웠고 또한 낯선 여러 형무관들이 형제처럼 정겹게 느껴졌다. 가족과 고향을 떠난 피란생활의 외로움과 고통에서 오는 각별한 심경이었다.

이때의 전황은 인민군이 대전까지 침입하고 있다는 것이었다. 우리는 이곳에서 며칠을 쉬고 다시 대구로 향하였다. 7월 22일 쯤, 김천을 떠난 우리는 지친 몸으로 하루에 기껏 2~3십리 정도를 걷는 것이 고작이었다. 우리는 김천에서 왜관까지 걸어서 꼬박 3일이 걸렸다. 왜관까지 걸어온 우리는 지친 몸과 부어오른 다리를 쉬기 위하여 왜관역 옆에 있는 창고에 들어갔다.

창고는 'ㄷ' 자 모양으로 3면이 벽으로 막히고 전면만 벽이 없이 트인 화물 적재용 창고였다. 우리는 짐을 벗어놓고 잠시 휴식을 취하면서 '혹시 대구로 가는 기차를 탈 수 없을까?' 하는 생각으로 기회를 엿보다가 3일 만에 요행히 대구로 가는 기차에 오르게 되었다.

이때에도 역시 영동역에서 타고 왔던 화물차의 형편과 같이 남녀노소가 발 디딜 틈 없이 초만원이었고 우리 일행은 이 기회를 놓치면 안 된다는 생각에 있는 힘을 다하여 피란민들의 틈을 비집고 올랐다. 이때 나는 너무나 지쳐서 현기증이 일어나고 쓰러질 것만 같은 상태였다. 우리 일행은 대구역에 내리자마자 대구형무소로 향하였다.

4-15. 대구에서 겪은 피란생활

우리는 대구형무소를 찾아가서 형무소 인근의 경운지(耕耘地)에 있는 창고 또는 요장(窯場 : 벽돌 굽는 가마) 등을 이용하여 잠시 머물도록 안내되었다. 이곳에서 우리는 청주형무소에서 함께 근무하던 동료 형무관 몇 명이 우리보다 먼저 와서 자리를 잡고 있는 것을 보고 서로 서로 형제처럼 반겼다. 우리들 피란 형무관들에게는 대구형무소로부터 아침과 저녁으로 주먹밥을 공급받아 먹었으나 점심 식사는 개인별로 해결할 수밖에 없었다.

우리는 그동안 피란길에서 굶주리고 지쳐서 앓아누울 것만 같은 처지에서 비록 어둡고 누추한 창고와 요장일지라도 안정되게 머물 곳이 마련되고 아침과 저녁으로 식사가 해결된 것이 크게 다행스러운 일이었다.

또한 대구에 있는 중앙임시정부로부터 피란 공무원들에게 피란여비로 1인당 2,000원(당시의 화폐)이 지급되었다. 우리들은 이때 무일푼 상태에서 2,000원이란 큰돈을 받고 이 돈을 기다란 천(피륙)으로 된 허리띠에 넣어서 허리춤에 차고 다녔다. 이때 함께 머물고 있는 피란 형무관들은 점심때가 되면 부근에 있는 영천시장에 나가서 지원받은 여비로 곰탕이나 보신탕으로 그동안 쌓인 피로와 굶주림을 달래기도 하였다.

4-16. 전투경찰관 생활과 낙동강 최전방

대구에서 머물고 있는 피란생활은 언제나 변함없는 무위한 생활의 반복이었다. 약 1주일을 지낸 8월 초순경에는 과로로 지친 건강도 많이 회복되어 있었다.

이 당시 인민군은 호남지방 깊숙이 들어오고, 또한 동해안 포항일대까지 들어와 있었다. 이처럼 국가의 존망이 걸린 환란 속에서 나는 국가와 민족을 위하여 추호의 도움도 되지 못하고, 또한 부모처자를 버리고나 홀로 살겠다고 피란길을 달려와 피란공무원이라는 이름으로 무위도식하는 것이 염치없고 부끄러운 일이었다.

이러한 상황에서 8월 초순이 되자 마침 대구경찰국의 전투경찰관 모집에 응모하기로 하였다. 이때 우리 피란 형무관 일부는 나와 함께 형무관이란 신분 때문에 무시험으로 채용되어 대구경찰학교에서 단기간의 훈련을 받고 대구경찰서에 부임하여 시내 각 주요 시가지에 배치되어 수상한 행인들의 검문검색 업무에 나섰다.

우리들 전투경찰관(전경)들은 검문소 근무에서 철수되어 8월 1일 경에는 낙동강 유원지인 화원으로 이동하여 경비초소 근무에 배치되었다. 낙동강 건너편에는 인민군들이 강을 건너 침투할 기회를 노리고 있었다. 우리 전경이 배치된 초소 뒤편으로는 미군 포병대가 진을 치고 있었는데 야간에는 흔히 전방 척후소의 신호에 따라 불벼락 같은 포격으로 건너편 인민군 진지를 불바다로 만들었다. 이러한 전투는 주로 야간에 벌어졌고 사방이 눈부시게 드러나는 주간에는 인민군의 거동이 멈추어져 감시망에 들어오지 않았다. 이 때문에 우리 전경들은 완전히 밤을 지새우며 경비 근무를 해야 했다.

초소에서 근무하는 어느 날 야간에는 사람이 강물을 건너오는 것처럼 철벅거리는 물소리가 요란하여 인민군의 침범으로 간주하고 긴장하여 총을 겨누고 쏘아보면 어이없게도 사람이 아닌 소떼들이었다. 가축들을 남겨놓고 피란을 떠난 농촌에는 소나 돼지들이 밭고랑 여기저기로 몰려

다니는 것을 볼 수 있었다.

또한 야간 경비초소에서 근무하노라면 미군의 포격으로 머리 위에서 '쐬아' 하고 포탄 떨어지는 소리가 나서 간이 녹는 때도 많았다. 이 포탄들은 낙동강 건너편의 인민군 진지로 날아가는 것이지만 그 거리는 200~300m 밖에 되지 않는 소름끼치는 소리였다. 우리 전경들은 인민군과 대치한 참호에서 밤을 지새우며 당장이라도 어찌 될는지 모르는 극한 상황에서 약 20여 일을 보냈는데 다행히도 8월 하순에는 유엔군이 인천에 상륙하고 낙동강 건너편의 인민군도 아군의 포격에 견디지 못하고 후퇴하였기 때문에 화원 전방에서 철수하였다.

제5장. 전화(戰禍)의 여파

5-17. 형무관에 복귀

우리 전경들은 9월 초순 낙동강 전선에서 철수하여 대구경찰서로 복귀하여 휴대한 총기를 경찰서 무기고에 반납하였다. 전방에서 땀에 젖어 찌든 몸을 목욕탕에서 씻고 속옷도 갈아입었다. 또한 전방에서 수고한 피로를 풀기 위한 3일간의 휴가도 허용되었다.

나는 이때 처음 대구에 와서 피란생활로 머물고 있던 대구형무소 경운지의 동료 형무관들을 방문하였다. 우리 직장 선후배들과 그동안의 걱정스러웠던 이야기를 주고받고 정담을 나누면서 가까운 시일 내에 청주로 수복한다는 것과 각기 흩어져 있는 직원들의 조속한 복귀를 권한다는 소식을 듣게 되었다. 나는 단숨에 대구경찰서로 달려가서 사실을 말하고 사직서를 제출한 후 대구형무소 경운지 창고에 머물고 있는 동료들과 합류하였다.

이 무렵 중앙정부는 대구에서 부산으로 옮기어 있었고 우리 청주형무소 직원들도 부산형무소에 머물고 있는 직원이 많았다. 이처럼 분산되어 있던 청주형무소 직원들은 행동통일을 위하여 부산형무소로 모여 합류하게 되었다.

5-18. 수복의 여정(旅程)

우리 청주형무소 형무관 20명은 1950년 10월 5일 경 드디어 수복 길에 올랐다. 우리와 수복을 함께 하는 사람들은 도청, 군청, 세무서, 법원 등에 속한 공무원을 포함하여 50명이었는데 트럭 2대에 각 25명씩 나누어 타고 아침 9시경 부산을 출발하여 삼랑진, 밀양, 대구 등지를 거쳐 구미쯤 와서 해가 저물어 이곳 도로변 어느 촌락에서 밤을 보내고 다음날 출발하기로 하였다.

이때에 야간 운행을 하지 않고 도중에 밤을 지내게 된 것은 이때까지도 인민군 패잔병들이 미처 북으로 달아나지 못하고 산간에 숨어 지내는 경우가 있고 이들이 야음을 틈타서 습격해 올 위험이 있기 때문이었다. 이때 우리가 머물던 촌락에서는 교대로 입초를 서가며 밤을 지내야 했다.

우리가 왜관을 지나서 낙동강 부근을 지나올 때에는 도로변 이곳저곳에 버려진 시체가 많았고 군용트럭과 대포 등도 이곳저곳에 버려져 있었으며 또한 도로변 숲속으로는 반지레하게 길이 난 것이 보였다. 시체들은 인민군 사체로 보였고, 반지레하게 난 길은 유엔군 전투기의 공습을 피하여 인민군들이 숨어 다니던 흔적으로 보였다.

나는 도로변 촌락에서 머물던 그날 밤 한잠도 자지 못하고 뜬눈으로 밤을 새웠다. 마음이 놓이지 않고 근심걱정에 쌓인 것은 부모, 형제, 처자를 버리고 나만이 살겠다고 피란한 나 자신에 대한 죄책감과, 특히 인민군 점령 하에서 약 3개월간 가족들이 공안직 공무원의 가족이라는 이유 때문에 큰 곤란을 받지나 않았을까? 더 나아가서는 큰 변고나 당하지 않았을까? 하는 고민이 꼬리를 물고 계속되었기 때문이다. 이때 인민군은 대한민국 경찰관을 검정 셰퍼드(사냥개의 종류)로, 형무관을 누렁 셰퍼드로 호칭하며 증오의 대상으로 여겼다는 말이 있었다.

우리는 다음날 일찍 서둘러서 청주로 향하여 달렸다. 드디어 오후 3시경에는 그리던 청주형무소에 도착하였다.

10월 6일 오후 청주 시가지에 들어서자 제일 먼저 청주형무소 방향으로 눈길이 쏠렸다. 마음 조리며 도착한 형무소 시설은 거의 여지없이 소실되어 없어졌고 외벽 밖의 북쪽에 하나만 남아있는 연와조 2층 건물(수용시설)에는 미군들이 포로로 보이는 자들을 수용하여 감시하고 있었다. 또한 그 동편 구릉에는 미군 전사자(戰死者)의 시체를 임시로 가매장(假埋葬)하여 놓고 있었다. 참혹한 풍경이었다.

우리는 미군에게 청주형무소에 소속된 형무관이며 부산에서 수복하여 왔다는 것을 알리고 나서 일단 궁금한 가정으로 발길을 돌렸다. 이때 형무관 복장은 임시로 미군 작업복과 군화를 착용하고 전투모에 무궁화 모표를 달고 있었다.

5-19. 가족과의 만남

10월 6일 오후 늦게 형무소를 떠나 마음을 졸이며 내가 살던 내덕동 집으로 달려갔다. 이때 마침 나의 아내는 생후 얼마 되지 않은 어린 딸(순희)을 등에 업고 나를 반겼다. "아빠가 왔다. 아빠다. 아빠!" 하며 아내는 업고 있는 어린 것을 나에게 보였다. 나는 아내를 반기며 그동안 남편의 생사조차 모른 채 불안한 환경에서 아이까지 출산하며 고생하고 살아온 그가 고마웠고 한편으로는 안쓰러운 생각이 들어서 나도 모르게 눈시울이 뜨거워졌다. 아내는 그동안 고향의 부모님 밑에서 피란하면서 집을 비웠기 때문에 우리의 살림살이는 풍비박산되어 남아있는 것이라곤 없었다. 나는 고향에 있었던 큰 동생이 인민군 치하에서 의용군으로 강제 동원되어 갔다는 것과 마을의 여러 사람들이 실종되거나 사망하였다는 사실을 알게 되었다.

이때 실종되거나 사망한 사람들은 공산주의(사회주의)가 무엇이고 자본주의(자유민주주의)가 무엇인지 전혀 알지도 못하고 오로지 농사일밖에 모르는 순박한 사람들이 많았다. 왜 그 순박하고 죄 없는 사람들이 죽어야만 하는지 이유가 분명하지도 않았다. 그저 전쟁은 일어났고 사람은 죽었던 것이었다.

정체도 분명하지 않은 이념이니 사상이니 하는 그 괴물의 장난에 휘말려 목숨은 달아났고 살아남은 가족들의 가슴에는 커다란 대못이 박히고 절망과 그리움과 슬픔은 견디기 어려운 것이었다. 한 집안에서도 부자간이나 형제간에 서로 이념을 달리 하여 희생되었기 때문에 부자간과 형제간에 서로 죽이고 죽는 이른바 골육상쟁(骨肉相爭)이었다. 참으로 어처구니없는 전쟁이었다.

5-20. 전화(戰禍)의 여파

내가 청주에 수복하였을 때에는 시내의 건축물이 이곳저곳 파괴되어 보기가 흉하고 교량들도 파괴되어 임시로 가교가 설치되어 있었다. 어떤 곳엔 군용트럭과 탱크나 대포 등이 버려져 있어서 보기도 사나웠다. 이밖에 폭탄이나 포탄 등도 불발탄으로 여기저기 흩어져 있는 것을 볼 수 있었다.

이 무렵, 고향에서는 7~8세 쯤 되는 어린 아이들이 며칠 동안이나 위험한 불발탄을 무서운지 모르고 손에 들고 이 집 저 집으로 가지고 돌아다니며 놀다가 하필이면 우리 부모님이 계시는 우리 집으로 들어가 뒤곁에서 폭발사고를 저질렀다.

이때 동생은 발이 아파서 밖에 나가지 못하고 방 안에 있다가 아이들이 재잘거리는 소리를 듣고 대문 밖으로 쫓아내기 위하여 방문을 열고 몇 걸음 다가가며 “이놈들! 나가!” 하며 소리치는 순간, 포탄이 “꽝!” 하고 폭발하여 어린이들은 그 자리에서 죽고 장독이 깨어지고 동생은 가슴과 다리에 부상을 입었다.

만약 동생도 몇 발짝만 더 다가갔더라면 생명을 잃고 말았을 것이다. 부상을 당한 동생은 동네 사람들의 부축을 받아서 그날 저녁에 청주도립병원에 입원하여 약 20여 일 동안 치료를 받았다. 남의 집에 침입한 아이들이 저지른 소행이지만 그들의 부모에게 책임을 물을 수도 없었다. 나중에 들으니 비슷한 폭발물 사고는 전국 곳곳에서 일어났다고 한다.

5-21. 1.4후퇴

아군은 한때 압록강까지 북진하였지만 예상치 못한 중공군의 개입과 그들의 인해전술(人海戰術)에 밀려 후퇴를 거듭하다가 1951년 1월 4일에는 다시 서울을 포기하고 철수하기에 이르렀다.

이 당시 수복한 지 얼마 되지 않아 안정되지 못하고 어수선하기만 하던 우리 청주형무소는 중앙정부의 소개령에 따라 전 재소자를 부산형무소로 이송하게 되었다.

이때 나의 처는 출생한 지 한 달도 못 되는 어린 것(순희)을 업고 나를 따라 나섰고, 폭발물 사고로 부상한 동생, 인천에서 피란을 온 사촌동생, 처남, 처제 등 모두 6명이 나를 따라 나섰다. 가족들은 무력한 나를 구세주처럼 의지하며 따라 나서는 것을 나로서는 어찌하지도 못하고 피란길을 같이 할 수밖에 없었다.

우리 청주형무소 직원들은 수백 명에 달하는 모든 수형자를 트럭 또는 도보로 대전형무소까지 이송하고 대전서 다시 기차를 이용하여 부산역으로 호송하여 부산역부터는 도보로 부산형무소까지 이송 업무를 완료하였다.

그 후 우리 직원들은 상부로부터 아무런 지시나 통제도 없이 개별행동의 피란 떠돌이가 되었다. 우리 가족 7명은 부산형무소 외벽 밖에서 인산인해를 이룬 피란민 틈에 끼어 혹독한 겨울의 노천에서 밤을 지새우는 고난을 겪으며 며칠을 지내다가 대구로 이동하여 변두리 황청동(황금동)에서 작은 방 하나를 구하여 머물던 중 처가 열병에 걸려 약 10여 일 동안이나 사경을 헤매었다.

여름 피란 때와는 달리 정부에서는 아무런 지원이 없었다. 나는 몇 푼 안 되는 비상금을 처의 질병치료로 소비하고 빈털터리 신세가 되었다. 방은 비좁고 온 가족의 몸에는 이가 들끓었다. 목욕은 생각도 못하고 빨래는 차가운 개울물을 이용하였다.

이 무렵 전황은 많이 호전되어 주로 38선 일대에서 교전 상태가 지속되고 있었는데 서울 이남까지는 피란민들의 수복이 허용되는 상태였다. 이때 우리가 가지고 있는 것은 약간의 비상식량뿐이었다. 처는 이러한 곤경에 놓인 가족들이 너무 불쌍하였는지 병석에서 완전히 회복하지도 못한 상태에서 어서 집으로 가자고 심하게 재촉하였다.

우리는 대구를 떠나 귀향길에 올랐다. 첫날은 지천까지 10리(4㎞) 정도 밖에 걸어오지 못하고 그 후 3일간을 걸어서 왜관에 이르렀다. 왜관에서는 요행히 화물열차편으로 김천까지 올라왔다. 김천까지 오게 된 것만 하여도 매우 다행한 일이었다.

우리는 김천소년형무소에 가서 하룻밤을 보냈다. 다음날 떠날 때에 김천소년형무소에서는 우리의 피란행보가 너무나도 측은하게 보였던지

가면서 밥이라도 지어 먹으라며 쌀 한 말을 지원하여 주어서 크게 도움이 되었다. 김천을 떠난 우리는 추풍령, 마로, 보은, 모동, 미원 등지에서 숙박하고 피란길에 나선 지 한 달만에 고향집으로 돌아왔다.

우리가 겪은 겨울 피란생활의 이면에는 말로 다 할 수 없는 눈물겨운 일이 많았다. 우리는 이와 같이 동족상잔의 눈물겨운 고통을 겪어 보면서 그 원인과 결과와 책임에 대하여 생각하게 되고 국가와 민족을 생각하게 되었다. 동족상잔은 부자간이나 형제간의 살인극이며 자기의 집과 터전을 스스로 파괴하는 어리석은 짓이며 완전히 미친 짓이었다.

제6장. 4.19의거와 5.16혁명

6-22. 정전(停戰)과 우리 생활

밀고 밀리며 수많은 젊은이가 목숨을 바친 피 비린내 나는 전쟁은 1953년 7월 27일 정전협정에 의하여 멈추게 되었다. 형형색색으로 파괴된 흔적들은 정전 후에도 전란의 비극을 말해 주었고 많은 인명의 피해는 민족의 가슴에 씻을 수 없는 깊은 상처를 내고 응어리졌다. 미처 상상하지도 못한, 인류역사상 일찍이 없었던 비극이었다.

나중에 알려진 바로는 6.25전쟁으로 말미암아 남한에서 사망하거나 다친 사람이 어림수로 따져서 100만 명, 전쟁미망인이 20만 명, 전쟁고아가 10만 명이고, 북한에서 사망하거나 다친 사람이 300만 명이며, 남북으로 헤어져 이산가족이 된 사람이 1,000만 명이나 된다고 한다. 이밖에 많은 유엔군이 전사하거나 다치고, 남북한의 건물 · 교량 · 공장 · 철도 · 항만시설 · 발전시설 · 광산시설 등이 많이 파괴되어 폐허가 되었다.

이리하여 정전 후의 국민생활은 광복 직후보다 더 어려웠고 우리 공무원들의 봉급은 매월 현금이 아닌 안남미(安南米)로 서너 말 정도를 받았는데 이것으로는 가족들의 식량에도 부족하였다. 이런 환경에서 가족의 영양상태도 매우 좋지 않았다. 그러나 이것마저도 미국의 원조로 가능한 것이었고 국가의 재정은 그야말로 빈털터리 상태이었다.

6-23. 민주주의의 함성과 4.19의거

우리 국민들은 3년에 걸친 전쟁의 여파로 일정한 생활수단도 없이 갈팡질팡하며 허둥대었다. 당시 우리나라는 산업화하기 이전의 농업사회였기 때문에 그 생활수준도 낮고 하루 세 끼의 식생활이 해결되는 것만으로도 만족할 수밖에 없었으나 그것도 만만치 못한 경우가 많았다. 어느 국회의원 입후보자는 '1일 3식 완전보장정책' 을 외쳤으나 농촌은 피폐하고 도시엔 빈민가가 날로 늘어났다.

그래도 한편으로는 전후의 어수선하던 사회는 차차 정상으로 회복되어 갔으나 1960년 3월 15일, 제3대 대통령선거에서 조직적 부정선거가 드러나자 서울을 비롯한 전국 각지에서 "부정부패 정권 물러가라" 고 외치는 학생들의 함성과 시위가 일어나고 정부에 대한 비판과 규탄이 격화하였다. 이로 인하여 이승만 대통령은 제3대 대통령의 자리에서 물러나게 되었다.

이른바 '3.15부정선거' 에 맞서 투쟁한 4.19의거라는 대사건은 정치계와 정부조직에도 커다란 충격과 변혁을 주는 계기가 되었으며 한국의 학생운동은 온 세계의 주목을 끌게 되고 대한민국으로 하여금 민주화의 대과업을 앞당기게 하였다.

나는 당시 임관시험에 합격하고 나서 임관하기 전에 청주형무소 계호과의 배치부장으로 근무하고 있었는데 우리 형무소에서도 혹시 무슨 일이 있을까 염려되어 직원들을 특별히 다독여 주기도 하였다.

6-24. 5.16혁명과 국가재건

4.19 의거의 여파로 정권이 교체되고 민주화는 촉진되었으나 국민들은 사소한 문제까지 정부에 항의하는 과격하고도 불법한 시위(데모)를 너무도 빈번하게 일으키고 사회 질서가 매우 혼란스러웠다.

그러나 정부는 이를 제대로 안정시키지 못하였다. 이때 나는 간수장보(看守長補 : 지금의 교위)로 승진하여 서울구치소의 당직 근무를 수행하고 있었다.

나는 1961년 5월 어느 날, 직장에 출근하였다가 군부에서 우리 구치소의 모든 부서를 장악하고 있음을 보고 놀랐다. 알고 보니 국가의 안전을 위하고 국법질서를 바로잡고자 군부에서 혁명을 일으켰다는 것이었다. 이때 군부에서는 국가기관뿐만 아니라 방송국까지도 장악하고 군사혁명의 목적과 '혁명공약'을 국민에게 자세히 홍보하고 있었다.

혁명공약의 요점은 (1)형식과 구호에 그친 반공태세의 강화, (2)유엔헌장 준수 및 미국과의 유대강화, (3)부패와 구악 일소, (4)민생고의 해결, (5)조국통일의 실력배양, (6)혁명과업 성취 후 본연의 임무로 복귀 등이었다. 나는 군사혁명이 일어난 다음 해에 법무부 교정국으로 전근하였다.

군사혁명정부는 무질서하고 문란한 국민의 행위부터 적극적으로 바로잡아 갔다. 이때 열차승차권을 사려는 행렬은 난장판이고, 열차의 좌석에 덮인 비로도 카바는 모두 찢겨나가고, 공중화장실엔 오물이 넘쳐났으며, 농촌의 농한기에는 도박이 성행하였다. 허가 없는 무질서한 집단시위는 매일 수백 건을 헤아리게 되고 또한 공직자의 부정(不正)과 비리행위는 만연하고 있었다. 일반 사회뿐만 아니라 학원가(대학)에는 반

정부적 · 반미적(反美的)인 분위기가 휩쓸고 용공사상(容共思想)이 공공연히 표출되고, 북한의 대남공작은 치열하게 진행되고 있었다. 혁명정부에서는 이러한 모든 국가적 민족적 난제와 위기를 극복하지 않으면 안 되는 형편이었기 때문에 이른바 부정 · 부패 · 부조리를 척결하고 국가안보를 확보하기 위한 대역사(大役事)를 과감히 진행하게 되었던 것이다.

5.16군사혁명을 주도한 박정희 소장은 그 어느 때인가 ○○형무소를 초도순시하였을 때 수형자(受刑者)의 부식(副食)창고에서 약간 변질된 부식을 발견하고 형무소장에게 그 책임을 추궁하여 물러나게 하였고, 또한 추석 등 명절 전후에는 군부에서 각 기관을 불시에 찾아다니며 공무원들의 책상 서랍 등을 조사하여 만일 부정으로 인정되는 물품(선물)이 발견되면 이를 엄격히 문책하는 등 그 단속이 지나칠 정도로 보였다. 이와 같은 사례는 나 자신도 법무부에 근무할 당시 직접적으로 목격한 것이었고 공직자의 자세는 괄목할 만큼 쇄신되고 있었다. 나는 이 무렵 법무부 교정국에서 약 2년 후에는 다시 서울구치소를 거쳐 의정부형무소 보안과장으로 근무하고 있었다.

이 당시 우리 공무원들은 정부시책에 따라서 근무시간 외에 여가시간을 활용하여 산림녹화를 위한 식목행사, 농촌일손돕기, 내 고장 가꾸기 사업 등에 동원되었다. 이 밖에 공직자들은 '새마을교육' 을 받아야 했는데 김용기 장로가 운영하는 '가나안 농군학교' 에 입교하여 교육을 받기도 하였다. '가나안 농군학교' 의 교육지침은 (1)일하기 싫으면 먹지도 말라. (2)돈 벌 수 없으면 쓰지도 말라. (3)하라는 국민 되지 말고 하는 국민 되라. (4)물질이나 마음의 빚을 지지 말라 등이었다.

이때 박정희 대통령은 '농촌일손돕기' 에 직접 참여하여 모내기 작업을 돕고, 쉬는 시간에는 농민들과 어울리어 텁텁한 농주 한 잔을 마시는 모습이 뉴스에 보도되기도 하였다. 또한 박정희 대통령은 농촌의 초가지붕을 슬레이트지붕이나 기와지붕으로 개량하고 가정에서 쓰는 모든 땔감은 무연탄(구공탄)으로 대체시키고 산기슭의 낮은 지대에는 일반수목 대신에 밤나무 등과 같은 유실수를 심어서 조금이나마 민생에 도움이 되도록 권장하였다.

농촌의 진입로와 농로의 좁은 길은 차량이 통행할 수 있도록 확장하고 농경지는 반듯반듯하게 정리하고 산간의 하천에는 '댐' 을 건설하여 농 · 공 · 생활 용수로 이용하고 발전시설로도 이용하게 하였다.

모든 공장의 기계시설에는 '닦고 조이고 기름치자' 라는 표어가 붙고 일터마다 '하면 된다' 는 표어가 붙었다. 이는 각 공장의 기계 및 설비의 철저한 관리와 모든 일에 '하면 된다' 는 확신을 갖게 하는 정신운동이었다.

한편 국토를 종단하는 서울과 부산 간의 경부고속도로(일본의 전후배상금 활용)와 호남정유공장, 포항제철공장(파독광부의 외화획득 등 차관 활용) 등의 건설로 공업화 추진의 기틀을 마련했다. 특히 경부고속도로의 건설은 유력한 지도층의 완강한 반대에도 불구하고 국운을 걸고 추진한 국가적 대사업이었고 성과는 대단한 것이었다.

나는 이 무렵 의정부형무소 보안과장에서 청주형무소 작업과장으로 전근되어 갈 때에 개통된 지 얼마 안 된 경부고속도로를 달려 보게 되었다. 종전에는 서울에서 청주까지 거의 4시간이나 걸리던 것이 2시간도 채 걸리지 않았다. 버스를 타고 미끄러지듯 달리며 차에서 흘러나오는 경음악을 감상하다 보면 어느새 청주터미널에 도착하고 있었다.

1968년 경, 내가 청주에 거주할 때는 새벽 시간에는 언제나 새마을청소차가 거리를 누비며 쓰레기를 수거하였고 스피커를 통하여 '새마을 노래' 가 울려 퍼졌다.

새벽종이 울렸네./ 새 아침이 밝았네.
너도 나도 일어나/ 새마을을 가꾸세.
살기 좋은 내 마을/ 우리 힘으로 만드세.

또한 '나의 조국' 이라는 노래도 거리에 울려 퍼졌다.

백두산의 푸른 정기/ 이 땅을 수호하고
한라산의 높은 기상/ 이 겨레 지켜왔네.
무궁화 꽃 피고 지는/ 유구한 우리 역사
굳세게도 살아 왔네./ 슬기로운 우리 겨레.

주민들은 꽝! 꽝! 울려 퍼지는 새마을 노래를 들으며 새벽잠에서 일어나 집안을 청소하고 스스로 내 집 앞 골목길을 쓰는 것으로 일과를 시작하였다. 나는 그 시절 이른 새벽에 노래가 울려 퍼지면 나도 모르게 감동되어 노래를 따라 부를 때가 많았다. 특히 '나의 조국' 의 가사 내용이 너무나 깊이 마음에 닿아 어느 때에는 눈물을 글썽이곤 하였다.

'새마을 노래' 와 '나의 조국' 의 작사자와 작곡자는 박정희 대통령이라는 말도 들었다. 국민들은 노래를 통하여 감동을 받고 대통령을 존경하지 않을 수가 없었다.

1980년대 초 전두환 대통령 초기에는 일부 사회의 불량층을 없애기 위하여 이른바 '삼청교육' 을 실시하기도 하면서 사회적 고질을 치유하고 정화하여 국가와 사회적 안정의 틀을 튼튼히 다져갔다. 그러나 의외로 광주지역의 이른바 '민주화항쟁' 으로 한 때는 큰 혼란이 일어나기도 하였으나 오래지 않아 수습되고 경제도 안정된 것은 다행한 일이었다.

이로부터 노태우 대통령을 비롯한 여러 대통령이 집권하던 30년 동안에도 IMF, 수입쇠고기 광우병파동 등과 최근에 일어난 세월호침몰사건 등, 크고 작은 사건을 겪으면서도 우리나라는 꾸준히 경제적 성장과 문화적 발전을 계속하여 왔다.

이제 와서 지난 세월을 되돌아보면 모든 국민 가운데서도 특히 지금 80대 이상의 노령층은 지난날 너무나 극심한 빈곤을 겪으면서 피땀을 흘리는 노력으로 국가재건에 이바지한 주역이다. 그들에게는 지금도 당시의 굶주림과 헐벗음의 눈물겨운 생활 경험이 기억에 뚜렷할 것이다. 국가공무원이었던 나는 당시의 봉급으로는 생활비가 부족하여 양계, 양돈 등 부업도 불사하였다. 아내와 나는 날마다 악취가 코를 찌르는 계분과 돈분(豚糞)을 멀리 할 수가 없었다. '복생어근검' (福生於勤儉)은 우리의 생활철학이었다.

제7장. 눈부신 국가발전

7-25. 눈부신 국가발전

정부와 국민이 일체가 되어 숨 쉴 사이도 없이 전력투구한 대가(代價)는 시간이 흐름에 따라 알차고 뚜렷하게 나타났다.

이를테면 통일벼의 개발, 농촌지붕개량, 연료대체, 농로개척, 경지정리, 댐 건설, 수리시설 개량 등으로 농업은 기계화하고 농산물은 증산되었으며, 민둥산은 아름답게 녹화되었다. 또한 고속도로를 비롯한 교통시설의 건설과 정비는 물류의 유통을 활성화하고, 제철공업과 정유공업은 우리나라 공업화의 기반을 다져갔다. 이러한 발전은 박정희 대통령이 심혈을 기울인 국가재건운동의 눈부신 결실이었다.

일제의 식민지 치하에서 굶주림과 헐벗음과 억압에서 벗어난 우리나라는 숨고를 사이도 없이 6.25동족상잔의 전란, 4.19의거, 5.16군사혁명 등, 숨 가쁜 격동을 겪으면서 한 편으로는 국가안보의 위협을 지속적으로 받아왔음에도 불구하고 광복 후 70년이 지난 오늘날에 이르러서는 놀랍게도 세계 10위권의 경제대국으로 성장하였다.

이제 세계의 모든 관광지에는 한국인이 없는 곳이 없으며, 유명도시에는 빠짐없이 한국의 기업이 진출하였고, 한국 젊은이들이 일으킨 한류열풍(韓流熱風)은 세계를 휩쓸고 있다. 그 뿐만 아니라 폐허 속에서 남의 나라에게 원조만 받던 처지에서 이제는 당당하게 남의 나라를 원조하는 위치에 올라와 있다. 이러한 한국의 눈부신 발전상은 온 세계 개발도상국의 부러움을 사고 '롤 모델' (모범사례)로 공인되었다.

'새마을운동' 은 벌써 오래 전부터 온 세계의 학자들과 지도자들의 지대한 관심사요 연구의 대상이다. '한강의 기적' 은 결코 우연한 것이 아니고 우리가 흘린 피땀의 필연적 결정체(結晶體)임을 아무도 부정할 수 없게 되었다.

7-26. 우리의 현실

일제의 탄압에 이어 빈곤과 혼란을 직접적으로 체험하고 조국의 국가재건에 참여해 온 나는 눈부신 국가발전의 모습에 감격하는 한편, 오늘날의 세태를 보며 때때로 우울한 심정을 억누르기 어려울 때가 많다. 땀 흘리고 힘 드는 일은 철저히 기피하고, 지나치게 사치스럽고 낭비적이고 내일은 어찌 되든 오늘 누릴 것은 서슴없이 누리며 살아가는 일부의 계층을 보며, 세월의 흐름과 세대 차이에서 느껴지는 현상으로 인식하면서도 국가의 장래가 걱정스러워지기도 한다.

물질적 풍요와 정신적 문명은 사람이 그것을 누리는 데 그 가치가 있는 것이라고 이해하면서도 나는 마음이 아플 때가 많은 것이다. '새마을

정신' 은 '새마음정신' 이고 '새마음정신' 은 조국근대화의 횃불이었는데 그 횃불은 점점 빛을 잃고 있는 것은 아닌지 걱정스럽기도 하기 때문이다. 그러나 나의 걱정은 한낱 기우에 지나지 않기를 바란다. '새마음정신' 은 이미 우리 국민의 가슴 속에 알게 모르게 깊이깊이 자리 잡고, 온 겨레의 숭고한 신앙이 되었음을 나는 확고히 믿고 싶다.

나는 학벌이나 문벌이나 개인적인 능력이나 여러 가지 측면에서 남에게 자랑할 만한 것이 거의 없다. 그러나 국가복지정책에 따른 공무원연금의 혜택으로 노후의 생활이 안정되어 있는 셈이다. 주거환경도 매우 양호하여 공동주택 주변에는 운동시설과 편의시설이 갖추어지고 봄에는 꽃이 피고 여름에는 녹음이 우거지는 쾌적한 환경에서 근검성실하고 효성스런 자식들의 애정과 존경을 받으며 얼마 남지 않은 여생을 즐기고 있다.

돌이켜보면 공무원으로 근무할 때는 나름대로 공직자의 임무를 완수하려고 노력하였으며, 정년으로 퇴직한 후에는 주로 독서에 관심을 기울였고, 마을의 노인회에 참여하여 회장으로 봉사하면서 '어린이한문교실' 을 운영하기도 하였다. 내가 국가로부터 받아온 혜택에 견주어본다면 내가 국가에 대하여 봉사한 일은 너무나 미약하여 부끄럽고 두려운 마음을 억누르기 어렵다.

국가가 없으면 국민도 없고 국가가 불행하면 국민도 불행하며 국민이 국가에 봉사하지 않으면 국가는 쇠퇴하고 멸망한다고 믿는다.

7-27. 글을 맺으며

지금까지 나는 일제 말기로부터 오늘의 자랑스러운 대한민국이 건설되기까지 모진 풍파를 겪으며 살아온 실상을 꾸밈없이 간추려 보았다.

지난 세월을 돌아보면 뉘우쳐 살펴볼 것이 너무도 많다. 크게 보아서 국가의 안정과 민족의 평화로운 삶은 우리 스스로의 문제이다. 세계의 어느 나라 어느 국민도 우리를 대신하여 책임지고 해결해 주지 않는다. 우리는 우리 자신이 국가의 안전보장과 국민의 안녕과 질서를 지키지 못하면 어떠한 결과가 오는지 값비싼 체험을 통하여 깨달았다.

따라서 국가와 민족을 배신하고 국력을 쇠퇴시키는 행위에 속하는 여러 가지 행태, 다시 말하면 국가안보를 해치는 행위를 비롯하여 부정부패 또는 정치권의 지나친 당리당략(黨利黨略)을 위한 행위, 국민의 반국가적이고 독단적이고 무례한 언어생활, 지나친 물질지상주의와 사치와 낭비 등은 절대로 용납해서는 안 된다.

나는 국가와 민족을 위하여 희생적인 노력을 쏟아 오신 여러 지도층 인사들을 보아왔다. 그 가운데서도 특히 이승만 대통령은 국제정치의 넓고 깊은 식견을 가지고 일본제국주의에 맞서 독립운동을 전개하고 우리나라를 자유민주주의국가로 건국하였으며, 6.25 전쟁의 위기를 맞아 유엔군의 협력을 이끌어 멸망의 위기에서 벗어나게 한 지도자이며, 박정희 대통령은 사회 혼란을 바로잡고 세계에서 가장 낙후되고 빈곤한 우리나라를 근대화로 이끌어서 세계 10위권의 경제대국으로 우뚝 서게 한 위대한 지도자이다. 나는 모든 국민들과 더불어 그들을 존경하고 숭배하지 않을 수 없다.

사람은 누구나 완전무결에 이를 수 없는 까닭에 이 두 분의 지도자에게도 일부의 냉혹한 비판의 화살이 날아가지 않는 것은 아니지만 그들은 대한민국의 모든 국민에게 존경을 받아 마땅하다고 생각한다. 그들이 우리에게 끼쳐준 희생정신과 애국정신과 업적은 국가발전의 영원한 원동력이 될 것이라고 믿기 때문이다. (끝)

하곡 지교옥 편저

《인생의 길잡이, 선현의 가르침》 독후감

이 책의 편저자 하곡(夏谷)은 나의 중형님이시다. 형님은 2014년에도 자전수상록(自傳隨想錄) 《흘러간 세월, 우직한 인생》을 출판하여 많은 사람들에게 호평을 받은 일이 있다.

이 때 나는 형님께서 쓰신 원고가 아직 남아 있다는 사실을 알게 되었는데 형님은 그 원고가 단순한 '낙서'(落書)나 잡기록(雜記錄)에 지나지 않는다고 하셨다. 나는 그 원고가 궁금하여 살펴보니 형님의 말씀처럼 출판을 염두에 두고 쓰신 것이 아니라 순수한 '잡기록' 임이 분명하였다. 그러나 그 내용은 그대로 사장되거나 버려지기에는 너무나 아깝고 값지다는 것을 알게 되었다.

원고의 내용은 지성인의 상식이나 교양에 속하는 것도 많지만 개인과 가정의 윤리, 사회와 국가의 윤리에 속하는 격조 높은 내용이 많아서 대단한 독서가가 아니면 평소에 읽기 어려운 것이었다. 형님은 '대중매체에서 흔히 회자되는, 누구나 다 알고 있는 상식의 수준' 이라고 하셨지만 아무리 그렇다고 하더라도 나의 안목으로는 충분히 출판할 만한 값어치가 있다고 판단되었다.

이 책은 권위 있는 전문가의 저서가 아님은 다시 말할 나위가 없다. 그러나 일반적인 지성인들이 한 번쯤은 읽어볼 만한 수준이고 특히 허물없는 자손들이나 친지나 일반인들에게 읽힐 만한 값진 내용들임에 틀림없다는 점에서 형님은 나의 진지한 제의를 받아들이시고 출판에 회부하게 된 것이다.

앞에서도 대략 밝혀진 바와 같이 이 책은 일상적인 독서를 통하여 얻은 하나의 '잡기록'에 지나지 않기 때문에 여러 가지 면에서 불완전한 점이 많은 것이 사실이다. 우선 본문이나, 본문에 대한 해설이나 그 출처(出處) 따위가 철저히 밝혀지지 못하였거나 정리되지 못한 곳이 많다. 이를테면 그때그때 기록할 때마다 그 구체적인 지면(紙面)이나 필자의 성명을 기록하지 못한 형편이어서 매우 유감스럽다는 것이다. 그럼에도 불구하고 책으로 출판하게 된 것은 선현(先賢)의 가르침에 대한 공경심(恭敬心)과 그것을 대중매체로 소개해 주신 훌륭한 교수님들과 지식인들에 대한 존경심이 간절하고, 한 걸음 나아가 자손들과 동기간에게 허물없이 전달하고 싶은 애정 때문이다.

나는 이 책의 원고를 훑어보면서 평소에 깨닫지 못한 많은 것을 다시 깨달았으며 원고를 작성하신 편저자의 독서열에 감동을 받기도 하였다. 모쪼록 이 책이 편저자의 자손들과 동기간과 지인들에게 읽혀서 교양을 넓히고 인격을 도야하며 세상을 살아가는 데 도움이 되는 많은 지혜를 얻기 바라마지 않는다.

2016. 4.

대용서재(大庸書齋)에서 지교헌 씀

하곡 지교옥 편
인생의 길잡이 선현의 가르침

지은이 / 지교옥
발행인 / 김영란
발행처 / 한누리미디어
디자인 / 지선숙

•

08303, 서울시 구로구 구로중앙로18길 40, 2층(구로동)
전화 / (02)379-4514, 379-4519
Fax / (02)379-4516
E-mail/hannury2003@hanmail.net

•

신고번호 / 제 25100-2016-000025호
신고년월일 / 2016. 4. 11
등록일 / 1993. 11. 4

•

초판발행일 / 2016년 7월 11일

•

•

값 15,000원

•

※잘못된 책은 바꿔드립니다.
※저자와의 협약으로 인지는 생략합니다.

ISBN 978-89-7969-719-3 03810